Diesseits der Liebe

Alle Rechte, einschließlich das des vollständigen oder
auszugsweisen Nachdrucks in jeglicher Form, sind vorbehalten.

Der Preis dieses Bandes versteht sich einschließlich
der gesetzlichen Mehrwertsteuer.

Umwelthinweis:
Dieses Buch wurde auf chlor- und säurefreiem Papier gedruckt.

Weltbild

Titel der nordamerikanischen Originalausgabe:
Time Was
Copyright © 1989 by Nora Roberts
Published by arrangement with
Harlequin Enterprises II B.V., Amsterdam

Herstellungsleitung: fredeboldpartner.network, Köln
Umschlaggestaltung: pecher und soiron, Köln
Titelabbildung: Getty Images, München
Satz: Buch-Werkstatt GmbH, Bad Aibling
Druck und Bindearbeiten: Ebner & Spiegel, Ulm
Printed in Germany
ISBN 3-89941-315-6

Genehmigte Sonderausgabe für
Verlagsgruppe Weltbild GmbH,
Steinerne Furt, 86167 Augsburg

Deutsche Taschenbucherstausgabe 2006

Cora Verlag GmbH & Co. KG,
Axel-Springer-Platz 1, 20350 Hamburg

Nora Roberts

Diesseits der Liebe
Roman

Aus dem Amerikanischen von
Rita Langner

Weltbild

1. KAPITEL

Er stürzte ab. Die Instrumententafel war ein wildes Durcheinander aufleuchtender Zahlen und heftig blinkender Lampen, und das Cockpit drehte sich wie ein verrückt gewordenes Karussell. Cal wusste auch ohne gellende Alarmsirene, dass er sich in Schwierigkeiten befand. Er musste nicht erst auf das drohende Radarsignal auf dem Computerbildschirm schauen, um zu erkennen, dass diese Schwierigkeiten groß waren. Das hatte er schon bemerkt, als er die Leere gesehen hatte.

Er kämpfte mit aller Macht gegen seine aufsteigende Panik an. Laut fluchend versuchte er die Steuerung in den Griff zu bekommen und drückte den Schubhebel nach vorn auf volle Kraft. Sein Fahrzeug bockte und bebte und stemmte sich gegen den Sog der Anziehung. Die um ein Vielfaches erhöhte Schwerkraft traf ihn wie ein Zusammenprall mit einer Mauer. Um ihn herum kreischte Metall.

„Bleib heil, Baby", stöhnte Cal. Die Wirkung der Schwerkraft verzerrte sein Gesicht. Der Boden gleich neben seinen Füßen knirschte, und ein gezackter, fingerlanger Riss wurde sichtbar. „Du sollst heil bleiben, verdammt noch mal!"

Er steuerte hart backbord und fluchte aufs Neue, als er merkte, dass sein Schiff nicht im Geringsten auf das

Manöver reagierte, sondern unaufhaltsam in das Loch gezogen wurde.

Im Cockpit fiel das Licht aus. Nur die Farben auf der Instrumententafel wirbelten wie ein buntes Kaleidoskop. Das Schiff drehte sich in einer Spirale um seine Längsachse und bewegte sich wie ein von einem Katapult abgeschossener Stein voran.

Das Licht war jetzt weiß und grell. Unwillkürlich hob er den Arm, um seine Augen zu schützen. Der plötzliche Druck auf seiner Brust machte ihn hilflos. Cal konnte nur noch mühsam um Atem ringen. Kurz bevor er das Bewusstsein verlor, dachte er noch daran, dass seine Mutter gewollt hatte, er solle Rechtsanwalt werden. Er jedoch hatte unbedingt fliegen wollen.

Als er wieder zu sich kam, beschrieb das Schiff keine Spirale mehr, sondern raste in freiem Fall auf den Planeten zu. Ein Blick auf die Instrumente ergab nur, dass diese beschädigt waren, die Zahlen liefen rückwärts. Eine neue Kraft drückte Cal gegen die Rückenlehne, doch er konnte die Krümmung der Erde sehen.

Er fühlte, dass er gleich wieder ohnmächtig werden würde. Deshalb zog er den Schubhebel zurück und überließ dem Autopiloten die Führung. Der würde nach einem unbewohnten Gebiet suchen, und wenn das Glück ein Einsehen hatte, würde die Crash-Kontrolle noch funktionieren.

Vielleicht sehe ich ja doch noch einmal die Sonne

aufgehen, dachte Cal. Und war der Beruf eines Rechtsanwalts denn wirklich so schlimm?

Er sah die Erde auf sich zurasen – blau, grün, wunderschön. Zum Teufel mit der Anwaltspraxis, dachte er. Ein Schreibtisch war kein Ersatz fürs Fliegen.

Libby stand auf der Veranda der Blockhütte und blickte zum brodelnden Nachthimmel hoch. Die jagenden Blitze und der vom Sturm getriebene Regenvorhang waren ein fantastisches Schauspiel. Obwohl sie unter dem Dachüberhang stand, waren ihr Haar und ihr Gesicht nass.

Hinter ihr leuchtete warmes gelbes Licht aus dem Hüttenfenster. Glücklicherweise hatte sie rechtzeitig daran gedacht, Petroleumlampen und Kerzen bereitzustellen und anzuzünden. Das Licht und die Wärme lockten sie jedoch nicht ins Haus zurück. Heute Abend zog sie die Kälte und das Gewitter vor, das über den Bergen tobte.

Wieder zuckte ein Blitz über den Himmel. Wenn das Unwetter noch länger anhielt, würde es Wochen dauern, ehe man den Nordpass wieder befahren konnte. Und wenn schon, dachte Libby, ich habe wochenlang Zeit. Sie lächelte vor sich hin und legte die Arme um sich, weil sie fror. Ja, sie hatte so viel Zeit, wie sie wollte.

Der beste Einfall, den sie jemals gehabt hatte, war es gewesen, die Sachen zu packen und sich in der versteckten Berghütte ihrer Familie einzunisten. Libby hatte die Berge schon immer geliebt. Das Klamath-Gebirge im südwestlichen Oregon bot ihr alles, was sie begehrte: einen grandiosen Ausblick, hohe, zerklüftete Gipfel, saubere Luft und Einsamkeit. Falls es jetzt ein halbes Jahr dauern sollte, bis sie ihre Doktorarbeit über die Auswirkungen der Modernisierungseinflüsse auf die Kolbari-Insulaner fertig gestellt hatte – na und?

Fünf Jahre lang hatte Libby Kulturelle Anthropologie studiert, drei Jahre davon hatte sie mit ausgedehnten Feldstudien, wissenschaftlicher Arbeit vor Ort, verbracht. Seit ihrem achtzehnten Geburtstag hatte sie sich keine wirkliche Freizeit mehr gegönnt und schon gar keine Zeit mit sich ganz allein.

Die Dissertation war ihr wichtig, viel zu wichtig, wie sie sich manchmal eingestehen musste. Hierher zu kommen, wo sie allein sein, arbeiten und sich ein wenig Zeit lassen konnte, um sich mit sich selbst zu befassen, das war doch ein ausgezeichneter Kompromiss.

In der einstöckigen Hütte, vor der sie jetzt stand, war sie geboren worden, und die ersten fünf Jahre ihres Lebens hatte sie in dieser Umgebung verbracht. Sie war hier so frei wie die Tiere des Bergwaldes aufgewachsen.

Lächelnd erinnerte sie sich daran, wie sie und ihre jüngere Schwester barfuß herumgerannt waren und fest daran geglaubt hatten, dass die Welt mit ihnen und ihren Eltern begann und endete.

Ihre Eltern gehörten der damals so genannten Anti-Bewegung an, jenen jungen Leuten, deren Lebensweise im Gegensatz zum allgemein üblichen Kulturstil stand. Libby sah noch heute ihre Mutter am selbst gebauten Webstuhl vor sich und ihren Vater, der glücklich in seinem Garten werkelte. Abends wurde gemeinsam musiziert, und den Kindern wurden lange, spannende Geschichten erzählt. Die kleine Familie war glücklich und zufrieden gewesen, und anderen Menschen begegneten die vier nur auf ihren monatlichen Einkaufsfahrten nach Brookings.

Sie hätten für alle Zeiten so weiterleben können, aber aus den Sechzigerjahren wurden die Siebziger. Ein Kunsthändler hatte einen der selbst gewebten Wandbehänge von Libbys Mutter gesehen. Fast zur selben Zeit hatte ihr Vater festgestellt, dass eine ganz bestimmte Mischung seiner selbst gezogenen Gartenkräuter einen beruhigenden und köstlichen Tee ergab. Noch vor Libbys achtem Geburtstag waren ihre Mutter zu einer geachteten Künstlerin und ihr Vater zu einem erfolgreichen jungen Unternehmer geworden. Die Berghütte wurde zu einem Ferienversteck, nachdem die Familie sich in das Leben der Großstadt Portland eingefügt hatte.

Vielleicht hatte es an Libbys eigenem Kulturschock gelegen, dass sie sich später der Anthropologie verschrieben hatte. Diese Wissenschaft faszinierte sie, und ihr Interesse an Gesellschaftsstrukturen und äußeren

Einflüssen hatte ihr Leben oft dominiert. Manchmal vergaß sie auf ihrer Suche nach Antworten alles andere. Wenn es wieder einmal soweit war, kehrte sie zu dieser Berghütte hier zurück oder verbrachte ein paar Tage zu Besuch bei ihren Eltern. Das brachte sie dann wieder auf den Boden der Gegenwart und der Tatsachen zurück.

Morgen wollte sie nun endlich anfangen. Dann war dieses Unwetter vorbei, sie würde ihren Computer einschalten und mit der Arbeit beginnen. Aber nur vier Stunden am Tag, nahm sie sich vor. In den vergangenen anderthalb Jahren hatte sie dreimal so lange gearbeitet.

Alles zu seiner Zeit, hatte ihre Mutter immer gesagt. Nun gut, diesmal wollte sich Libby die Zeit nehmen, sich ein wenig von der Freiheit zurückzuholen, die sie während ihrer ersten fünf Lebensjahre genossen hatte.

Wie friedlich es hier war! Sie ließ sich den Wind durchs Haar wehen und lauschte dem Prasseln des Regens auf Stein- und Sandboden. Trotz des Unwetters, trotz Blitz und Donner fühlte sie nichts als eine innere, heitere Gelassenheit. In ihrem ganzen Leben hatte sie nie ein friedlicheres Fleckchen Erde kennen gelernt als dieses hier.

Libby sah das Licht über den Himmel rasen. Einen Augenblick lang dachte sie, es könnte sich um einen Kugelblitz oder auch um einen Meteoriten handeln. Dann folgte der nächste Blitz, und in seiner grellen Helligkeit erkannte sie den vagen Umriss und den Widerschein von Metall. Sie trat unter dem Dachüberhang hervor in den Regen hinaus. Das fliegende Objekt raste näher heran. Unwillkürlich griff sie sich an die Kehle.

Ein Flugzeug? Jetzt berührte es schon die Wipfel der Fichten westlich der Hütte, im nächsten Moment hörte sie das Krachen. Eine Sekunde lang stand sie erstarrt da. Dann lief sie ins Haus und holte sich ihren Regenmantel und ihren Erste-Hilfe-Koffer.

Ein paar Augenblicke später kletterte sie in ihren Geländewagen. Von der Veranda hatte sie gesehen, wo das Flugzeug abgestürzt war, und jetzt hoffte sie nur, dass ihr gewöhnlich ausgezeichneter Orientierungssinn sie nicht verließ.

Eine halbe Stunde kämpfte sie sich durch den Sturm, über vom Regen ausgewaschene Fahrwege und von abgerissenen Ästen fast blockierte Pfade voran. Sie biss die Zähne zusammen, als der Geländewagen durch einen jetzt reißenden Bach fuhr. Die Gefahren von Überflutungen im Gebirge waren ihr durchaus bekannt, trotzdem behielt sie ihre Richtung und ihre Geschwindigkeit bei.

Und dann hätte sie den Mann beinahe überfahren.

Libby stieg hart in die Bremsen, als die Scheinwerfer über eine zusammengekauerte Gestalt strichen, die am Rande des schmalen Weges lag. Der Geländewagen rutschte, brach auf dem schlammigen Untergrund aus und kam dann endlich zum Stehen.

13

Sie griff sich ihre Taschenlampe und eine Decke, sprang vom Sitz, kniete sich neben den Mann und drückte die Finger an seine Halsschlagader. Er lebte! Erleichtert atmete sie auf.

Der Mann war ganz in Schwarz gekleidet und inzwischen nass bis auf die Haut. Sofort breitete sie die Decke über ihn und tastete dann darunter nach möglicherweise gebrochenen Gliedmaßen.

Er war jung, schlank und muskulös. Libby hoffte nur, dass diese Tatsache sich zu seinen Gunsten auswirkte. Sie richtete den Lichtstrahl ihrer Taschenlampe auf sein Gesicht.

Die klaffende Wunde an seiner Stirn machte ihr Sorgen, denn trotz des strömenden Regens war zu erkennen, dass die Verletzung stark blutete. Die Möglichkeit, dass er sich Hals- oder Rückenwirbel gebrochen hatte, hielt Libby davon ab, ihn irgendwie zu bewegen. Sie eilte zum Wagen zurück und holte den Erste-Hilfe-Koffer. Gerade als sie dabei war, die Wunde zu verbinden, öffnete der Mann die Augen.

Gott sei Dank, dachte Libby. Sie nahm seine Hand und streichelte sie beruhigend. „Ihnen wird es bald wieder besser gehen. Sorgen Sie sich nicht. Sind Sie allein?"

Verständnislos blickte er sie an. „Wie bitte?"

„War jemand bei Ihnen? Ist noch jemand verletzt?"

„Nein." Er versuchte sich aufzusetzen. In seinem

Kopf drehte sich alles, und er wollte sich an Libby festhalten. Seine Hände rutschten jedoch an ihrem nassen
Regenmantel ab. „Ich bin allein", brachte er gerade
noch heraus, bevor er wieder das Bewusstsein verlor.

Er hatte keine Ahnung, wie allein er wirklich war.

Wieder zur Hütte zurückgekehrt, gelang es Libby,
den Mann ins Haus und zur Couch zu schleppen. Dort
entkleidete sie ihn, trocknete ihn ab und versorgte seine
weiteren Verletzungen. Danach sank sie in den großen
Sessel vor dem Kamin und fiel in einen unruhigen Halbschlaf. Immer wieder erwachte sie und stand auf, um
den Puls des Verletzten zu fühlen und seine Pupillen zu
prüfen.

Der Mann befand sich im Schockzustand und hatte
zweifellos eine Gehirnerschütterung erlitten, doch die
übrigen Verletzungen waren verhältnismäßig gering-
fügig, ein paar geprellte Rippen und einige üble Kratzer.
Er hat Glück gehabt, dachte Libby, während sie eine
Tasse Tee trank und ihn im Feuerschein betrachtete.
Narren hatten ja meistens Glück. Und nur ein Narr
konnte auf die Idee kommen, bei so einem Unwetter
durch die Berge zu fliegen.

Draußen tobte das Gewitter noch immer. Sie stellte
die Teetasse aus der Hand und legte noch ein Holzscheit in den Kamin. Der Feuerschein wurde heller, die
Schatten im Raum wurden höher und dunkler.

Ein sehr attraktiver Narr, fügte Libby lächelnd

ihrem Gedankengang hinzu. Sie bog den schmerzenden Rücken durch. Der Mann war mindestens einsfünfundachtzig groß und kräftig gebaut. Es war ein Glück für sie beide, dass sie ziemlich stark und daran gewöhnt war, schwere Ausrüstungsgegenstände durchs Gelände zu schleppen. Sie lehnte sich gegen die Kamineinfassung und betrachtete ihn.

Ja wirklich, er war sehr attraktiv, und er würde noch attraktiver sein, wenn er erst einmal seine gesunde Farbe wiederhätte. Sein Gesicht war sehr gut geschnitten. Mit den hohen Wangenknochen und den klar gezeichneten vollen Lippen wirkte er irgendwie keltisch. Der Zweitagebart und der Verband auf der Stirn gaben ihm einen verwegenen, beinahe gefährlichen Ausdruck. Libby hatte bemerkt, dass die Augen in diesem Gesicht von einem ganz besonders intensiven Blau waren.

Ganz zweifellos keltischer Abstammung, bestätigte sie ihren Befund. Sein Haar war kohlrabenschwarz, leicht wellig und für einen Militärschnitt zu lang. Sie dachte an die Kleidung, die sie ihm ausgezogen hatte. Der schwarze Overall sah allerdings sehr militärisch aus und wies eine Art Emblem auf der Brusttasche auf. Möglicherweise gehörte der Mann zu irgendeiner Eliteeinheit der Luftwaffe.

Libby zuckte die Schultern und setzte sich wieder in ihren Sessel. Andererseits hat er abgetragene Joggingstiefel, überlegte sie weiter. Und dann diese teuer aus-

16

sehende Armbanduhr mit einem halben Dutzend winziger Zifferblätter darauf. Das Einzige, was Libby auf dem Ding hatte erkennen können, war, dass keines dieser Zifferblätter die richtige Zeit anzeigte. Wahrscheinlich hatten sowohl die Uhr als auch ihr Besitzer den Absturz nicht so ganz schadlos überstanden.

„Was mit der Uhr ist, weiß ich nicht", sagte sie gähnend zu dem Bewusstlosen, „aber ich glaube, dass es Ihnen bald wieder gut gehen wird." Und dann schlief sie ein.

Cal erwachte mit entsetzlichen Kopfschmerzen und getrübtem Blick. Das da war entweder ein echtes Kaminfeuer oder eine erstklassige Imitation. Er konnte den Geruch brennenden Holzes wahrnehmen … und des Regens. Schwach erinnerte er sich daran, durch den Regen gestolpert zu sein. Im Augenblick konnte er sich jedoch nur auf die Tatsache konzentrieren, dass er noch lebte. Und dass ihm warm war.

Hatte er nicht eben noch gefroren? War er nicht durchnässt und orientierungslos gewesen? Hatte er nicht sogar zuerst gefürchtet, er wäre in einen Ozean gestürzt?

Da war jemand gewesen … eine Frau. Eine leise, ruhige Stimme … sanfte, weiche Hände … Er versuchte zu denken, doch das Hämmern in seinem Kopf machte die Anstrengungen zunichte.

Dann sah er die Frau mit einer bunten Decke über den Knien in einem alten Sessel sitzen. Oder war das nur eine Halluzination? Vielleicht, aber dann gewiss eine höchst erfreuliche. Das dunkle Haar der Frau schimmerte im Feuerschein. Es schien halblang und sehr voll zu sein, und jetzt schmiegte es sich leicht zerzaust um ihr Gesicht.

Sie schlief. Er konnte sehen, dass sich ihre Brüste hoben und senkten. Bei der sanften Beleuchtung schien ihre Haut wie Gold zu glühen. Die Gesichtszüge waren klar und beinahe exotisch. Die vollen, weichen Lippen waren im Schlaf entspannt.

Eine hübschere Halluzination ließ sich kaum denken. Cal schloss die Augen wieder und schlief bis zum Morgengrauen.

Als er erwachte, war die Frau – oder die Halluzination – fort. Das Feuer im Kamin brannte noch, und das schwache Licht, das durchs Fenster hereinfiel, war fahl. Die Kopfschmerzen hatten inzwischen nicht abgenommen, ließen sich aber ertragen. Vorsichtig betastete er die Bandage auf seiner Stirn.

Möglicherweise bin ich stunden- oder sogar tagelang bewusstlos gewesen, überlegte er. Als er versuchte, sich aufzusetzen, merkte er, dass sich sein Körper schwach und wie aus Gummi anfühlte.

Mein Verstand befindet sich offenbar in demselben Zustand, befand er, als er nur mit größter Mühe seine unmittelbare Umgebung zu erfassen vermochte. Der kleine, schwach beleuchtete Raum schien aus Stein und Holz gemacht zu sein. Cal hatte einmal einige sorgfältig restaurierte Relikte aus der Vergangenheit gesehen, die auch aus so primitiven Materialien gebaut waren. Seine Eltern hatten ihn damals zu einer Ferienreise in den Westen mitgenommen, die Besichtigungen von Kulturparks und Geschichtsdenkmälern einschloss.

Er wandte den Kopf, so dass er die brennenden Holzscheite im Kamin betrachten konnte. Die Wärme war trocken, und was er roch, war einwandfrei Rauch. Andererseits war es doch ziemlich unwahrscheinlich, dass man ihn in ein Museum oder einen historischen Park gebracht hatte.

Das Unangenehmste an der ganzen Sache war, dass er nicht die geringste Ahnung hatte, wo er sich befand.

„Oh, Sie sind wach." Mit einer Teetasse in der Hand blieb Libby im Türrahmen stehen. Nachdem ihr Patient sie nur schweigend anstarrte, lächelte sie ihm aufmunternd zu. Er wirkte so hilflos, dass sie ihre Hemmungen, mit denen sie ihr Leben lang gekämpft hatte, jetzt sehr schnell überwand.

„Ich habe mir große Sorgen um Sie gemacht." Sie setzte sich auf die Couchkante und fühlte seinen Puls.

Cal konnte sie jetzt genauer sehen. Ihr dunkelbraunes Haar war nicht mehr zerzaust, sondern ordentlich seitlich gescheitelt und glatt gekämmt. Ja, dachte er,

19

„exotisch" ist genau das richtige Wort für ihr Aussehen. Ihre Augen, ihre schmale Nase und ihre vollen Lippen erinnerten ihn an ein Bild der altägyptischen Königin Kleopatra, das er einmal gesehen hatte. Ihre Finger, die jetzt leicht an seinem Handgelenk lagen, waren angenehm kühl.

„Wer sind Sie?"

Regelmäßig, stellte sie mit einem zufriedenen Nicken fest, fuhr aber fort, den Puls zu zählen. Und kräftiger auch.

„Jedenfalls keine ausgebildete Krankenschwester", antwortete sie dann, „aber etwas Besseres als mich kann ich Ihnen hier nicht bieten." Sie lächelte, schob erst sein eines, dann das andere Augenlid hoch und begutachtete seine Pupillen. „Wie oft sehen Sie mich?"

„Wie oft sollte ich Sie denn sehen?"

Sie lachte leise und schob ihm ein Kissen hinter den Rücken. „Nur einmal, aber da Sie eine Gehirnerschütterung haben, wäre es möglich, dass Sie Doppelbilder sehen."

„Ich sehe Sie nur einmal." Lächelnd hob er den Arm und berührte ihr weiches Kinn. „Und es ist ein sehr schönes Bild."

Libby errötete und zog sofort den Kopf zurück. Sie war nicht daran gewöhnt, dass man sie „schön" nannte – nur „tüchtig".

„Versuchen Sie einen Schluck hiervon zu trinken.

Das ist die Geheimmischung meines Vaters. Sie ist bisher noch nicht auf dem Markt."

Bevor er ablehnen konnte, hielt sie ihm die Teetasse an die Lippen. „Danke." Seltsamerweise erinnerte der Geschmack ihn verschwommen an seine Kindheit. „Sagen Sie, was mache ich hier eigentlich?"

„Sie erholen sich. Ein paar Kilometer von hier entfernt sind Sie mit Ihrem Flugzeug in den Bergen abgestürzt."

„Mit meinem Flugzeug?"

„Erinnern Sie sich nicht?" Sie blickte ihn einen Moment besorgt an, und Cal stellte fest, dass sie goldene Augen hatte, große goldbraune Augen. „Nun, Ihre Erinnerung wird zurückkehren", versicherte sie ihm zuversichtlich. „Sie haben einen ziemlichen Schlag an den Kopf abgekriegt."

Sie drängte ihm noch mehr Tee auf und widerstand dem törichten Wunsch, ihm das Haar aus der Stirn zu streichen. „Wenn ich nicht gerade auf der Veranda dem Gewitter zugeschaut hätte, hätte ich Sie möglicherweise gar nicht abstürzen sehen. Ein Glück, dass Sie keine größeren Verletzungen erlitten haben. Hier in der Hütte gibt es nämlich kein Telefon, und weil unser CB gerade in Reparatur ist, kann ich Ihnen keinen Arzt herbeirufen."

„CB?"

„Das Funkgerät", erläuterte sie geduldig. „Meinen Sie, dass Sie etwas essen können?"

„Vielleicht. Wie heißen Sie?"

„Liberty Stone." Sie stellte die Teetasse ab und legte ihm eine Hand an die Stirn, um festzustellen, ob er Fieber hatte. Dass er sich nicht erkältet hatte, betrachtete sie als mittleres Wunder.

„Liberty? Freiheit?"

„Ja. Meine Eltern gehörten zu der ersten Welle der Anti-Bewegung der Sechzigerjahre. Deshalb heiße ich Liberty, womit ich noch besser bedient bin als meine Schwester. Sie heißt nämlich Sunbeam – Sonnenstrahl." Sie lachte, als sie die Verwirrung ihres Patienten sah. „Nennen Sie mich einfach Libby. Und wie heißen Sie?"

„Ich …" Die Hand an seiner Stirn war kühl und real. Also musste auch die Frau wirklich vorhanden und nicht etwa nur eine Halluzination sein. Aber wovon redete sie?

„Wie heißen Sie?" wiederholte sie. „Gewöhnlich möchte ich wenigstens gern den Namen desjenigen kennen, den ich gerade aus Flugzeugtrümmern gerettet habe."

Er öffnete den Mund zum Antworten – sein Gehirn war leer. Panik beschlich ihn. Sein Gesicht wurde blass, sein Blick glasig. Hart umfasste er ihr Handgelenk. „Ich kann … ich kann mich nicht erinnern."

„Immer mit der Ruhe." Innerlich war sie ärgerlich auf ihren Einfall, das Funkgerät gerade jetzt zur Reparatur zu bringen. „Sie sind noch ein wenig verstört.

Ich möchte, dass Sie sich wieder hinlegen und sich entspannen. Inzwischen mache ich Ihnen etwas zu essen."

Nachdem ihr Patient gehorsam die Augen geschlossen hatte, stand Libby auf und ging in die Küche. Während sie ein Omelett zubereitete, dachte sie über ihn nach.

Er hatte nichts bei sich gehabt, was ihn identifizieren könnte, keine Brieftasche, keine Papiere, keinerlei Ausweise. Er konnte wer weiß wer sein. Ein Verbrecher vielleicht oder ein Geisteskranker …

Nicht doch! Sie lachte sich selbst aus. Ihre Fantasie war schon immer recht blühend gewesen. Die Angehörigen primitiver vorgeschichtlicher Kulturen hatte sie sich beispielsweise immer als wirkliche Menschen – Familien, Liebespaare, Kinder – vorstellen können. Wahrscheinlich hatte sie sich deshalb auch der Anthropologie zugewandt.

Allerdings hatte sie daneben auch immer die Fähigkeit besessen, Charaktere gut beurteilen zu können. Das hing wahrscheinlich auch mit der Tatsache zusammen, dass sie einfach von Menschen und deren Gewohnheiten fasziniert war … und mit der Tatsache, dass ihr immer mehr daran gelegen hatte, Menschen zu beobachten, als mit ihnen Umgang zu pflegen.

Der Mann, der in ihrem Wohnzimmer mit seinem eigenen Schicksal haderte, stellte keine Bedrohung für sie dar. Wer immer er sein mochte, er war harmlos.

Mit fachmännischem Schwung wendete Libby das

23

Omelett in der Pfanne und drehte sich dann um, um nach dem bereitstehenden Teller zu greifen. Mit einem Aufschrei ließ sie die Pfanne samt Omelett fallen. Ihr harmloser Patient stand in all seiner nackten Pracht auf der Küchentürschwelle.

„Hornblower", brachte er noch heraus, ehe er langsam am Türrahmen hinabglitt. „Caleb Hornblower."

Verschwommen bekam er mit, dass sie auf ihn schimpfte. Er versuchte seine Ohnmacht abzuschütteln, kam wieder zu sich und stellte fest, dass das Gesicht seiner Retterin seinem ganz nahe war, dass sie die Arme um ihn geschlungen hatte und sich nun abmühte, ihn wieder auf die Beine zu stellen. Um ihr dabei zu helfen, griff er nach ihr, und erreichte damit nur, dass sie beide zu Boden gingen.

Außer Atem geraten, lag Libby flach auf dem Rücken und war unter dem nackten männlichen Körper gefangen. „Ich will hoffen, das ist nur ein weiteres Zeichen Ihrer Benommenheit", bemerkte sie ein wenig gereizt.

„Entschuldigung." Er hatte Gelegenheit festzustellen, dass sie groß und mit sehr festen Körperformen ausgestattet war. „Habe ich Sie umgerissen?"

„Ja." Ihre Arme waren noch immer um ihn geschlungen, ihre Hände lagen auf einem kräftigen Muskelstrang an seinem Rücken. Sie zog sie fort und befand, dass die Atemnot von dem Sturz herrühren musste. „Entschuldigen Sie, aber Sie sind ein wenig schwer."

Cal stützte eine Hand auf dem Boden ab und schaffte es, sich eine Handbreit hochzustemmen. Benommen war er zugegebenermaßen, aber keineswegs tot. Und die Frau unter ihm fühlte sich himmlisch an. „Möglicherweise bin ich ja zu schwach, um mich fortzubewegen."

Amüsierte sich der Kerl etwa? Jawohl, was da in seinen Augen funkelte, war zweifellos Belustigung, diese zeitlose und ganz besonders aufreizende männliche Belustigung.

„Hornblower, wenn Sie sich nicht fortbewegen, werden Sie gleich noch viel, viel schwächer sein." Bevor sie sich unter ihm hervorwand, sah sie noch sein kurzes, aber höchst erheitertes Grinsen.

Mit dem festen Vorsatz, ihm ausschließlich ins Gesicht – und nur ins Gesicht! – zu schauen, half sie ihm beim Aufstehen. „Wenn Sie herumlaufen wollen, dann sollten Sie damit warten, bis Sie es ohne fremde Hilfe schaffen." Sie schlang ihm zwecks Stützung den Arm um die Taille und fühlte sofort eine starke und höchst unbehagliche Reaktion. „Und bis ich ein paar Kleidungsstücke von meinem Vater herausgesucht habe", fügte sie hinzu.

„Jawohl." Dankbar sank er auf die Couch zurück.

„Bleiben Sie diesmal liegen, bis ich zurückkomme."

Er protestierte nicht. Das konnte er auch gar nicht, denn der Gang zur Küchentür hatte ihm geraubt, was er noch an Kräften besessen hatte. Die Schwäche war ein seltsames und unangenehmes Gefühl. Cal konnte sich nicht erinnern, jemals krank gewesen zu sein, seit er erwachsen war. Na schön, bei diesem Flugradunfall hatte er sich ziemlich demoliert, aber damals war er – wie alt? – achtzehn gewesen.

Verdammt noch mal, wenn er sich daran erinnern konnte, weshalb wusste er dann nicht mehr, wie er hierher gekommen war? Er schloss die Augen, lehnte sich zurück und versuchte gegen das Hämmern in seinem Kopf anzudenken.

Er war mit seinem Flugzeug abgestürzt. Das jedenfalls hatte sie … hatte Libby gesagt. Ziemlich abgestürzt fühlte er sich auch. Die Erinnerung würde schon zurückkehren. Schließlich war ihm ja nach der ersten erschreckenden Leere auch sein Name wieder eingefallen.

Libby kehrte mit einem Teller zurück. „Sie haben Glück, dass ich gerade meine Vorräte aufgefüllt hatte." Als ihr Patient die Augen aufschlug, stockte sie und hätte das neue Omelett beinahe auch wieder fallen lassen. Kein Wunder – so wie der Mann aussah, halb nackt, nur mit der Decke über dem Schoß und mit dem warmen Feuerschein auf seiner Haut, musste er ja jede Frau aus dem Gleichgewicht bringen.

Er lächelte. „Das duftet gut."

„Meine Spezialität." Sie merkte erst jetzt, dass sie die Luft angehalten hatte, und atmete endlich aus. „Können Sie allein essen?"

26

„Ja. Mir wird nur schwindlig, wenn ich aufstehe." Er nahm den Teller entgegen und machte sich hungrig über das Omelett her. Schon nach dem ersten Bissen blickte er Libby erstaunt an. „Sind die echt?"

„Die Eier? Natürlich sind die echt."

Er lachte leise und nahm noch eine Gabel voll. „Echte Eier habe ich nicht mehr gegessen, seit … ich erinnere mich nicht daran."

Libby meinte einmal irgendwo gelesen zu haben, dass beim Militär irgendein synthetisches Eipulver als Ersatz verwendet wurde. „Dies sind echte Eier von echten Hühnern. Sie können einen Nachschlag bekommen", fügte sie lächelnd hinzu, als sie sah, mit welchem Appetit ihr Patient aß.

„Das hier sollte erst einmal genügen." Er schaute zu ihr auf und sah, dass sie ihn über ihre unvermeidliche Teetasse hinweg betrachtete. „Ich glaube, ich habe Ihnen noch nicht für Ihre Hilfsaktion gedankt."

„Ach, ich war einfach nur zur richtigen Zeit an der richtigen Stelle."

„Weshalb sind Sie hier?" Er schaute sich noch einmal im Zimmer um. „Hier, an diesem Ort?"

„Man könnte sagen, ich habe mein Ferienjahr genommen. Ich bin Anthropologin und habe gerade einige Monate Feldstudien hinter mir. Jetzt arbeite ich an meiner Dissertation."

„Hier?"

Es freute sie, dass er nicht die übliche Bemerkung darüber gemacht hatte, dass sie zu jung war, um Wissenschaftlerin zu sein. „Ja, warum nicht?" Sie nahm ihm den leeren Teller ab und stellte ihn aus der Hand. „Hier ist es ruhig, wenn man einmal von den gelegentlichen Flugzeugabstürzen absieht. Wie geht es Ihren Rippen? Tun sie weh?"

Er blickte an sich hinunter und bemerkte zum ersten Mal die diversen Blutergüsse. „Nicht sehr. Ein bisschen."

„Wissen Sie, Sie hatten wirklich Glück. Von der Kopfwunde abgesehen, sind Sie mit ein paar Schnitten und blauen Flecken davongekommen. Ich hatte nicht angenommen, dass ich nach all dem noch Überlebende vorfinden würde."

„Die Crash-Kontrolle …" In seinem Kopf formte sich ein verschwommenes Bild: Er drückte auf Schaltknöpfe, Lampen blitzten auf, Warnsirenen schrillten … Das Bild löste sich auf, als er sich darauf zu konzentrieren versuchte.

„Sind Sie Testpilot?"

„Was? Nein … Nein, ich glaube nicht."

Beruhigend legte sie ihre Hand über seine. Erschrocken über ihre Reaktion, zog sie sie vorsichtshalber gleich wieder zurück.

„Ich kann Rätsel nicht leiden", stellte er leise, aber ärgerlich fest.

„Und ich bin ganz versessen darauf. Lassen Sie uns doch dieses hier gemeinsam lösen."

Er blickte ihr in die Augen. „Vielleicht gefällt Ihnen die Lösung nicht."

Sie spürte ein gewisses Unbehagen. Der Mann war stark. Jedenfalls würde er körperlich kräftig sein, wenn seine Verletzungen geheilt waren. Und seine Geisteskraft bezweifelte sie ebenfalls nicht. Und sie waren allein, so allein, wie zwei Menschen nur sein konnten …

Libby schüttelte das Gefühl ab und beschäftigte sich lieber wieder mit dem Teetrinken. Was sollte sie tun? Den Mann samt seiner Gehirnerschütterung in den Regen hinauswerfen?

„Ob mir die Lösung gefällt, wissen wir erst, wenn wir sie gefunden haben", sagte sie schließlich. „Wenn sich das Unwetter gelegt hat, werde ich Ihnen bestimmt in ein, zwei Tagen einen Doktor beschaffen können. In der Zwischenzeit werden Sie mir vertrauen müssen."

Das tat er auch. Warum, hätte er nicht sagen können, aber von dem Moment an, in dem er sie in diesem Sessel hatte schlafen sehen, hatte er gewusst, dass sie ein Mensch war, auf den man sich verlassen konnte. Das Problem bestand nur darin, dass er nicht genau wusste, ob er sich selbst vertrauen konnte – oder ob sie das tun durfte.

„Libby …"

Sie schaute ihn an, und schon wusste Cal nicht mehr, was er hatte sagen wollen. „Sie haben ein schönes Gesicht", murmelte er und sah, dass ihr Blick sofort argwöhnisch wurde. Gern hätte er sie berührt, aber als er die Hand hob, war es schon zu spät. Libby war bereits aufgestanden und befand sich außerhalb seiner Reichweite.

„Ich glaube, Sie müssen jetzt wieder schlafen. Oben gibt es ein Gästezimmer." Sie sprach jetzt sehr schnell und ein wenig scharf. „Gestern Nacht konnte ich Sie nicht die Treppe hinaufbekommen, aber da oben haben Sie es bequemer."

Cal betrachtete sie einen Moment. Dass Frauen sich vor ihm zurückzogen, war er nicht gewöhnt, und bei dieser Libby war es offensichtlich nicht einmal eine nur gespielte Haltung. Wenn zwischen einem Mann und einer Frau gegenseitige Anziehung bestand, dann war der Rest doch einfach. Vielleicht arbeiteten noch nicht alle seine Systeme richtig, aber dass diese Anziehung hier auf Gegenseitigkeit beruhte, wusste er genau.

„Sind Sie zugeordnet?"

Fragend zog Libby die Augenbrauen bis unter ihre Ponyfransen hoch. „Bin ich – was?"

„Zugeordnet. Ich meine, haben Sie vielleicht einen Gefährten?"

Sie lachte. „Dieser Ausdruck ist mir schon vertrauter. Nein, im Moment nicht. Kommen Sie, ich helfe Ihnen die Treppe hinauf." Sie hob die Hand, bevor er aufstehen konnte. „Mir wäre es lieber, wenn Sie die Decke umbehielten."

30

„Es ist doch nicht kalt", stellte er fest, steckte den Stoff dann aber doch um seine Hüften fest.

„Und nun stützen Sie sich auf mich." Sie hängte sich seinen Arm um die Schultern und schlang ihren um seine Taille. „Geht es so?"

„Einigermaßen." Cal stellte fest, dass ihm tatsächlich nur ein klein wenig schwindlig war. Wahrscheinlich hätte er sogar allein laufen können, aber mit Libby umschlungen die Treppe hinaufzusteigen fand er wesentlich schöner. „In einem solchen Haus bin ich noch nie gewesen", bemerkte er.

Libbys Herz schlug ein wenig zu schnell. An Überanstrengung konnte es nicht liegen, denn ihr Patient stützte sich so gut wie überhaupt nicht auf sie. Allerdings war er ihr entschieden zu nahe.

„Ich nehme an, nach den gängigen Maßstäben ist es reichlich rustikal, aber ich habe dieses Haus schon immer geliebt."

Die Bezeichnung „rustikal" war Cals Meinung nach recht untertrieben, aber er wollte seine Gastgeberin nicht kränken. „Schon immer?" fragte er.

„Ja. Ich bin hier geboren."

Darauf wollte er etwas erwidern, aber als er den Kopf zu ihr wandte, nahm er einen Hauch des Dufts ihres Haars wahr, und als sich daraufhin sein ganzer Körper anspannte, taten ihm die vielen Prellungen mit plötzlicher Heftigkeit weh.

„Genau in diesem Raum", fuhr Libby fort. „Setzen Sie sich ans Fußende. Ich schlage inzwischen das Bett auf."

Cal gehorchte. Erstaunt strich er mit der Hand über einen der Bettpfosten. Dieser war zweifellos aus echtem Holz und trotzdem allem Anschein nach nicht älter als zwanzig oder dreißig Jahre. Das war ja widersinnig!

„Dieses Bett ..."

„Es ist ganz bequem, wirklich. Dad hat es gebaut. Deshalb ist es ein bisschen wackelig, aber die Matratze ist gut."

Cal musste sich am Pfosten festhalten. „Ihr Vater hat dieses Bett gebaut? Und es ist aus Holz?"

„Solides Eichenholz und tonnenschwer. Ich bin darin zur Welt gekommen, ob Sie es glauben oder nicht. Damals hielten meine Eltern nämlich nichts davon, einen Arzt für so etwas Natürliches und Privates wie eine Niederkunft einzuspannen. Mir fällt es allerdings auch schwer, mir meinen Vater mit Pferdeschwanz und Perlenketten um den Hals vorzustellen." Sie richtete sich auf und sah, dass Caleb Hornblower sie entgeistert anstarrte. „Stimmt irgendetwas nicht?"

Er schüttelte nur den Kopf. Wahrscheinlich brauchte er tatsächlich Schlaf, viel Schlaf. „War das alles ..." Er machte eine Handbewegung, die sich auf das ganze Haus bezog. „War das eine Art Experiment?"

Libbys Blick wurde sanfter und spiegelte eine Mi-

32

schung aus Erheiterung und Zuneigung wider. „So könnte man es auch nennen."

Sie ging zu der windschiefen Kommode, die ihr Vater ebenfalls gebaut hatte. Nachdem sie eine Weile in den Fächern herumgesucht hatte, zog sie eine Jogginghose heraus. „Die können Sie anziehen. Dad bewahrt hier immer ein paar Kleidungsstücke auf, und er hat ungefähr die gleiche Größe wie Sie."

„Gut." Er fasste Libby bei der Hand, als sie das Zimmer verlassen wollte. „Wo, sagten Sie, befinden wir uns hier?"

Er sah so beunruhigt aus, dass sie unwillkürlich seine Hand streichelte. „In Oregon. Genauer gesagt, im Südwesten des Staates, dicht bei der kalifornischen Grenze, und zwar im Klamath-Gebirge."

„Oregon …" Sein Griff lockerte sich ein wenig. „USA?"

„Falls es sich inzwischen nicht geändert hat – ja." Besorgt berührte sie seine Stirn, um festzustellen, ob er vielleicht Fieber hätte.

Cal hielt auch dieses Handgelenk fest, bemühte sich aber darum, nicht zu hart zuzufassen. „Welcher Planet?"

Erschrocken blickte sie ihn an. Der Mann konnte diese Frage doch nicht ernst meinen! Es sah aber ganz so aus. „Erde. Der der Sonne drittnächste Planet, Sie wissen schon", antwortete sie, um ihn nicht zu verärgern. „So,

33

und nun legen Sie sich schlafen, Hornblower. Sie sind noch völlig durcheinander, glaube ich."

Er atmete einmal tief ein und aus. „Ja, ich denke, Sie haben Recht."

„Rufen Sie, wenn Sie etwas benötigen."

Nachdem Libby hinausgegangen war, beschlich ihn ein sehr ungutes Gefühl. Aber vielleicht war er wirklich nur „völlig durcheinander". Wenn er sich tatsächlich in Oregon befand, also in der nördlichen Hemisphäre seines eigenen Planeten, dann konnte er nicht sehr weit vom Kurs abgekommen sein. Vom Kurs … Auf welchem Kurs hatte er sich befunden?

Er schaute auf seine Armbanduhr und betrachtete finster die diversen Zeitanzeigen. Aus reiner Gewohnheit drückte er auf den kleinen Knopf am Gehäuse. Die Anzeigen verschwanden, und eine Reihe roter Zahlen blinkte auf dem schwarzen Uhrenblatt.

Los Angeles. Mit Erleichterung erkannte er die Koordinaten. Er war also auf dem Rückweg zu der Basis in Los Angeles gewesen, nachdem er … Nachdem er – was?

Langsam ließ er sich auf die Matratze sinken und stellte fest, dass Libby Recht hatte. Das Bett war tatsächlich überraschend bequem. Wenn er jetzt ein paar Stunden schlief, würde er sich vielleicht auch wieder an den Rest erinnern.

Und weil Libby anscheinend sehr viel daran lag, zog er auch brav die Jogginghose an.

Was habe ich mir da nur eingebrockt? fragte sich Libby. Sie saß vor ihrem Computer und starrte auf den leeren Bildschirm. Sie hatte sich einen kranken Mann aufgehalst – einen unwahrscheinlich gut aussehenden kranken Mann. Einen mit einer Gehirnerschütterung, teilweisem Gedächtnisverlust und Augen, für die man so ziemlich alles geben würde.

Sie seufzte und stützte das Kinn in die Hände. Mit der Gehirnerschütterung wusste sie umzugehen. Sie hatte eine gründliche Ausbildung in erster Hilfe für ebenso wichtig gehalten wie das Studium der Stammesgewohnheiten des frühzeitlichen Menschen. Feldstudien führten Wissenschaftler oft an Orte, an denen es weder Ärzte noch Krankenhäuser gab.

Über den Umgang mit Gedächtnisverlust hatte sie in den Kursen allerdings nichts gelernt, und ebenfalls nichts darüber, was man gegen solche Augen tat, wie Caleb Hornblower sie besaß. Was Libby über Männer wusste, stammte aus klugen Büchern und bezog sich auf kulturelle und soziopolitische Verhaltensweisen. Jeder direkte Kontakt war rein wissenschaftlicher Natur gewesen.

Sie konnte durchaus kühn auftreten, wenn es nötig wurde. Ihr Kampf gegen ihre Hemmungen war schwer gewesen und hatte sehr lange gedauert. Der Ehrgeiz hatte sie vorangetrieben und sie dazu gebracht, Fragen zu stellen, wo sie doch am liebsten im Erdboden versunken wäre. Er hatte ihr die Kraft verliehen, weite

Reisen zu unternehmen, mit Fremden zusammen-
zuarbeiten und auch einige wenige, aber zuverlässige
Partner zu finden.

Wenn es sich jedoch um die persönliche Beziehung
zwischen Mann und Frau handelte …

Die Männer, die sie auf gesellschaftlicher Ebene
kennen gelernt hatte, wandten sich meistens sehr schnell
wieder ab, weil Libbys wacher und kluger, aber zugegebenermaßen etwas einseitiger Geist sie einschüchterte.
Und dann war da ihre Familie. Libby musste lächeln,
wenn sie an sie dachte.

Ihre Mutter war noch immer die verträumte Künstlerin, die einst auf einem selbst gebauten Webstuhl bunte
Decken hergestellt hatte. Und ihr Vater …

Libby schüttelte den Kopf bei dem Gedanken an
ihn. William Stone hätte ein Vermögen mit seinem Tee
namens „Kräuterhimmel" machen können, aber er
lehnte es ab, ein Geschäftsmann mit Schlips und Kragen
zu werden. Musik von Bob Dylan und Gesellschafter-
versammlungen, verlorene Kämpfe um die gute Sache
und Gewinnspannen – das passte nicht zusammen.

Der einzige Mann, den Libby einmal zum Abendessen mit nach Hause gebracht hatte, war verwirrt, entnervt und noch dazu hungrig wieder gegangen, wie sie
sich lachend erinnerte. Er hatte mit dem Zucchini-Soja-
bohnen-Soufflee ihrer Mutter nichts anfangen können,
außer es anzustarren.

Libby war eine Kombination aus dem elterlichen Idealismus, wissenschaftlicher Sachlichkeit und romantischen Träumen. Sie glaubte an die gute Sache, an mathematische Gleichungen und Märchen. Ein wacher Geist und großer Wissensdurst hatten sie viel zu fest an ihre Arbeit gekettet, als dass da noch Raum für wirkliche Romanzen gewesen wäre.

Um die Wahrheit zu sagen, wirkliche Romanzen, so weit sie sich auf sie selbst bezogen, versetzten sie sogar in Angst und Schrecken. Also suchte sie sie lieber in der Vergangenheit und im Studium menschlicher Beziehungen.

Sie war jetzt dreiundzwanzig Jahre alt und nicht „zugeordnet", wie Caleb Hornblower das genannt hatte. Eigentlich gefiel ihr dieser Ausdruck, weil er einerseits präzise und anderseits in diesem Zusammenhang romantisch war.

Einander zugeordnet zu sein, das beschrieb eine Beziehung ganz genau. Eine wirkliche Beziehung, korrigierte sich Libby, eine Beziehung wie die ihrer Eltern. Der Grund, weshalb sie sich bei ihren Studien wohler fühlte als in der Gesellschaft von Männern, lag vielleicht darin, dass sie bisher ihren „Zuordnungspartner" noch nicht getroffen hatte.

Zufrieden mit ihrer Analyse, setzte sie die Brille auf und ging an die Arbeit.

2. KAPITEL

Als Cal aufwachte, hatte der Regen nach-
gelassen, und aus dem lauten Prasseln
gegen die Fensterscheiben war ein leises
Rauschen geworden. Das Geräusch klang so beruhigend wie ein Schlaftonband. Cal lag eine Weile still,
machte sich klar, wo er war, und versuchte sich daran zu
erinnern, warum er sich an diesem Ort befand.

Er hatte geträumt, irgendetwas von flackernden
Lämpchen und einer ungeheuren schwarzen Leere. Die
Träume hatten ihm den kalten Schweiß ausbrechen lassen
und den Pulsschlag beschleunigt. Jetzt bemühte er sich
ganz bewusst, diese Reaktionen wieder abzustellen.

Piloten mussten sowohl ihren Körper als auch ihre
Emotionen ständig unter strikter Kontrolle haben. Ent-
scheidungen mussten oft in Sekundenschnelle, manchmal
sogar reflexartig getroffen werden, und die Belastungen
des Flugs verlangten einen disziplinierten, gesunden
Körper.

Ich bin Pilot. Cal schloss die Augen und konzentrierte sich auf diesen Gedanken. Ich habe immer fliegen
wollen. Ich wurde ausgebildet ... Sein Mund wurde
trocken, als er um sein Erinnerungsvermögen rang. Er
wollte sich erinnern, egal an was, und wenn es die win-
zigste Kleinigkeit wäre.

Die ISF. Er ballte die Fäuste, bis sich sein Puls wieder

normalisiert hatte. Ja, er war bei der ISF gewesen und besaß das Kapitänspatent. Captain Hornblower. Ja, das war richtig. Captain Caleb Hornblower. Cal. Außer seiner Mutter nannte ihn alle Welt Cal. Seine Mutter … eine große, schöne Frau mit hitzigem Temperament und fröhlichem Lachen.

Eine Welle von Emotionen überschwemmte ihn. Er konnte seine Mutter vor sich sehen. Irgendwie gab ihm das die Gewissheit, eine Identität zu besitzen. Er hatte eine Familie – keine Gefährtin, da war er sicher –, aber Eltern und einen Bruder. Sein Vater war ein ruhiger Mann, ausgeglichen und zuverlässig. Sein Bruder … das Bild und der Name formten sich in Cals Kopf: Jacob. Jacob war brillant, impulsiv und eigensinnig.

Die heftigen Kopfschmerzen setzten wieder ein, und deshalb gab Cal es vorerst auf. Es reichte fürs Erste.

Langsam öffnete er die Augen und dachte an Libby. Wer war sie? Nicht nur irgendeine schöne Frau mit dunkelbraunem Haar und Katzenaugen. Schön zu sein war schließlich einfach, wenn nicht die Regel. Libby erschien ihm aber ungewöhnlich.

Vielleicht lag das an diesem Haus hier. Cal betrachtete die Holzwände und die gläsernen Fensterscheiben. Alles hier war ungewöhnlich. Ihm war noch nie eine Frau begegnet, die hier hätte leben wollen – und das auch noch allein.

War sie tatsächlich in dem Bett zur Welt gekommen,

in dem er jetzt lag, oder hatte sie nur gescherzt? Überhaupt verhielt sie sich recht merkwürdig. Vielleicht war das Ganze wirklich nur ein Witz, und er hatte einfach die Pointe nicht mitbekommen.

Eine Anthropologin, dachte er. Vielleicht erklärt das ja alles. Es war möglich, dass er in einem Feldexperiment gelandet war, in einer Simulation. Aus irgendwelchen Gründen lebte Liberty Stone so, wie die Menschen der Gegend gelebt hatten, die sie studierte. Das war natürlich merkwürdig, aber alle Wissenschaftler, die er bisher kennen gelernt hatte, waren ein bisschen merkwürdig.

Cal selbst sah durchaus einen Sinn darin, in Richtung Zukunft zu schauen, weshalb aber jemand in der Vergangenheit graben wollte, war ihm unerfindlich. Die Vergangenheit war vorbei und konnte nicht mehr geändert werden. Also wozu sollte man sie noch studieren? Nun, das war Libbys Angelegenheit und nicht seine.

Er schuldete ihr etwas. So weit er es sich zusammenreimen konnte, hätte er jetzt tot sein können, wenn sie ihm nicht zur Hilfe gekommen wäre. Das musste er wieder gutmachen, sobald alle seine Aggregate voll funktionstüchtig waren. Er war schließlich ein Mensch, der seine Schulden stets gewissenhaft bezahlte.

Liberty Stone. Libby. Er wendete diesen Namen in seinem Kopf hin und her und lächelte. Libby, das hörte sich nett an, nett und sanft. Ihre Augen waren auch sanft. Schön sein konnte jeder, aber so wunderbare sanfte Augen zu haben, das war etwas ganz anderes. Farbe und Form der Augen ließen sich verändern, aber nicht ihr Ausdruck. Vielleicht war diese Frau deshalb so anziehend. Alles, was sie empfand, schien sich direkt in ihren Augen zu spiegeln.

Er dachte daran, dass es ihm gelungen war, eine ganze Reihe von Gefühlen in Libby zu erregen: Sorge, Furcht, Erheiterung und Verlangen. Und sie hatte ihn erregt. Trotz seiner geistigen Verwirrung hatte er eine starke, sehr gesunde Reaktion gespürt, die Reaktion eines Mannes auf eine Frau.

Cal richtete sich im Bett auf und ließ den Kopf gleich in die Hände sinken, denn schon drehte sich das Zimmer wieder um ihn. Seine Reaktion auf Libby Stone mochte ja gesund sein, aber er selbst war noch weit davon entfernt, etwas in dieser Richtung unternehmen zu können. Frustriert legte er sich wieder in die Kissen zurück. Noch ein wenig mehr Schlaf und Ruhe, entschied er. Wenn sein Körper noch einen oder zwei Tage Zeit zum Heilen bekam, würden hoffentlich auch der Verstand und das Gedächtnis wieder arbeiten. Immerhin wusste er ja bereits, wer und wo er war. Der Rest würde auch noch folgen.

Sein Blick fiel auf ein Buch neben dem Bett. Cal hatte schon immer gern gelesen. Das geschriebene, beziehungsweise gedruckte Wort zog er Tonbändern oder Audioaufnahmen vor. Da, das war wieder ein Stück Erinnerung! Zufrieden nahm er das Buch zur Hand.

Der Titel kam ihm ein bisschen eigenartig vor: „Die Reise zur Andromeda". Das hörte sich reichlich albern an für einen Roman, der als Science Fiction ausgegeben wurde. Jedermann mit einem freien Wochenende konnte zur Andromeda reisen – wenn er sich unbedingt fürchterlich langweilen wollte.

Cal schlug das Buch auf und warf einen Blick auf das Impressum. Der kalte Schweiß brach ihm wieder aus. Das konnte unmöglich wahr sein! Das Buch in seiner Hand war neu und ganz offensichtlich noch nie aufgeschlagen worden. Hier muss bestimmt ein Druckfehler vorliegen, redete er sich ein, aber sein Mund war plötzlich staubtrocken.

Es musste einfach ein Druckfehler sein! Wie sonst war es zu erklären, dass er ein Buch in der Hand hielt, das vor fast dreihundert Jahren erschienen war?

Libby war so in ihre Arbeit versunken, dass sie die kleine schmerzende Stelle in ihrem Rücken einfach ignorierte. Ihr war sehr wohl bekannt, dass eine vernünftige Haltung unerlässlich war, wenn man mehrere Stunden am Computer saß. Wenn sie jedoch erst einmal in die Zivilisationen des Altertums oder der Vorgeschichte eingetaucht war, vergaß sie immer alles andere.

Seit dem Frühstück hatte sie nichts mehr gegessen, und der Tee, den sie in ihr Zimmer mit heraufgebracht hatte, war eiskalt. Überall lagen Notizzettel und Nachschlagewerke herum. Kleidungsstücke, die sie noch nicht eingeräumt hatte, und der Stapel Zeitungen, die sie vom Einkaufen mitgebracht hatte, vervollständigten das Bild. Irgendwo waren auch die Schuhe gelandet, die sie ausgezogen hatte, weil sie die Füße immer um die Stuhlbeine zu schlingen pflegte.

Ihre Schreibarbeit unterbrach sie gelegentlich nur dann, wenn sie ihre runden, schwarz gerahmten Brillengläser höher auf den Nasenrücken schieben musste. Sie war nämlich bei dem Kernstück ihrer Arbeit, der Soziologie der Kolbari-Insulaner, angelangt. Diese Inselbewohner waren trotz aller Einflüsse der modernen Zivilisation …

„Libby."

„Was denn?" zischte sie gereizt, bevor sie sich umdrehte. „Oh."

Blass und offensichtlich weich in den Knien, stand Cal auf der Schwelle. Mit einer Hand stützte er sich am Türrahmen ab, und mit der anderen hielt er ein Taschenbuch hoch.

„Weshalb laufen Sie denn schon wieder herum, Hornblower? Ich habe Ihnen doch gesagt, Sie sollen mich rufen, wenn Sie etwas brauchen." Ärgerlich auf ihn wegen der Störung, stand sie auf, um ihn in einen

Sessel zu setzen. Als sie seinen Arm berührte, zuckte Cal zurück.

„Was tragen Sie da in Ihrem Gesicht?"

Sein Ton erschreckte sie. Seine Stimme klang nach Wut und Angst – eine gefährliche Kombination. „Eine Brille", antwortete Libby. „Eine Lesebrille."

„Das weiß ich auch, verdammt noch mal. Aber weshalb tragen Sie sie?"

Ganz ruhig bleiben, befahl sie sich. Sanft nahm sie seinen Arm und sprach, als gelte es, ein verletztes Raubtier zu beschwichtigen. „Weil ich sie zum Arbeiten benötige."

„Weshalb haben Sie sie nicht richten lassen?"

„Meine Brille?"

Er knirschte mit den Zähnen. „Ihre Augen! Warum haben Sie Ihre Augen nicht richten lassen?"

Vorsichtshalber nahm sie die Brille ab und hielt sie sich hinter den Rücken. „Setzen Sie sich doch hin."

Er schüttelte den Kopf. „Ich will wissen, was das hier soll."

Libby warf einen Blick auf das Buch, mit dem er jetzt vor ihrem Gesicht herumfuchtelte. Sie räusperte sich. „Was es hier soll, weiß ich nicht, aber wahrscheinlich hat mein Vater es hier zurückgelassen. Er ist ein Science-Fiction-Fan, und dies ist ein Science-Fiction-Buch. Gelesen habe ich es nicht."

„Das will ich alles gar nicht ..." Geduld! mahnte er

sich. Leider hatte er davon noch nie viel besessen, aber jetzt benötigte er sie dringend. „Schlagen Sie die Seite mit dem Impressum auf."

„Sofort, vorausgesetzt, Sie nehmen Platz. Sie sehen gar nicht gut aus."

Mit zwei unsicheren Schritten erreichte er den Sessel. „Jetzt schlagen Sie das Buch auf. Lesen Sie doch bitte das Erscheinungsdatum."

Kopfverletzungen verursachten oft nicht voraus-zusehende Verhaltensstörungen, wie Libby wusste. Dass Caleb Hornblower gefährlich war, glaubte sie trotzdem nicht, beschloss jedoch, ihm vorsichtshalber den kleinen Gefallen zu tun.

Sie schlug das Buch auf. „1990." Sie lächelte ihm zu. „Die Druckerschwärze ist noch ganz frisch."

„Soll das ein Witz sein?"

Sie erkannte, dass er wirklich wütend war – und total verängstigt. „Caleb." Sie sprach seinen Namen ganz leise aus und hockte sich neben den Sessel.

„Hat dieses Buch irgendetwas mit Ihrer Arbeit zu tun?"

Verwirrt über diese Frage, schaute sie erst ihn, dann ihren Computer an. „Mit meiner Arbeit? Ich bin Anthropologin. Das bedeutet, ich studiere …"

„Ich weiß, was Anthropologie ist." Zum Teufel mit der Geduld! Er riss Libby das Buch wieder aus der Hand. „Ich will wissen, was dies hier bedeutet."

45

„Es ist einfach nur ein Buch. Wie ich meinen Vater kenne, ist das eine ziemlich zweitklassige Geschichte über Invasionen vom Planeten Kriswold. So etwas in der Art." Sie zog ihm das Buch wieder aus der Hand. „Und jetzt bringe ich Sie ins Bett zurück. Ich werde Ihnen eine schöne Suppe zubereiten, einverstanden?"

Cal blickte sie an. Er sah ihre sanften, von Sorge erfüllten Augen und ihr aufmunterndes Lächeln. Und er erkannte ihre Nervosität. Er senkte den Blick auf ihre Hand, die beschützend über seiner lag, obwohl er sie, Libby, doch ganz offenkundig erschreckt hatte.

Möglicherweise gab es hier eine Verbindung, obwohl es widersinnig war, an so etwas zu glauben – genauso widersinnig wie das Erscheinungsdatum in dem Buch. „Vielleicht verliere ich meinen Verstand."

„Nicht doch." Ihre Angst war vergessen. Libby hob die freie Hand und streichelte Calebs Wange, wie sie es bei jedem getan hätte, der einen so fürchterlich verlorenen Eindruck machte. „Sie sind nur verletzt."

Mit erstaunlich festem Griff fasste er ihr Handgelenk. „Und meine Datenbank hat einen Stoß abbekommen, was? Ja, vielleicht. Libby …" Sein Blick war ausgesprochen verzweifelt. „Welches Datum haben wir heute?"

„Den 23. oder 24. Mai. Ganz genau weiß ich es nicht."

„Nein, das vollständige Datum." Er bemühte sich, so gelassen wie möglich zu sprechen. „Bitte."

„Okay. Also, wir haben wahrscheinlich Mittwoch, den 23. Mai 1990. Zufrieden?"

„Ja." Er nahm seine ganze Beherrschung zusammen und brachte sogar ein Lächeln zustande. Einer von ihnen beiden war verrückt, und er hoffte inständig, dass es Libby war. „Haben Sie außer diesem Tee noch etwas Trinkbares im Haus?"

Sie runzelte einen Moment die Stirn, doch dann hellte sich ihr Gesicht auf. „Brandy. Unten ist immer welcher. Warten Sie einen Augenblick."

„Ja, danke."

Cal wartete, bis er Libby die Treppe hinuntersteigen hörte. Dann stand er vorsichtig auf und öffnete die erste Schublade, die er greifen konnte. In diesem komischen Haus musste sich doch irgendetwas befinden, das ihm Auskunft darüber gab, was sich hier abspielte.

Er fand Damenunterwäsche, die ganz im Gegensatz zu dem Chaos, das sonst in diesem Raum herrschte, sorgfältig geordnet war. Die Art und das Material dieser Wäschestücke brachten ihn ein wenig ins Grübeln.

Libby hatte gesagt, sie sei noch nicht zugeordnet. Dennoch war es offensichtlich, dass ihre Unterwäsche einen Mann erfreuen sollte. Was diese Kleidungsstücke selbst betraf, so bevorzugte sie allem Anschein nach die romantische Mode eines vergangenen Zeitalters.

Dass er sich Libby so mühelos in diesem kleinen schokoladenbraunen, mit weißer Spitze besetzten

Nichts vorstellen konnte, trug nicht eben zu seinem Seelenfrieden bei. Rasch schob er die Schublade zu. Das nächste Fach war genauso aufgeräumt und enthielt Jeans sowie eine strapazierfähige Kniehose. Einen Moment lang rätselte er über einen Reißverschluss, zog ihn auf und wieder zu und legte dann das Kleidungsstück zurück.

Unzufrieden drehte er sich um und ging zum Schreibtisch, auf dem der Computer stand und leise vor sich hin summte. Cal schüttelte den Kopf über diesen altertümlichen, lärmenden Apparat, und dann entdeckte er den Stapel Zeitungen. Die Schlagzeilen und die Bilder interessierten ihn nicht im Geringsten. Er sah nur das Erscheinungsdatum.

21. Mai 1990.

Das traf ihn wie ein Schlag in den Magen. Er riss die oberste Zeitung an sich. Die Worte tanzten vor seinen Augen. Irgendetwas über Rüstungsdebatten stand da – nukleare Rüstung, wie er mit dumpfem Schrecken feststellte – und etwas über einen Hagelschlag im Mittelwesten. Etwas Spöttisches über einen Baseballklub, der einen anderen „in die Wüste geschickt" hatte.

Weil er wusste, dass seine Beine gleich nachgeben würden, ließ Cal sich ganz langsam in den Sessel sinken. Deprimierend, dachte er betäubt. Es war wirklich furchtbar deprimierend. Nicht Libby Stone war verrückt, sondern er selbst verlor langsam den Verstand.

„Caleb?"

Sobald Libby von der Tür aus sein Gesicht sah, eilte sie ins Zimmer. Der Brandy schwappte in dem Schwenker, den sie in der Hand hielt. „Sie sind ja weiß wie die Wand!"

„Schon gut." Er musste jetzt vorsichtig sein, sehr vorsichtig. „Ich glaube, ich bin nur wieder einmal viel zu hastig aufgestanden."

„Ich finde, Sie können jetzt wirklich einen Schluck hiervon gebrauchen." Sie reichte ihm das Brandyglas, ließ es aber erst los, als sie sicher war, dass er es mit beiden Händen richtig festhielt. „Trinken Sie langsam", wollte sie noch sagen, aber da hatte er den Schwenker schon geleert. Sie hockte sich vor den Sessel. „Entweder das bringt Sie wieder in Ordnung, oder es haut Sie vollends um."

Der Brandy war echt und keine Halluzination, wie Cal an dem weichen Feuer merkte, das seine Kehle hinabrann. Er schloss die Augen, genoss das Gefühl.

„Ich bin wohl noch immer ein wenig desorientiert", sagte er. „Wie lange bin ich schon hier?"

„Seit gestern Nacht." Sie sah, dass wieder Farbe in sein Gesicht kam. Seine Stimme klang jetzt ruhiger und beherrschter. Libby, die erst jetzt merkte, dass sie sich innerlich verkrampft hatte, entspannte sich ein wenig. „Ich glaube, gegen Mitternacht sah ich Sie abstürzen."

„Sie haben es gesehen?"

„Ich sah die Lichter und hörte den Aufprall." Vorsichtshalber fühlte sie seinen Puls und lächelte, als Cal die Augen aufschlug. „Im ersten Moment dachte ich, ich sähe einen Meteoriten oder ein UFO oder so etwas."

„Ein ... ein UFO?" wiederholte er benommen.

„Nicht, dass ich an Außerirdische oder Raumschiffe und so was glaube, aber mein Vater ist ein richtiger Fan von solchen Geschichten. Nein, mir war schon klar, dass es sich nur um ein Flugzeug handeln konnte." Jetzt blickte er sie direkt an, aber eher neugierig als böse. „Geht es Ihnen ein wenig besser?" erkundigte sie sich.

Cal hätte ihr nicht einmal andeutungsweise erklären können, wie es ihm ging, und das war auch ganz gut so, denn er musste erst einmal gründlich nachdenken, bevor er überhaupt etwas sagte. „Ein bisschen", antwortete er vage.

Er hoffte immer noch, dass das Ganze auf einem absonderlichen Irrtum beruhte. „Woher haben Sie die?" Er hob eine Zeitung von seinem Schoß und wedelte damit herum.

„Vorgestern bin ich nach Brookings gefahren. Das ist ungefähr hundert Kilometer von hier entfernt. Ich habe Vorräte und ein paar Zeitungen gekauft." Sie warf einen Blick auf das Blatt in seiner Hand. „Zum Lesen bin ich noch nicht gekommen, also sind die Neuigkeiten darin schon alt."

„Ja." Er blickte auf die anderen Zeitungen, die noch am Boden lagen. „Alte Neuigkeiten."

Lachend stand Libby auf und begann im Zimmer ein wenig Ordnung zu machen. „Ich komme mir hier immer so von allem abgeschnitten vor, noch mehr, als wenn ich mich in irgendeinem Forschungsgebiet am Ende der Welt befinde. Ich glaube, wir könnten eine Kolonie auf dem Mars errichten, und ich würde davon erst etwas erfahren, wenn schon alles gelaufen ist."

„Eine Kolonie auf dem Mars", wiederholte er leise. Sein Mut sank wieder. „Wahrscheinlich werden Sie darauf noch ungefähr hundert Jahre warten müssen."

„Wie schade. Dann bekomme ich ja nichts mehr davon mit." Sie blickte aus dem Fenster. „Der Regen nimmt wieder zu. Mal sehen, was der Wetterbericht nach den Frühnachrichten meint." Sie stieg über Bücher und Zeitschriften, ging zu einem kleinen tragbaren Fernseher und schaltete ihn ein. Nach einem kurzen Moment erschien ein verschneites Bild. Sie fuhr sich mit der Hand durchs Haar und bemühte sich, auch ohne ihre Brille etwas zu erkennen.

„Der Wetterbericht müsste gleich … Caleb?" Sie neigte den Kopf zur Seite, als sie Cals Miene sah. Der Mann schien sprachlos vor Verblüffung. „Man könnte ja meinen, Sie hätten in Ihrem ganzen Leben noch nie einen Fernsehapparat gesehen."

„Was?" Er nahm sich zusammen und wünschte

sich, er hätte noch mehr Brandy. Ein Fernsehapparat. Natürlich hatte er von solchen Geräten gehört – etwa so, wie Libby von alten Planwagen gehört hatte. „Ich ahnte nur nicht, dass Sie einen besitzen."

„Wir sind hier rustikal", setzte sie ihm auseinander, „aber nicht primitiv." Als Cal daraufhin auch noch zu lachen begann, schaute sie ihn ein wenig gereizt an. „Vielleicht sollten Sie sich doch lieber wieder hinlegen."

„Ja." Und wenn ich dann wieder aufwache, dachte er, dann wird sich herausstellen, dass das alles nur ein übler Traum war. „Dürfte ich diese Zeitungen mitnehmen?"

Libby half ihm aus dem Sessel. „Ich weiß nicht recht, ob es gesund ist, wenn Sie lesen."

„Ich glaube, das wäre meine geringste Sorge." Er stellte fest, dass sich der Raum diesmal nicht um ihn drehte. Trotzdem war es angenehm, den Arm um Libbys Schultern legen zu können. Das sind starke Schultern, dachte er. Starke Schultern und ein weicher Duft. „Libby, wenn ich aufwache und erkenne, dass das alles nur eine Illusion war, dann sollen Sie schon jetzt wissen, dass Sie der erfreulichste Teil dieser Illusion waren."

„Sehr freundlich."

„Ich meine es ernst." Cals geschwächte Kondition hatte dem Brandy nichts entgegenzusetzen, und gegen den langsam entschwindenden Verstand war wohl auch nicht viel zu machen. „Der weitaus erfreulichste Teil."

Libby hatte keine Mühe, Cal ins Bett zu verfrachten, aber während der ganzen Aktion löste er seinen Arm nicht von ihren Schultern, und auf diese Weise hielt er sie so nahe, dass er ihre Lippen mit seinen ganz leicht berühren konnte. „Der allererfreulichste Teil", bekräftigte er.

Sie zuckte eilig zurück. Im nächsten Moment war Caleb Hornblower eingeschlafen, und Liberty Stones Herz hämmerte.

Wer war Caleb Hornblower? Diese Frage lenkte Libby an diesem Abend immer wieder von der Arbeit ab. Die Kolbari-Insulaner erschienen ihr nicht halb so interessant wie ihr unverhoffter und verwirrender Gast.

Wer also war der Mann, und was sollte sie mit ihm machen? Das Dumme war, sie hatte eine ganze Liste unbeantworteter Fragen, die sich auf ihren merkwürdigen Patienten bezogen. Libby war ganz groß im Listenaufstellen, und außerdem kannte sie sich selbst gut genug, um zu wissen, dass alle ihre Organisationstalente von ihrer Arbeit beansprucht wurden.

Wer also war der Mann? Warum war er um Mitternacht durch ein Gewitter in den Bergen geflogen? Woher kam er? Wohin war er unterwegs gewesen? Warum hatte ihn ein simples Taschenbuch mit Panik erfüllt? Warum hatte er sie geküsst?

Hier machte Libby einen Punkt. Die letzte Frage

war nicht wichtig. Sie war nicht einmal sachdienlich. Cal hatte sie, Libby, ja überhaupt nicht richtig geküsst, und außerdem war es nicht von Belang, ob richtig oder nicht. Es war schließlich nur ein Ausdruck seiner Dankbarkeit gewesen.

Libby kaute auf ihrem Daumennagel herum. Ja, Caleb Hornblower hatte ihr nur zeigen wollen, dass er ihr dankbar war. Selbstverständlich wusste sie, dass ein Kuss eine eher flüchtige Geste war oder sein konnte. Er gehörte zur westlichen Kultur. Über die Jahrhunderte hinweg war er zu etwas Bedeutungslosem geworden wie ein Lächeln oder ein Handschlag. Ein Kuss war der Ausdruck der Freundschaft, der Zuneigung, der Sympathie, der Dankbarkeit. Und des Verlangens. Libby biss noch heftiger auf ihren Daumennagel.

Natürlich kannten nicht alle Gesellschaftsformen den Kuss. Viele Stammeskulturen … Wem halte ich hier eigentlich Vorträge? fragte sie sich. Und Nägel kaue ich auch noch. Ein sehr schlechtes Zeichen!

Sie musste jetzt diesen Caleb Hornblower aus ihrem Kopf verbannen und etwas gegen ihren knurrenden Magen tun. Libby stand auf. Voraussichtlich würde sie heute ohnehin mit ihrer Arbeit nicht mehr vorankommen. Da konnte sie ebenso gut in Ruhe etwas essen.

Da Calebs Zimmer dunkel war, ging sie daran vorbei. Sie nahm sich vor, nach ihrem Patienten zu schauen, wenn sie wieder zurückkam. Für seine Genesung war Schlaf jetzt zweifellos dienlicher als eine Mahlzeit.

Als sie die Treppe hinunterstieg, hörte sie entferntes Donnergrollen. Ein schlechtes Zeichen. Wenn das mit dem Wetter so weiterging, würden Tage vergehen, bevor sie ihren Gast aus den Bergen hinaus in die Zivilisation befördern konnte. Vielleicht suchte man ja schon nach ihm. Bekannte, Verwandte, Geschäftsfreunde. Eine Ehefrau oder eine Geliebte … Jeder Mensch hatte doch jemanden.

Gerade als sie die Küchenbeleuchtung einschalten wollte, erhellte der erste Blitzschlag den Himmel. Das sah ganz nach einem neuen Unwetter aus. Libby öffnete den Kühlschrank, fand darin aber nichts Appetitanregendes und schaute im Vorratsschrank nach. Einen Abend wie diesen kann man nur mit einer guten Suppe und einem Platz vor dem Kamin ertragen, dachte sie. Allein.

Leise seufzend öffnete sie die Suppendose. In den letzten Tagen hatte Libby angefangen, über das Alleinsein nachzudenken. Als Wissenschaftlerin wusste sie auch, warum. Sie lebte in einer Gesellschaft der Paare. Alleinstehende – „Nicht-Zugeordnete", wie Caleb das nennen würde – waren oft unzufrieden und deprimiert.

Die Unterhaltungsindustrie führte den Singles immer wieder mehr oder weniger dezent die Freuden der

Zweierbeziehung vor. Die Verwandtschaft übte Druck auf den Alleinstehenden aus, er solle gefälligst heiraten und für den Fortbestand der Linie sorgen. Wohlgesonnene Freunde boten ungefragt Hilfe zum Thema Partnersuche an. Der Mensch war nun einmal beinahe von Geburt an darauf programmiert, sich einen Gefährten des anderen Geschlechts zu suchen.

Vielleicht hatte sich Libby dem gerade deswegen widersetzt. Eine sehr interessante Hypothese, dachte sie beim Umrühren der Suppe. Von klein auf hatte sie das Verlangen nach Individualität und Eigenständigkeit gehabt. Es würde einer sehr ungewöhnlichen und besonderen Person bedürfen, um sie zum Teilen ihres Lebens zu veranlassen, und bislang war ihr eine solche Person noch nicht begegnet. Während ihrer High School- und College-Zeit hatte sie sich auch nicht im Geringsten darum bemüht. Sie hatte einfach kein Interesse gehabt.

Nun ja, Interesse schon, berichtigte sie sich. Nur war ihr Interesse ein wissenschaftliches gewesen. Nie hatte sie einen Mann kennen gelernt, der sie genug begeistern konnte, um sie davon abzuhalten, Listen aufzustellen und Hypothesen zu entwerfen. „Professor Stone" hatte man sie auf der High School genannt, und im College hatte sie als berufsmäßige Jungfrau gegolten. Das hatte sie ekelhaft gefunden und sich bemüht, es gar nicht zur Kenntnis zu nehmen. Sie hatte versucht, sich ausschließlich auf ihre Studien zu konzentrieren.

Ihre durchaus ansprechende Persönlichkeit hatte ihr zwar viele männliche und weibliche Freundschaften eingetragen, aber intime Beziehungen waren etwas ganz anderes.

Alles in allem hatte es jedenfalls niemanden gegeben, der in ihr … nun, die Sehnsucht geweckt hätte. Ja, Sehnsucht war das richtige Wort. Und wahrscheinlich gab es auf diesem Planeten auch keinen Mann, der sie sehnsüchtig machen konnte.

Den hölzernen Kochlöffel in der Hand, drehte sich Libby um, um nach der Suppenschüssel zu greifen. Da sah sie Cal zum zweiten Mal im Türrahmen stehen. Sie schrie leise auf. Der Kochlöffel fiel zu Boden. Im selben Augenblick tauchte ein Blitz alles in ein grell gleißendes Licht, und dann wurde es stockfinster in der Küche.

„Libby?"

„Verdammt noch mal, Hornblower. Können Sie das nicht unterlassen?" schimpfte sie atemlos, während sie in einer Schublade nach Kerzen suchte. „Sie können einen wirklich zu Tode erschrecken!"

„Dachten Sie etwa, ich wäre einer der Mutanten von der Andromeda?" Das klang ziemlich spöttisch.

Libby verzog das Gesicht. „Ich sagte Ihnen doch bereits, dass ich so ein Zeug nicht lese." Sie warf die Schublade zu, klemmte sich dabei den Daumen ein, schimpfte laut und zog die nächste auf. „Wo sind denn nun wieder die blöden Streichhölzer?" Sie drehte sich um und stieß genau gegen Caleb Hornblowers harte Brust.

Ein neuer Blitzschlag beleuchtete sein Gesicht. Dieser kurze Moment bewirkte, dass Libbys Mund trocken wurde. Der Mann sah umwerfend, stark und gefährlich aus.

„Sie zittern ja." Seine Stimme hörte sich jetzt ein wenig sanfter an. „Haben Sie wirklich Angst?"

„Nein, ich …" Sie fürchtete sich doch nicht in der Dunkelheit. Und schon gar nicht fürchtete sie sich vor einem Mann, jedenfalls vom Verstand her nicht. Trotzdem zitterte sie. Ihre Hände, mit denen sie sich an seinem Oberkörper abgestützt hatte, zitterten sogar ganz beträchtlich, und der Verstand hatte nichts damit zu tun. „Ich muss die Streichhölzer finden."

„Weshalb haben Sie denn das Licht ausgeschaltet?" Sie duftete wundervoll. In der Dunkelheit konnte Cal sich ganz aufs Riechen konzentrieren. Libbys Duft war schwebend leicht und beinahe sündig weiblich.

„Habe ich doch überhaupt nicht", widersprach sie. „Das Unwetter hat mal wieder irgendwo die Leitung unterbrochen." Sie fühlte, dass sich seine Finger ziemlich unsanft um ihre Oberarme legten. „Caleb?"

„Cal." Wieder zuckte das grelle Licht auf. Libby sah, dass er jetzt zum Fenster blickte. „Alle nennen mich Cal." Sein Griff lockerte sich.

Obwohl Libby sich Entspannung verordnete, fuhr sie

bei dem ohrenbetäubenden Donnerschlag zusammen. „Ich mag Caleb", erklärte sie und hoffte, ihre Stimme würde freundlich und gelassen klingen. „Wir werden es uns für besondere Gelegenheiten aufheben. Und jetzt lassen Sie mich bitte los."

Er ließ seine Hände zu Libbys Handgelenken hinuntergleiten und dann wieder zu ihren Oberarmen hinauf. „Warum?"

Dazu fiel ihr nichts ein. Unter ihren Handflächen konnte sie das kräftige, gleichmäßige Schlagen seines Herzens fühlen. Inzwischen waren seine Hände wieder ein wenig tiefer gerutscht und bei ihren Ellbogen angelangt. Mit den Daumen zeichnete er langsam und aufreizend kleine Kreise auf die empfindsame Haut in der Armbeuge, und sein warmer Atem strich über Libbys halb geöffnete Lippen.

„Ich …" Sie fühlte, dass buchstäblich jeder einzelne Muskel in ihrem Körper erschlaffte. „Bitte nicht." Mit einem Ruck befreite sie sich aus Cals Nähe. „Ich muss die Streichhölzer endlich finden."

„Das sagten Sie bereits."

Libby lehnte sich schwach gegen den Unterschrank und kramte wieder in der Schublade herum. Nachdem sie die Schachtel gefunden hatte, brauchte sie eine volle Minute, um ein Hölzchen zu entzünden.

Cal vergrub die Hände sicherheitshalber tief in den Taschen der Jogginghose, betrachtete das tanzende

Flämmchen und sah zu, wie Libby, die ihm den Rücken zuwandte, nun zwei Kerzen anzündete.

„Ich hatte gerade Suppe warm gemacht", sagte sie, ohne sich zu ihm umzudrehen. „Möchten Sie auch etwas davon?"

„Gern."

Wenigstens hatten ihre Hände jetzt etwas zu tun. „Anscheinend geht es Ihnen besser."

Cal lächelte freudlos bei dem Gedanken an die Stunden, die er damit verbracht hatte, im Dunkeln zu liegen und sein Erinnerungsvermögen herbeizuzwingen. „Anscheinend."

„Noch Kopfschmerzen?"

„Nicht der Rede wert."

Sie goss das noch kochende Teewasser auf und stellte alles pedantisch ordentlich auf ein Tablett. „Ich wollte mich zum Essen an den Kamin setzen."

„Okay." Er nahm die beiden Kerzen und ging voraus. Das Unwetter war ihm nur recht. Irgendwie machte es alles, was er sah, hörte und tat, noch unwirklicher. Wenn die Regengüsse dann aufhörten, würde er vielleicht auch wissen, was er unternehmen musste.

„Hat das Gewitter Sie aufgeweckt?"

„Ja." Das war bestimmt nicht das letzte Mal, dass er Libby belog, doch es war leider notwendig.

Lächelnd setzte er sich in einen der Sessel vor dem Kamin. Er fand es einfach zauberhaft, sich an einem Ort zu befinden, wo man wegen eines simplen Gewitters plötzlich im Dunkeln saß und auf Kerzenlicht und Feuerschein angewiesen war. Kein Simulator hätte eine hübschere Kulisse herstellen können.

„Was meinen Sie, wie lange wird es dauern, bis Sie hier wieder Strom haben?"

„Eine Stunde." Libby kostete die Suppe, die beinahe beruhigend wirkte. „Einen Tag." Sie lachte und schüttelte den Kopf. „Dad hat immer davon geredet, dass er hier einen Generator aufstellen wollte, aber das war eines von den Dingen, zu denen er nie gekommen ist. Als ich noch klein war, haben wir im Winter manchmal tagelang über dem offenen Feuer kochen müssen. Nachts haben wir dann alle zusammengekuschelt hier auf dem Fußboden geschlafen, und meine Eltern haben abwechselnd dafür gesorgt, dass das Kaminfeuer nicht ausging."

„Ihnen hat das Spaß gemacht." Cal kannte Leute, die in Schutzgebiete fuhren und dort ihr Lager aufschlugen. Er hatte das immer für ein bisschen verrückt gehalten, aber wenn er Libby so davon erzählen hörte, erschien ihm das eine recht gemütliche Sache zu sein.

„Oh ja, sehr", antwortete sie. „Ich glaube, meine ersten fünf Lebensjahre haben mich auf die primitiveren Seiten meiner Ausgrabungen und Feldforschungen vorbereitet."

Libby hatte sich wieder beruhigt. Das konnte Cal

ihren Augen ansehen und ihrer Stimme anhören. In ver-
ängstigtem, nervösem Zustand fand er sie zwar auch
sehr anziehend, doch jetzt nützte ihm ihre Entspannung
mehr. Je weniger verkrampft sie sich ihm gegenüber verhielt, desto mehr Informationen konnte er unauffällig
von ihr erlangen.

„Welches Zeitalter erforschen Sie?"

„Kein bestimmtes. Ich befasse mich ganz allgemein
mit dem Stammesleben, insbesondere dem isolierter
Kulturen, und mit den Auswirkungen moderner Werkzeuge, Maschinen und sonstiger Errungenschaften
auf solche Kulturen. Ich habe mich auch mit ausge-
storbenen Kulturen befasst, wie zum Beispiel mit den
Azteken und den Inkas." Das ist eine unkomplizierte
Unterhaltung, fand Libby. Je mehr sie von der Arbeit
reden konnte, desto weniger brauchte sie an diesen
Schock in der Küche zu denken und an ihre eigene Reaktion darauf. „Im Herbst werde ich voraussichtlich
nach Peru reisen."

„Wie sind Sie denn auf dieses Forschungsgebiet gekommen?"

„Ich glaube, bei einer Reise nach Yukatan. Damals
war ich noch ein Kind, und die wunderbaren Ruinen
der Maya-Kultur hatten mich ungeheuer beeindruckt.
Waren Sie einmal in Mexiko?"

Ihm fiel eine ziemlich wilde Nacht in Acapulco ein.
„Ja, vor ungefähr zehn Jahren." Beziehungsweise in fast

drei Jahrhunderten, von jetzt an gerechnet. Er senkte den Kopf über seine Suppenschüssel.

„War das eine unangenehme Erfahrung?"

„Was? Ach so, nein. Dieser Tee …" Er trank noch einen Schluck. „Er kommt mir bekannt vor."

Libby zog die Beine hoch und schlug sie unter. „Mein Vater würde sich freuen, wenn er das hören könnte. ‚Kräuterhimmel', so heißt dieser Tee und auch seine Firma. Alles hat hier in dieser Hütte angefangen."

Cal starrte einen Moment in seine Tasse, legte dann den Kopf in den Nacken und lachte. „Und ich dachte immer, das wäre eine Art werbewirksamer Gag."

„Keineswegs." Sie lächelte ein bisschen schief und betrachtete währenddessen den noch immer lachenden Cal. „Ich weiß im Moment nicht so richtig, wo hier eigentlich der Witz liegt."

„Das lässt sich nicht so einfach erklären." Sollte er ihr jetzt etwa sagen, dass die Firma „Kräuterhimmel" in zweihundertzweiundsechzig Jahren eines der zehn größten und mächtigsten Unternehmen der Erde und sämtlicher Kolonien sein würde? Sollte er Libby sagen, dass dieser Konzern nicht nur Tee, sondern auch organischen Treibstoff und weiß Gott was sonst noch alles herstellte?

Er schüttelte den Kopf. Da sitze ich, Caleb Hornblower, nun gemütlich in einem Sessel in dem Häuschen, in dem alles begann, dachte er. Ihm fiel auf, dass Libby

63

ihn so merkwürdig anschaute, als wolle sie ihm gleich
wieder den Puls fühlen.

„Meine Mutter hat mir diesen Tee immer verab-
reicht", sagte er rasch. „Immer wenn ich …" Er wusste
nicht, welche Kinderkrankheiten er nun anführen sollte.
„Immer wenn ich mich nicht wohl fühlte."

„Ja, ‚Kräuterhimmel' heilt alles. Ihre Erinnerung kehrt
zurück."

„Aber nur bruchstückhaft. Mir fällt es leichter, mich
an meine Kindheit zu erinnern als an die vergangene
Nacht."

„Das ist nicht so ungewöhnlich. Sind Sie verheiratet?"
Du lieber Himmel, was frage ich denn da? dachte sie.
Sofort wandte sie sich ab und schaute ins Kaminfeuer.

Cal war ganz froh, dass sie ihn nicht anschaute, denn
er konnte sein belustigtes Grinsen nicht unterdrücken.
„Nein. Wenn ich es wäre, würde ich Sie ja wohl nicht begehren dürfen."

Libby blieb die Luft weg. Sie sah Cal kurz an, stand
dann hastig auf und stellte das Geschirr aufs Tablett.
„Ich werde das jetzt abräumen."

„Hätte ich das eben lieber nicht sagen sollen?"

Sie musste erst einmal schlucken, ehe sie ein Wort
herausbekam. „Was sagen?"

„Dass ich Sie begehre." Er fasste sie beim Handgelenk. Es erstaunte ihn, wie sehr es ihn erregte, ihren
hämmernden Puls zu fühlen. Zwar hatte er die Zei-

64

tungen Wort für Wort durchgelesen, aber daraus hatte
er nicht im Geringsten entnehmen können, wie Männer
und Frauen hier und heute miteinander umgingen. Aber
so vollkommen anders konnten die Verhältnisse doch
gar nicht sein.

„Ja … Nein."

Cal lächelte und nahm ihr das Tablett aus den Händen.
„Was denn nun?"

„Also, ich finde das nicht so gut." Sie trat einen Schritt
zurück, als er aufstand. Jetzt fühlte sie die Wärme des
Kaminfeuers an ihren Beinen. „Caleb …"

„Ist dies eine ‚besondere Gelegenheit'?" Mit einer
Fingerspitze strich er über Libbys Kinn und bemerkte,
wie dabei ihre Augen groß und dunkel wurden.

„Nein." Es war einfach lachhaft. Mit einer einzigen
Berührung schaffte der Mann es, dass sie wieder zu
zittern begann. Das durfte doch nicht wahr sein!

„Als ich aufwachte und Sie hier im Sessel beim Kamin
schlafen sah, hielt ich Sie zunächst für ein Trugbild."
Mit dem Daumen strich er zart über ihre Unterlippe.
„Und jetzt sehen Sie auch wieder wie eines aus."

Libby fühlte sich aber nicht wie ein Trugbild,
sondern wie eine sehr wirkliche Frau, und zwar eine
angsterfüllte. „Ich muss jetzt das Feuer für die Nacht
zuschütten, und Sie sollten zu Bett gehen."

„Das Feuer können wir gemeinsam zuschütten, und
dann können wir zu Bett gehen."

65

Libby straffte die Schultern. Es ärgerte sie furchtbar, dass ihre Hände feucht geworden waren. Nein, jetzt stammle ich nicht herum, schwor sie sich. Und ich werde mich nicht wie eine unerfahrene Närrin verhalten. Sie nahm sich vor, den Mann so abzufertigen, wie das eine starke, selbstständige Frau tun würde, eine, die wusste, was sie wollte.

„Ich werde nicht mit Ihnen schlafen. Schließlich kenne ich Sie nicht", erklärte sie.

Das war also die Voraussetzung. Cal dachte eine Weile darüber nach und fand es dann sehr liebenswert und durchaus nicht unvernünftig. „In Ordnung. Und wie lange brauchen Sie zum Kennenlernen?"

Eine Weile sah sie ihn stumm an und fuhr sich dann mit beiden Händen durchs Haar. „Ich bin mir nicht sicher, ob Sie scherzen oder nicht, aber eines weiß ich genau: Sie sind der merkwürdigste Mann, der mir je begegnet ist."

„Und dabei wissen Sie nicht einmal die Hälfte von allem." Er sah zu, wie sie das Feuer sorgfältig mit Asche bedeckte. Geschickte Hände, dachte er, ein sportlicher Körper und die sprechendsten Augen, die ich jemals gesehen habe. „Wir werden einander also morgen kennen lernen. Dann schlafen wir miteinander."

Libby richtete sich so hastig auf, dass sie sich den Kopf an der Kamineinfassung stieß. Sie schimpfte leise, rieb sich die schmerzende Stelle und drehte sich dann zu Cal um. „Nicht unbedingt. Genauer gesagt, es ist ziemlich unwahrscheinlich."

Cal nahm den Funkenschirm und setzte ihn so vor die Kaminöffnung, wie er es gestern von Libby gesehen hatte. „Weshalb?"

„Weil …" Sie suchte nach Worten. „Weil ich so etwas nicht tue." Cals Reaktion entging ihr nicht, seine dunkelblauen Augen spiegelten ehrliche Verblüffung.

„Überhaupt nicht?"

„Also ich bitte Sie, Hornblower! Das geht Sie nun wirklich nichts an." Eine würdevolle Haltung half, wenn auch nicht sehr viel. Als Libby das Tablett aufnahm, gerieten die Suppenschüsseln ins Rutschen und wären wahrscheinlich hinuntergefallen, hätte Cal nicht das eine Ende des Tabletts gegriffen und die Sache wieder ins Gleichgewicht gebracht.

„Weshalb sind Sie denn so böse? Ich will Sie doch nur lieben."

„Nun hören Sie mal zu." Libby holte tief Luft. „Jetzt reicht es mir aber! Ich habe Ihnen einen Gefallen getan, aber ich schätze es nicht, dass Sie jetzt andeuten, ich müsste mit Ihnen ins Bett springen, nur weil Sie … weil Ihnen gerade danach ist. Ich finde es nicht schmeichelhaft, sondern im Gegenteil ziemlich beleidigend, dass Sie denken, ich würde mit einem mir vollkommen fremden Mann schlafen, nur weil es gerade so bequem zu machen wäre."

Er neigte den Kopf zur Seite und bemühte sich um Verständnis. „Würden Sie es vorziehen, wenn es unbequem wäre?"

Libby biss die Zähne aufeinander. „Hornblower, sobald wir hier fortkommen, werde ich Sie umgehend bei der nächsten Single-Bar absetzen. Bis es soweit ist, werden Sie gefälligst auf Abstand bleiben." Damit rauschte sie aus dem Zimmer.

Cal hörte die Suppenschüssel in der Küche zu Boden krachen. Er schob die Hände wieder in die Hosentaschen und stieg die Treppe hoch. Frauen des zwanzigsten Jahrhunderts waren sehr schwer zu verstehen. Sie waren zugegebenermaßen faszinierend, aber ausgesprochen heikel.

Und was, zum Teufel, war eine Single-Bar?

3. KAPITEL

Am nächsten Morgen fühlte sich Cal beinahe wieder ganz normal – so weit man sich normal fühlen konnte, wenn man überhaupt noch nicht geboren war. Die Situation war einfach bizarr und nach den gegenwärtigen wissenschaftlichen Theorien auch höchst unwahrscheinlich.

Im Inneren klammerte er sich noch immer an die schwache Hoffnung, dass er nur einen ganz besonders langen und lebhaften Albtraum hatte. Oder er befand sich in einem Krankenhaus, weil er unter Schock stand und einen leichten Gehirnschaden erlitten hatte. Aber wie die Sache aussah, war er zweihundertzweiundsechzig Jahre rückwärts durch die Zeit gesprungen und im primitiven, zeitweise recht gewalttätigen zwanzigsten Jahrhundert gelandet.

Das Letzte, woran er sich erinnern konnte, bevor er dann auf Libbys Couch aufgewacht war, das war der Umstand, dass er sein Schiff geflogen hatte. Nein, das stimmte nicht ganz. Er hatte verzweifelt versucht, sein Schiff zu fliegen. Irgendetwas war geschehen, aber was, das brachte er nicht zusammen. Nur war es mit Sicherheit etwas ganz Großes gewesen.

Mein Name ist Caleb Hornblower, sagte er vor sich hin. Ich bin im Jahr 2222 geboren, und deshalb war die Zahl zwei angeblich immer meine Glückszahl. Ich bin dreißig

Jahre alt, nicht zugeordnet, der Ältere von zwei Brüdern und ehemaliger Angehöriger der Intergalaktischen Space Force. In dieser intergalaktischen Raumwaffe bekleidete ich den Rang eines Captain. Seit anderthalb Jahren arbeite ich als selbstständiger Unternehmer. Ich befand mich auf einem routinemäßigen Lieferflug zur Marskolonie Brigston und musste auf dem Heimflug wegen eines Meteoritenschauers von der normalen Flugbahn abweichen. Und da ist es passiert. Aber was?

Auf jeden Fall stand jetzt fest, dass irgendetwas ihn in eine vergangene Zeit zurückgeschleudert hatte. Er war nicht nur durch die Erdatmosphäre gekracht, sondern auch durch rund zweieinhalb Jahrhunderte. Er war ein gesunder, intelligenter Pilot, der in einer Zeit gestrandet war, in der die Menschen interplanetarische Reisen für Science-Fiction hielten und mit Kernspaltung herumspielten, was unfassbar war.

Das Gute an seinem Schicksal bestand darin, dass er bei dem Vorgang nicht ums Leben gekommen, sondern in einem abgeschiedenen Gebiet und in den Händen einer hinreißenden Brünetten gelandet war.

Es hätte schlimmer kommen können, dachte er. Im Moment bestand das Problem nur darin, herauszufinden, wie er in seine eigene Zeit zurückkehren konnte, und zwar möglichst lebendig.

Cal schüttelte sein Kopfkissen auf, rieb sich über die Bartstoppeln und fragte sich, was Libby wohl sagen würde, wenn er jetzt hinunterginge und ihr in aller Ruhe seine Geschichte erzählte. Vermutlich würde er sich im Handumdrehen im Freien wiederfinden – mit nichts an außer der Jogginghose ihres Vaters. Oder Libby würde umgehend bei der Polizei anrufen und ihn in das einliefern lassen, was man im Jahr 1990 unter einem Pflegeheim für Geistesgestörte verstand. Luxusstätten waren das mit Sicherheit nicht.

Es ärgerte ihn, dass er in Geschichte ein so miserabler Schüler gewesen war. Was er über das zwanzigste Jahrhundert wusste, füllte kaum einen Computerschirm. Trotzdem konnte er sich sehr gut vorstellen, dass die Leute hier ziemlich primitive Methoden hatten, mit einem Mann zu verfahren, der behauptete, nach einem Routineflug zum Mars mit seiner F237 in Oregons Klamath-Gebirge abgestürzt zu sein.

Bis ihm also etwas Vernünftiges eingefallen war, wie er hier wieder hinauskam, musste er sein Problem für sich behalten und noch wesentlich vorsichtiger mit dem sein, was er sagte. Und was er tat.

Gestern Abend hatte er offenkundig einen Fehltritt begangen, und zwar in mehr als einer Hinsicht. Er verzog das Gesicht, als er an Libbys Reaktion auf seinen schlichten Vorschlag dachte, die Nacht zusammen zu verbringen. Solche Dinge wurden hier anscheinend anders gehandhabt. Nicht hier, berichtigte er sich, sondern jetzt.

71

Zu dumm aber auch, dass er keinen von diesen alten Liebesromanen gelesen hatte, die seine Mutter mit Vorliebe verschlang. Dass er von einer schönen Frau abgewiesen worden war, stellte jedoch nicht sein größtes Problem dar. Er musste zu seinem Schiff zurückgelangen und versuchen, die Vorgänge zu rekonstruieren und dann umzukehren. Das schien die einzige Möglichkeit zu sein, wieder nach Hause zu kommen.

Libby besaß einen Computer, wie er gesehen hatte. Eine altertümliche Maschine zwar, aber in Verbindung mit dem Minicomp an seinem Handgelenk müsste es dem Ding doch möglich sein, eine Flugbahn zu errechnen.

Zunächst jedoch brauchte er eine Dusche, eine Rasur und noch eines von Libbys Eieromeletts.

Cal stand auf, öffnete die Zimmertür und hätte Libby beinahe umgerannt.

Sie hielt eine Tasse dampfenden Kaffees in der Hand, den sie um ein Haar über Cals nackte Brust geschüttet hätte. Sie vermied das Unglück gerade noch, obwohl sie eigentlich der Ansicht war, ein kleiner, brühheißer Guss wäre genau das, was der Mann verdiente.

„Ich dachte mir, Sie würden vielleicht einen Kaffee haben wollen."

„Vielen Dank." Ihm entging nicht, dass ihre Stimme eisig klang und ihre Haltung ziemlich steif war. Wenn er sich nicht sehr täuschte, hatten sich die Frauen doch nicht

72

so sehr geändert. Kalte Schultern kamen anscheinend nie wirklich aus der Mode.

„Ich möchte mich entschuldigen." Er schenkte ihr sein schönstes Lächeln. „Ich weiß, dass ich gestern Abend ein wenig aus der Umlaufbahn geraten bin."

„So kann man es auch nennen."

„Was ich meine … also Sie hatten Recht, und ich war im Unrecht." Wenn das nicht half, dann kannte er sich mit Frauen nicht mehr aus.

„Schon gut." Nichts war ihr unbehaglicher, als lange grollen zu müssen. „Vergessen wir es."

„Ist es mir gestattet zu sagen, dass Sie schöne Augen haben?" Er sah, dass sie errötete, und das fand er bezaubernd.

„Von mir aus." Sie lächelte kaum merklich. Ich hatte Recht mit der keltischen Abstammung, dachte sie. Wenn der Mann keine irischen Vorfahren hat, dann werde ich den Beruf wechseln müssen. „Wenn's denn sein muss."

Er streckte ihr zögernd die Hand entgegen. „Wieder vertragen?"

„Vertragen." Als sie ihre Hand in seine legte, hatte sie sofort das Gefühl, einen Fehler gemacht zu haben. Eine kleine Berührung seiner Fingerspitzen reichte schon aus, ihr Herz zum Galopp zu veranlassen, und leider entging ihm ihre Reaktion ganz offensichtlich nicht.

Langsam zog Libby ihre Hand zurück. „Ich werde jetzt das Frühstück machen."

„Dürfte ich inzwischen duschen?"

„Gewiss. Ich zeige Ihnen, wo alles ist." Jetzt hatte sie etwas Praktisches zu tun, und schon fühlte sie sich wieder wohler. Sie ging voran zum Bad. „Saubere Handtücher befinden sich hier drinnen." Sie öffnete eine schmale Lamellentür. „Und wenn Sie sich rasieren wollen – hier, bitte." Sie überreichte ihm ein Rasiermesser und eine neue Tube Rasiercreme.

„Ist was?" fragte sie, weil Cal ein Gesicht machte, als hielte sie ihm irgendwelche Folterinstrumente hin. „Nun ja, Sie werden an Elektrorasierer gewöhnt sein, aber so etwas habe ich nicht."

„Nein, nein." Er brachte ein schwaches Lächeln zustande. Hoffentlich schnitt er sich nicht den Hals durch. „Ich komme schon hiermit zurecht."

„Und eine Zahnbürste." Ohne ihn anzublicken, reichte sie ihm eine noch originalverpackte Zahnbürste. „So etwas haben wir hier ebenfalls nicht in elektrisch."

„Ich … ich bin nicht anspruchsvoll."

„Gut. Holen Sie sich aus dem Schlafzimmer etwas, das Ihnen passt. Jeans und Pullover müssten vorhanden sein. In einer halben Stunde habe ich das Frühstück fertig. Okay?"

„Okay."

Als Libby die Tür von außen geschlossen hatte, starrte Cal noch immer auf die merkwürdigen Toilettenartikel, die er verdutzt in seinen Händen hielt.

Faszinierend. Jetzt, da er Panik, Furcht und Fassungslosigkeit abgeschüttelt hatte, fand er die ganze Geschichte faszinierend. Er betrachtete die Schachtel mit der Zahnbürste darin wie ein kleiner Junge, der ein fabelhaftes Puzzlespiel unter dem Weihnachtsbaum gefunden hatte.

Er hatte gelesen, dass die Leute solche Dinger dreimal pro Tag benutzten. Man hatte Zahncremes in verschiedenen Geschmacksrichtungen, die man sich auf die Zähne strich. Widerlich! Cal drückte sich einen Klecks Creme aus der Tube und kostete. Es war tatsächlich ekelhaft. Wie konnte man so etwas nur benutzen? Nun ja, das war in den alten Zeiten gewesen, als Zahn- und Zahnfleischkrankheiten noch nicht durch Fluoride ausgemerzt worden waren.

Cal öffnete die Schachtel, fuhr mit dem Daumen über die Borsten und betrachtete im Spiegel seine gesunden weißen Zähne. Vielleicht sollte er lieber kein Risiko eingehen.

Er legte alles auf dem Waschbecken ab und schaute sich im Badezimmer um. Wie eine Kulisse aus diesen alten Filmen, dachte er. Die klobige, längliche Badewanne, der einzelne Duschkopf, der aus der Wand herausragte … Er wollte sich alles genau einprägen, vielleicht schrieb er nach seiner Rückkehr ja ein Buch darüber.

Erst einmal musste er herausfinden, wie man die Dusche überhaupt in Gang setzte. Über dem Wasser-

hahn an der Wand befanden sich drei runde Chrom-
knöpfe, einer mit einem roten, einer mit einem blauen
Punkt und einer mit einem Pfeil darauf.

Natürlich konnte Cal sich denken, was die Farben
bedeuteten, aber wie man mit den Knöpfen genau die
richtige Wassertemperatur einstellen konnte, war ihm
schleierhaft. Er war es gewöhnt, unter die Dusche zu
treten und dem Computer zu sagen, er wünsche sieben-
unddreißig Grad warmes Wasser. Hier war er also auf
sein eigenes Geschick angewiesen.

Nachdem er sich erst verbrüht, dann vereist und
dann wieder verbrüht hatte, entwickelte sich langsam
so etwas wie ein gegenseitiges Einvernehmen zwischen
ihm und der Dusche, und er konnte das Bad richtig
genießen.

Er fand eine Flasche, auf der „Shampoo" stand, und
schüttete sich ein wenig von dem Inhalt in die Hand.
Es duftete wie Libby. Sofort spannten sich seine Bauch-
muskeln an, und das Verlangen durchströmte ihn so
heiß wie das Wasser, das über seinen Rücken lief.

Das war merkwürdig. Unsicher betrachtete Cal das
Shampoo in seiner Hand. Sich von einer Frau angezogen
zu fühlen war etwas Normales, etwas ganz Unkompli-
ziertes. Aber diesmal tat es richtig weh. Er drückte sich
die Hand auf den Bauch und wartete darauf, dass das
Gefühl verging. Es blieb.

Wahrscheinlich hatte das etwas mit seinem Unfall zu

tun. Jedenfalls redete er sich das ein, weil er es glauben wollte. Gleich nach seiner Heimkehr würde er sich in einer Klinik gründlich untersuchen lassen.

Leider hatte er jetzt den Spaß am Duschbad verloren. Rasch trocknete er sich ab. Der Duft von Seife, Shampoo – und von Libby – war überall.

Die Jeans waren Cal ein wenig zu weit im Bund, doch sie gefielen ihm. Echte, natürliche Baumwolle war wahnsinnig teuer, und nur die sehr Reichen konnten sie sich leisten. Dass der schwarze Rollkragenpullover ein kleines Loch am Ärmelbündchen hatte, gab Cal das Gefühl, zu Hause zu sein. Er hatte schon immer lässige, bequeme Kleidung bevorzugt. Die ISF hingegen schrieb Uniformen und „Politur" vor, was einer der Gründe dafür war, dass er abgedankt hatte.

Barfuß und zufrieden mit sich selbst, ging er den appetitlichen Essensgerüchen nach zur Küche.

Libby sah großartig aus. Ihre lange, lose Hose unterstrich ihre schlanke Figur und regte einen Mann dazu an, sich sämtliche Kurven unter dem Stoff auszumalen. Die Ärmel ihres weiten roten Pullovers hatte sie bis zu den Ellbogen hochgeschoben. Cal musste daran denken, wie empfindlich sie auf die Berührung der Armbeuge reagiert hatte, und schon verspannten sich seine Muskeln wieder. Er nahm sich vor, nicht mehr auf diese Weise an Libby zu denken.

„Hallo."

Diesmal hatte sie ihn erwartet und fuhr nicht zusammen. „Hallo. Setzen Sie sich. Ihren Verband werde ich später prüfen. Jetzt essen Sie erst einmal etwas. Ich hoffe doch, Sie mögen Eiertoast."

Mit dem vollen Teller in den Händen drehte sie sich um. Als sie Cals Blick begegnete, krampften sich ihre Finger um den Tellerrand. Zwar erkannte sie den Pullover wieder, aber an Cals sportlichem Oberkörper sah er völlig anders aus als an ihrem Vater.

„Sie haben sich ja nicht rasiert."

„Habe ich vergessen." Er mochte nicht zugeben, dass er sich nicht getraut hatte, sein Geschick mit dem Rasiermesser auszuprobieren. „Es regnet nicht mehr."

„Ich weiß. Heute Nachmittag soll sogar die Sonne herauskommen." Libby stellte den Teller auf den Tisch und versuchte keine Reaktion zu zeigen, als Cal sich nahe heranbeugte, um an dem Eiertoast zu schnuppern.

„Haben Sie das wirklich selbst gemacht?"

„Frühstück zubereiten kann ich am besten." Sie setzte sich und atmete heimlich auf, als er ihr gegenüber Platz nahm.

„Daran könnte ich mich gewöhnen", meinte er.

„Ans Essen?"

Er nahm den ersten Bissen und genoss den Geschmack mit geschlossenen Augen. „An dieses Essen."

Libby schaute ihm zu, während er sich mit größtem

Appetit durch den Toaststapel arbeitete. „Was haben Sie denn sonst immer gegessen?"

„Meistens Fertiggerichte." In den Zeitschriften hatte er Anzeigen für abgepackte Komplettmahlzeiten gesehen. Wenigstens ein Zeichen von langsam beginnender Zivilisation!

„So etwas esse ich meistens auch, aber wenn ich hier heraufkomme, überfällt mich die Lust am Kochen, am Holzstapeln und am Kräuterziehen. Alles Dinge, die ich als Kind gemacht habe."

Obwohl sie diesmal gerade wegen der Einsamkeit hier heraufgekommen war, entdeckte sie, dass ihr Cals Anwesenheit Freude bereitete. Heute Morgen schien er auch keine Bedrohung darzustellen, wenn man einmal davon absah, wie sie auf seinen Anblick im schwarzen Pullover und engen Jeans reagiert hatte.

„Was tun Sie eigentlich, wenn Sie nicht gerade irgendwo Bruchlandungen machen?"

„Dann fliege ich." Solche Fragen hatte er erwartet und sich die Antworten darauf im Stillen schon zurechtgelegt. Er wollte so nahe wie möglich bei der Wahrheit bleiben.

„Dann sind Sie also doch beim Militär."

„Nicht mehr." Er nahm die Kaffeetasse auf und wechselte geschickt das Thema. „Ich weiß nicht, ob ich Ihnen wirklich angemessen für das gedankt habe, was Sie alles für mich getan haben. Ich möchte es gern wieder gutmachen, Libby. Gibt es hier irgendetwas, das getan werden muss und das ich für Sie machen kann?"

„Ich glaube, für körperliche Arbeit kommen Sie noch nicht infrage."

„Wenn ich wieder den ganzen Tag im Bett bleibe, werde ich verrückt."

Libby betrachtete ihn genau, wobei sie sich nicht durch die Form seines Mundes ablenken lassen wollte. Leider war es unmöglich, nicht daran zu denken, wie nahe seine Lippen ihren gekommen waren. „Ihre Gesichtsfarbe hat sich gebessert. Ist Ihnen noch schwindlig?"

„Nein."

„Dann können Sie mir beim Abwaschen helfen."

„Gern."

Zum ersten Mal schaute Cal sich genauer in der Küche um. Sie war für ihn genauso faszinierend wie das Bad. Die Westwand bestand ganz aus Stein, und eine kleine Feuerstelle war dort eingelassen. Auf dem Mauervorsprung stand ein Gefäß aus gehämmertem Kupfer mit getrockneten Blumen und Gräsern darin. Durch das breite Fenster über dem Ausguss sah man Berge und Tannen. Der Himmel war grau und frei von Verkehr.

Cal registrierte den Kühlschrank und den Herd, beide Geräte waren weiß. Der Fußboden bestand aus breiten polierten Holzbohlen. Es fühlte sich kühl unter den Fußsohlen an.

„Suchen Sie etwas?" fragte Libby.

Er blickte sie an. „Wie bitte?"

„Sie haben eben aus dem Fenster geschaut, als erwarteten Sie da draußen etwas zu sehen, das aber nicht da war."

„Ich habe nur … die Aussicht bewundert."

„Aha." Sie deutete auf den Teller. „Sind Sie fertig?"

„Ja. Ihre Küche ist ein großartiger Raum."

„Ich mochte sie auch schon immer. Mit dem neuen Herd ist es natürlich viel bequemer. Sie können sich ja nicht vorstellen, auf was für einem Museumsstück wir früher hier gekocht haben."

Er musste lächeln. „Nein, das kann ich mir ganz gewiss nicht vorstellen."

„Irgendwie habe ich das dumme Gefühl, Sie haben eben einen Witz gemacht, den ich nicht mitbekommen habe."

„Nicht, dass ich wüsste." Er nahm seinen Teller auf, trug ihn zum Ausguss und öffnete dann eine Schranktür nach der anderen.

„Falls Sie den Geschirrspüler suchen, werden Sie kein Glück haben." Libby räumte auch das restliche Geschirr in den Ausguss. „So weit würden meine Eltern von ihren Werten der Sechzigerjahre niemals abweichen. Keinen Geschirrspüler, keine Mikrowelle, keine Satellitenschüssel." Sie verstöpselte den Ausguss und griff nach einer Flasche Spülmittel. „Möchten Sie abwaschen oder abtrocknen?"

81

„Abtrocknen."

Es machte ihm Freude zuzuschauen, wie sich das Spülbecken mit heißem, schäumendem Wasser füllte und wie Libby mit einer Stielbürste zu schrubben begann. Es duftete so angenehm. Am liebsten hätte er sich über das Becken gebeugt und an den zitronigen Bläschen geschnuppert.

Libbys Nase juckte. Sie rieb sie sich an der hochgezogenen Schulter. „Sagen Sie mal, Hornblower, haben Sie noch nie in ihrem Leben eine Frau beim Abwaschen gesehen?"

„Nein. Das heißt, einmal in einem Film." Wie würde sie darauf reagieren?

Lachend reichte sie ihm einen Teller. „Der Fortschritt nimmt uns alle diese bezaubernden Arbeiten ab. In hundert Jahren werden wir wahrscheinlich Roboter haben, die das Geschirr in sich hineinstapeln und es sterilisiert wieder herausgeben."

„In hundertfünfzig Jahren. Was soll ich mit dem Teller machen?"

„Na, abtrocknen."

„Und wie?"

Sie hob eine Augenbraue und deutete mit dem Kopf auf ein zusammengefaltetes Handtuch. „Versuchen Sie's doch mal damit."

„In Ordnung." Er trocknete den Teller und nahm sich den nächsten. „Übrigens hatte ich gehofft, dass ich mir einmal anschauen kann, was von meinem Sch… von meinem Flugzeug übrig geblieben ist."

„Ich garantiere Ihnen, dass der Holztransportweg total ausgespült ist. Mein Geländewagen würde es vielleicht schaffen, aber damit würde ich doch noch gern einen Tag warten."

Cal bezwang seine Ungeduld. „Zeigen Sie mir dann die richtige Richtung?"

„Nein. Ich fahre Sie hin."

„Sie haben schon genug für mich getan."

„Vielleicht, aber meine Wagenschlüssel gebe ich Ihnen nicht, und zu Fuß schaffen Sie den weiten Weg noch nicht." Sie griff sich den Zipfel seines Handtuchs und trocknete sich daran die Hände ab. „Warum wollen Sie nicht, dass ich Ihr Flugzeug sehe, Hornblower? Selbst wenn Sie es gestohlen hätten, würde ich das nicht erkennen."

„Ich habe es nicht gestohlen!"

Das hörte sich so ärgerlich an, dass Libby ihm sofort aufs Wort glaubte. „Na schön. Sobald der Weg wieder zu befahren ist, bin ich bereit, Ihnen dabei zu helfen, das Wrack zu finden. Und jetzt setzen Sie sich hin und lassen Sie mich nach Ihrer Wunde schauen."

Unwillkürlich hob er die Finger an den Verband. „Die ist in Ordnung."

„Sie haben Schmerzen. Das sehe ich Ihnen doch an."

Cal blickte Libby in die Augen. Mitgefühl sah er

da, ein stilles, tröstliches Mitgefühl. Am liebsten hätte er seine Wange an ihr weiches Haar gelegt und alles erzählt. „Nun ja, hin und wieder", gestand er.

„Also werde ich es mir ansehen, Ihnen ein paar Schmerztabletten verabreichen, und dann werden wir weitersehen." Sie nahm ihm das Handtuch aus den Fingern. „Nun kommen Sie schon. Seien Sie ein braver Junge."

Er setzte sich und bedachte sie mit einem komisch verzweifelten Blick. „Sie hören sich ganz wie meine Mutter an."

Sie klopfte ihm kurz und aufmunternd auf die Wange und holte dann frisches Verbandszeug und ein Antiseptikum aus einem Schrank. „Sitzen Sie still."

Libby legte die Wunde frei und betrachtete sie so finster, dass Cal sich unsicher auf seinem Stuhl hin und her bewegte. „Sie sollen still sitzen!" befahl sie leise. Die Verletzung sah tatsächlich scheußlich aus. Die Wunde war tief und ihre Ränder waren rissig. Rundherum breitete sich ein blauvioletter Bluterguss aus.

„Wenigstens scheint keine Infektion vorzuliegen. Sie werden eine Narbe zurückbehalten."

„Eine Narbe?" Entsetzt hob Cal den Finger an die Wunde.

Eitel ist er also auch, dachte Libby ein wenig belustigt. „Keine Sorge. Damit werden Sie besonders kühn aussehen. Es wäre zwar besser, wenn die Wunde genäht werden könnte, aber solchen Luxus kann ich Ihnen nun mal nicht bieten. Und nun wird's gleich ein bisschen brennen." Schon begann sie, die Wunde mit dem Antiseptikum zu reinigen.

Cal fluchte, und zwar laut und wortreich. Mittendrin packte er Libbys Handgelenk. „Brennen? Ein bisschen?"

„Reißen Sie sich zusammen, Hornblower. Denken Sie an etwas anderes."

Er biss die Zähne zusammen und konzentrierte sich auf Libbys Gesicht. Das Zeug auf seiner Wunde brannte höllisch und raubte ihm fast den Atem. Und in Libbys Augen spiegelte sich Mitgefühl, aber auch Entschlossenheit. Unbeirrt und geschickt setzte sie ihre Behandlung fort.

Sie ist wirklich schön, dachte er. Das waren keine kosmetischen Tricks, und eine Gesichtsplastik hatte sie mit Sicherheit auch nicht vornehmen lassen. Dieses hier war das Gesicht, mit dem sie geboren worden war. Am liebsten hätte er es gestreichelt. Möglicherweise war sie ja in ihrer Zeit eine ganz gewöhnliche Frau, aber ihm erschien sie einmalig und beinahe unerträglich begehrenswert.

Sie war echt, real, wirklich, aber er war nur ein Trugbild. Ein Mann, der noch nicht geboren war, aber einer, der sich noch nie lebendiger gefühlt hatte als jetzt.

„Machen Sie so etwas öfter?" erkundigte er sich.

Libby tat es so Leid, dass sie ihm Schmerzen verursachte, und deshalb bekam sie die Frage nicht ganz mit. „Öfter? Was mache ich öfter?"

„Menschen retten." Er sah, wie das Lächeln auf ihren Lippen erschien, und hätte sie am liebsten geküsst.

„Sie sind der Erste."

„Sehr gut."

„So, das wär's."

„Geben Sie mir nun keinen Kuss, damit es nicht mehr wehtut?" Das hatte seine Mutter immer getan. Vermutlich taten das Mütter zu allen Zeiten. Als er Libby lachen sah, schlug sein Herz einen kleinen Salto.

„Weil Sie so tapfer waren." Sie beugte sich zu ihm und berührte mit den Lippen hauchleicht eine Stelle oberhalb des frischen Verbandes.

„Es tut aber immer noch weh." Er fasste sie bei der Hand, damit sie nicht weglaufen konnte. „Könnten Sie es nicht noch einmal versuchen?"

„Ich werde Ihnen lieber Schmerztabletten holen." Sie ballte ihre Hand in seiner, und als er aufstand, wollte sie sich ihm eigentlich ganz entziehen, aber irgendetwas in seinen Augen sagte ihr, dass das zwecklos wäre. „Caleb …"

„Ich mache Sie nervös." Er ließ seinen Daumen über ihre Handknöchel streichen. „Das ist sehr anregend."

„Ich beabsichtige durchaus nicht, Sie anzuregen."

„Das ist auch gar nicht nötig." Sie ist nervös, aber

nicht verängstigt, dachte er. Hätte sie Furcht gezeigt, würde er sofort aufgegeben haben, aber so führte er ihre Hand an seine Lippen und drehte die Handfläche nach oben. „Sie haben wundervolle Hände, Libby. Sanfte Hände." Er las ihr ihre Empfindungen von den Augen ab: Verwirrung, Unbehagen, Verlangen. Er konzentrierte sich auf das Verlangen und zog sie noch näher zu sich heran.

„Lassen Sie das." Dass ihre Stimme nicht besonders überzeugend klang, entsetzte sie. „Ich sagte Ihnen, ich …" Ihre Knie wurden weich, als sie seine Lippen über ihre Schläfe streichen fühlte. „Ich werde nicht mit Ihnen schlafen."

Er murmelte etwas, ließ seine Hand an ihrem Rücken hinaufgleiten und drückte Libby noch dichter an seinen Körper. Jetzt lag ihr Kopf an seiner Schulter, und Cal erkannte, dass er diese Frau von Anfang an in dieser Weise hatte in den Armen halten wollen.

„Keine Angst", sagte er leise. Er hob seine Hand zu ihrem Nacken hinauf. „Ich werde nicht darauf bestehen, Sie zu lieben. Ich möchte Sie nur küssen."

Libby spürte aufkommende Panik in sich. „Nein, ich …" Die Finger an ihrem Nacken bewegten sich, griffen zu, hielten fest. Später, als sie wieder denken konnte, redete sie sich ein, dass Caleb Hornblower wohl versehentlich irgendeinen Nerv berührt hatte, irgendeinen geheimen, höchst empfindlichen Punkt.

87

Jetzt aber überflutete sie eine unbeschreibliche Sehnsucht. Als gäbe sie alle Abwehr auf, ließ Libby den Kopf in den Nacken sinken, und in diesem Moment der heftigen Emotion fühlte sie Calebs Lippen an ihren.

Sie erstarrte – nicht vor Furcht, nicht vor Zorn und ganz gewiss nicht, weil sie sich etwa innerlich sträubte. Es war wie ein Schock, wie ein Stromschlag von einer Hochspannungsleitung.

Calebs Lippen berührten ihre nur so leicht wie ein Hauch, eine verlockende, verführerische Liebkosung, die süße Qualen bereitete und unbeschreiblich erotisch war. Kleine, sanfte Bisse und wieder eine zärtliche Liebkosung, leicht und dennoch bezwingend ... Seine Lippen waren warm und weich, und im erregenden Gegensatz dazu fühlte Libby seine Bartstoppeln über ihre Wange kratzen, als er den Kopf ein wenig bewegte, um mit der Zunge über ihre Lippen zu streichen.

Libby empfand es als ungeheuer intim, wie er sie förmlich zu kosten schien, wie er mit ihr spielte. Jetzt berührte seine Zunge ihre, und er schien einen ganz neuen, geheimnisvollen Geschmack zu entdecken. Dann schlug seine Stimmung wieder um, und er zog Libbys Unterlippe zwischen seine Zähne. Seine erotischen Bisse gingen nie über die Grenze zwischen Lust und Schmerz hinaus.

Was er tat, konnte man nur Verführung nennen, und es war eine Art von Verführung, die sich Libby nie hätte träumen lassen, eine sanfte, behutsame und trotzdem unwiderstehliche Verführung. Libbys Hand, die sie gegen Cals Brust gedrückt hatte, zitterte. Der solide Boden unter ihren Füßen schien zu schwanken. Die Erstarrung löste sich von Sekunde zu Sekunde. Libby seufzte leise und überließ sich hingegeben der Umarmung.

Cal hatte noch nie eine solche Frau erlebt. Es schien, als wolle sie vollkommen mit ihm verschmelzen. Sie schmeckte so frisch wie die Luft, die durch das offene Fenster hereinwehte.

Er hörte ihr leises, sehnsüchtiges Seufzen, und plötzlich schlang sie die Arme um seinen Nacken. Sie schob die Finger in sein Haar und presste sich gegen ihn. Von einem Augenblick zum anderen verwandelte sich Hingabe in Begierde. Libbys Kuss war heiß, heftig und hungrig, und Cal ließ der Leidenschaft ihren Lauf.

Ich will, dass … Ich will viel zu viel, schoss es Libby durch den Kopf. Warum hatte sie nicht gewusst, wie groß ihr Hunger war? Cals Duft, sein Geschmack machten sie begierig auf immer mehr. Tausend Empfindungen auf einmal fuhren wie spitze, brennende Pfeile durch ihren Körper. Ein erstickter Aufschrei entrang sich ihr, als Cal die Arme schmerzhaft fest um sie schlang. Jetzt zitterte nicht mehr sie, sondern er.

Was machte diese Frau nur mit ihm? Er konnte nicht mehr atmen, nicht mehr denken, sondern nur noch fühlen, und was er fühlte, drohte ihn zu übermannen. Wenn ein Pilot die Beherrschung verlor, war das für ihn schlimmer als ein unvorhergesehener Meteoritenschauer. Cal hatte doch nur einen Moment der Freude schenken und erleben wollen, um ein ganz einfaches, schlichtes Bedürfnis zu befriedigen. Doch dies hier war weit mehr als Freude, und schlicht war es schon gar nicht. Er musste sich zurückziehen, bevor er in etwas hineingezogen wurde, das er noch nicht ganz begriff.

Mit bebenden Händen schob er Libby ein wenig von sich fort. Ihr Atem ging ebenso stoßweise wie seiner, und sie schaute ihn aus großen Augen benommen an. Er fühlte sich genauso benommen, so als hätte er mit seinem Schiff im Flug eine Mauer gerammt.

Verwirrt hob sich Libby eine Hand an die Lippen. Was hatte Cal getan? Was hatte sie selbst getan? Sie konnte beinahe ihr Blut durch die Adern schäumen fühlen. Sie machte einen Schritt rückwärts, um festen Boden unter den Füßen zu gewinnen, um einfache Antworten zu finden.

„Bleiben Sie." Er konnte nicht widerstehen. Vielleicht verfluchte er sich später dafür, aber jetzt konnte er nicht widerstehen. Bevor Libby noch ganz zu sich gekommen war, zog er sie wieder zu sich heran. Beide wussten, dass dies nicht geschehen durfte, aber Leidenschaft war stärker als Wissen. Libby war zwischen passiver Kapitulation und heftigem Verlangen hin und her gerissen, bis es ihr endlich gelang, sich mit einem Ruck aus Cals Armen zu befreien.

Beinahe wäre sie dabei gestolpert, doch sie hielt sich an der Rückenlehne eines Küchenstuhls fest, und ihre Finger verkrampften sich um das Holz. Schwer atmend und stumm starrte sie Cal an. Sie wusste nichts von ihm, sie kannte ihn nicht, und dennoch hatte sie ihm mehr geschenkt, als sie je einem anderen Menschen gegeben hatte. Ihr Verstand war darauf trainiert, Fragen zu stellen, doch im Moment hatte ihr zerbrechliches, unvernünftiges Herz die Oberhand.

„Wenn Sie hier in diesem Haus bleiben wollen, verlange ich, dass Sie mich nicht mehr berühren."

Cal erkannte die Furcht in ihren Augen. Er verstand sie, denn auch er fürchtete sich. „Für mich kam das ebenso unerwartet wie für Sie. Mir gefällt es ebenso wenig wie Ihnen."

„Dann dürfte es Ihnen ja nicht schwer fallen, dergleichen in Zukunft zu unterlassen."

Cal steckte die Hände in die Hosentaschen und wippte auf den Fußballen. Er fragte sich nicht, wieso er plötzlich so ärgerlich war. „Hören Sie, Sie haben dazu genauso viel getan wie ich."

„Sie haben mich gepackt!"

„Nein, ich habe Sie geküsst. Wenn hier jemand den anderen gepackt hat, dann Sie mich." Mit einiger Genugtuung sah er, dass sie errötete. „Ich habe mich Ihnen nicht aufgezwungen, Libby. Das wissen Sie ganz genau. Aber wenn Sie unbedingt den Eisberg spielen wollen, soll es mir recht sein."

Alles Blut verließ Libbys Gesicht, das jetzt blass und sehr starr wurde. Ihre Augen dagegen wurden dunkel und groß. Ihr erschütterter Blick traf Cal, der sich schon innerlich verfluchte.

Er trat einen Schritt auf sie zu. „Bitte, entschuldigen Sie. Es tut mir Leid."

Libby zog sich hinter den Stuhl zurück. „Ich verlange und erwarte keine Entschuldigung von Ihnen", erklärte sie sehr ruhig. „Allerdings erwarte ich ein angemessenes Verhalten."

„Ihnen soll beides zuteil werden", erwiderte er kühl.

„Ich habe zu arbeiten. Sie können den Fernseher mit in Ihr Zimmer nehmen, und auf dem Regal neben dem Kamin befinden sich Bücher. Ich wäre Ihnen dankbar, wenn Sie mir für den Rest des Tages aus den Augen blieben."

Er schob die Hände noch tiefer in die Hosentaschen. Wenn Libby dickköpfig sein wollte, bitte sehr. Das konnte er auch. „In Ordnung."

Mit vor der Brust verschränkten Armen wartete sie, bis Cal den Raum verlassen hatte. Am liebsten hätte sie ihm etwas hinterhergeworfen, vorzugsweise etwas Zerbrechliches. Er hätte nicht so mit ihr sprechen dürfen, nachdem er ihre Gefühle so durcheinander gebracht hatte.

Sie – ein Eisberg? Nein. Es war immer ihr Problem gewesen, dass sie viel zu gefühlsbetont war, dass sie viel zu viel begehrte. Was natürlich nicht auf persönliche, körperliche Zweierbeziehungen zutraf.

Plötzlich trübsinnig geworden, ließ sie sich auf den Stuhl sinken. Sie war eine anhängliche Tochter, eine liebevolle Schwester, eine treue Freundin. Aber sie war niemandes Geliebte. Noch niemals zuvor hatte sie ein solches Bedürfnis nach Intimität erfahren.

Mit einem einzigen Kuss hatte Cal ihre Sehnsucht nach Dingen geweckt, von deren Unwichtigkeit sie sich schon beinahe überzeugt hatte. Jedenfalls hatte sie gedacht, diese Dinge seien für sie unwichtig. Sie hatte ihre Arbeit, ihren Ehrgeiz und das Wissen, dass sie ihr berufliches Ziel erreichen würde. Sie hatte ihre Familie, ihre Bekannten, ihre Kollegen.

Verdammt noch mal, sie war glücklich! Sie brauchte keinen wilden Piloten, der zwar sein Flugzeug nicht in der Luft halten konnte, der es aber spielend schaffte, sie nervös zu machen. Und aufzuwecken, fügte sie in Gedanken hinzu. Bevor er sie geküsst hatte, war ihr gar nicht bewusst gewesen, wie wach und lebendig sie überhaupt sein konnte.

Ach, lächerlich! Eher entnervt als ärgerlich sprang sie auf und schenkte sich eine Tasse Kaffee ein. Lebendig oder nicht, jetzt musste sie erst einmal ihre Doktorarbeit fertig stellen. Danach würde sie nach Portland zurückkehren, wo sie mit Bekannten zusammenkommen, sich ein paar Filme ansehen und auf ein paar Partys gehen würde.

Und was sie als Allererstes tun musste, das war Caleb Hornblower auf den Weg zu bringen, auf den Rückweg dorthin, woher er auch immer gekommen sein mochte.

4. KAPITEL

Cal saß stundenlang vor dem Fernseher und nahm das Tagesprogramm ganz bewusst in sich auf. Für ihn war das keine Unterhaltung, sondern eine Art Ausbildung. Alle zehn oder zwanzig Minuten schaltete er auf einen anderen Kanal um, von einer Spielshow zu einer Unterhaltungsserie, von einer Talkshow zu einem Werbeprogramm.

Die Werbespots fand er am interessantesten, weil sie meist so amüsant waren. Manchmal fragte er sich dabei allerdings, was das eigentlich für Menschen waren, die in dieser Zeit lebten. Da gab es Frauen, die mit Fettflecken kämpften oder dem Kalkbelag auf Badezimmerwänden. Cal konnte sich nicht vorstellen, dass seine Mutter oder irgendeine andere Frau seiner Zeit sich jemals Gedanken über ein Waschmittel machen würde, das weißer als weiß oder reiner als rein wusch. Aber unterhaltsam waren diese merkwürdigen Werbespots allemal – das stand fest.

In einer Serienfolge kam eine Frau vor, die mit einem Mann erregt darüber diskutierte, dass sie möglicherweise schwanger war. Merkwürdig. Entweder eine Frau war schwanger, oder sie war es nicht. Aber möglicherweise? Cal schaltete um, sah einen Ausschnitt aus einer Spielshow und in ihr einen Mann, der gerade eine Reise nach Hawaii gewonnen hatte. Aus der Reaktion des Mannes war zu schließen, dass das im zwanzigsten Jahrhundert eine tolle Sache sein musste.

Auf einem anderen Kanal verfolgte er die Mittagsausgabe der Nachrichten und fragte sich, wie die Menschen eigentlich das zwanzigste Jahrhundert und die nachfolgenden überlebt hatten. Mord schien offenbar ein Volkssport zu sein, ebenso Diskussionen über Auf- und Abrüstungen sowie Abkommen über Waffenbeschränkungen. Da debattierten Politiker doch allen Ernstes darüber, wie viele Kernwaffen ein Staat besitzen durfte. Was meinten sie denn, wie viel Stück zu welchem Zweck nötig waren?

Die Politiker selbst hatten sich anscheinend kaum geändert. Sie hörten sich noch immer gern sprechen, redeten noch immer um die Wahrheit herum und lächelten unentwegt. Macht nichts, dachte Cal, anscheinend sind sie ja doch noch irgendwann zur Besinnung gekommen.

Er schaltete wieder um. Die Seifenopern mochte er am liebsten. Da konnte er Menschen sehen, die sich mit Ehe, Scheidung und Liebesaffären herumschlugen. Zwischenmenschliche Beziehungen schienen sogar eines der wichtigsten Probleme im Jahr 1990 zu sein.

Im Moment flimmerte eine kurvenreiche Blondine mit Tränen in den Augen über den Bildschirm. Sie warf sich einem harten Burschen mit nacktem Oberkörper an die Brust und versank mit ihm in einem langen, leidenschaftlichen Kuss. Küssen war also offensichtlich in dieser Zeit eine akzeptierte Gewohnheit. Wieso hatte sich Libby dann aber über einen einzigen Kuss so furchtbar aufgeregt?

Cal stand auf und trat ans Fenster. Ihre – und auch seine eigene – ungewöhnliche Reaktion auf diesen Kuss hatte sein Verlangen nach ihr in keiner Weise gedämpft. Er wollte alles über Liberty Stone wissen, was sie dachte, was sie empfand, was sie sich am meisten wünschte und was sie am wenigsten mochte. Er wollte wissen, wie sich ihre Haut anfühlte, und das konnte er sich noch am leichtesten ausmalen.

Er rief sich zur Ordnung. Er sollte eigentlich an nichts anderes denken als daran, wie er wieder nach Hause gelangen konnte.

Die Zeit mit Liberty Stone war nur ein Zwischenspiel, aber er konnte sich nicht vorstellen, dass irgendein Mann diese Frau unbekümmert lieben und verlassen konnte. Allerdings hatte Cal augenblicklich noch nicht den Wunsch nach Zuordnung oder Ehe, und wenn es einmal so weit sein sollte, dann musste sich das Ganze dort abspielen, wo er daheim war.

Er drückte die Handflächen gegen das Fensterglas, als befände er sich in einem Gefängnis, aus dem er mit Leichtigkeit entkommen könnte. Dem war aber keineswegs so. Wenn er jemals heimkehren wollte, musste er sich jetzt auf das konzentrieren, was an Bord seines Schiffs geschehen war.

Er wollte aber an Libby denken, daran, wie es sich anfühlte, wenn er sie in den Armen hielt. Er wollte sich daran erinnern, wie ihre Lippen geschmeckt hatten, als er sie geküsst hatte. Als sie die Arme um ihn schlang, hatte er gezittert. Von einer Sekunde auf die andere hatte sie ihn aus der Bahn und in einen wilden, atemberaubenden Strudel geworfen.

Noch jetzt konnte er fühlen, wie heiß ihre Lippen geworden waren und wie sie sich auf seine gepresst hatten. Er hatte das Gleichgewicht verloren und geglaubt, bunte Lichter vor seinen Augen aufflackern zu sehen. Ihm war es gewesen, als zöge ihn eine enorme, grenzenlose Kraft an.

Plötzlich versagten ihm die Beine den Dienst. Langsam hob Cal die Hand, um sich an der Wand abzustützen. Das Schwindelgefühl verging, zurück blieb ein hämmernder Schmerz in seinem Hinterkopf. Und mit einem Mal erinnerte er sich. Er erinnerte sich an die Lichter, die blinkenden Lampen im Cockpit. Das Navigationssystem war ausgefallen, der Schutzschild außer Betrieb. Das Notsignal wurde ausgelöst.

Die Leere. Er konnte sie sehen, und noch jetzt trat ihm der kalte Schweiß auf die Stirn. Ein schwarzes Loch, groß, finster und gefräßig. In den Karten war es nicht eingezeichnet gewesen, denn sonst hätte er nie so nahe herangesteuert. Es befand sich einfach plötzlich da, und das Schiff war angezogen worden.

Er war nicht hineingeraten. Die Tatsache, dass er lebte und sich zweifellos auf der Erde befand, bestätigte das. Es war möglich, dass er den Rand der Erscheinung berührt hatte, davon abgeprallt und dann wie von einem Katapult abgeschossen durch Zeit und Raum geflogen war.

Die Wissenschaftler des Zeitalters, in dem er sich jetzt befand, würden diese Erklärung für höchst fragwürdig halten, denn Zeitreisen waren nur eine Theorie, und zwar eine, über die man sich eher amüsierte.

Aber er hatte es erlebt.

Erschüttert setzte sich Cal auf die Bettkante. Er hatte etwas überlebt, das noch niemand vor ihm überlebt hatte. Er hob die Hände und betrachtete sie. Er hatte es sogar verhältnismäßig unbeschädigt überlebt. Und jetzt war er gestrandet. Für immer.

Cal rang die aufsteigende Panik nieder und ballte die Fäuste. Nein, er war nicht für immer gestrandet. Damit fand er sich nicht ab. Wenn er in die eine Richtung geschossen war, dann war es nur logisch, dass er auch in die andere Richtung geschossen werden konnte. Heim.

Schließlich besaß er noch seinen Verstand und sein Wissen. Er schaute auf den Minicomp an seinem Arm. Mit ihm konnte er einige grundlegende Berechnungen anstellen. Die würden zwar nicht annähernd ausreichen, aber wenn er zu seinem Schiff zurückkam ... Falls überhaupt noch etwas von seinem Schiff übrig war. Nein, an so etwas durfte er jetzt nicht denken. Zunächst einmal musste er versuchen, seinen Minicomp mit dem Computer in Libbys Zimmer zu verbinden.

Er konnte sie unten hören, wahrscheinlich befand sie sich in der Küche, aber er bezweifelte, dass sie ihm eine Mahlzeit zubereitete. Er sah sie wieder vor sich, wie sie vorhin ihm gegenüber am Tisch gesessen hatte, und schon spürte er das Bedauern. Das aber konnte er sich nicht leisten.

Auf jeden Fall wollte er wenn möglich vermeiden, ihr wehzutun. Er würde sich noch einmal bei ihr entschuldigen, und falls er Erfolg mit ihrem Computer hatte, würde er so undramatisch und so schmerzlos wie möglich aus ihrem Leben verschwinden.

Schnell und leise ging Cal in Libbys Zimmer hinüber. Er konnte nur hoffen, dass sie unten so lange beschäftigt war, bis er die vorbereitenden Berechnungen abgeschlossen hatte. Mit denen musste er sich dann zufrieden geben, bis er zu seinem Schiff gelangen und seinen eigenen Computer einsetzen konnte.

Obwohl ihn die Ungeduld antrieb, zögerte er noch einen Augenblick und lauschte. Ja, Libby befand sich tatsächlich in der Küche, und dem Scheppern nach zu urteilen, war sie noch immer wütend.

Der Computer mit seinem klobigen Bildschirm und der durchaus vertrauten Tastatur stand von Büchern und Papieren umgeben auf dem Schreibtisch. Cal setzte sich auf Libbys Stuhl und grinste die altertümliche Maschine an.

„Einschalten."

Der Bildschirm blieb leer.

„Computer, einschalten." Anscheinend musste man das mittels Tastatur tun. Cal tippte den Befehl ein und wartete. Nichts geschah.

Er lehnte sich zurück, trommelte mit den Fingern auf die Schreibtischplatte und überlegte. Aus einem ihm unerfindlichen Grand hatte Libby den Apparat ausgeschaltet. Cal untersuchte die Tastatur, drehte sie um und wollte sie schon mit einem Brieföffner aufbrechen, als er den Schalter entdeckte.

Idiot, schalt er sich. Hier hatten sie ja für alles einen Schalter. Als der Apparat nach einer Weile zu summen begann, lächelte Cal triumphierend. „So, das hätten wir. Und nun, Computer … Computer, berechne und bewerte den Zeitkrümmungsfaktor sowie das …"

Er unterbrach sich wieder, schimpfte leise vor sich hin und öffnete dann die Plastikabdeckung, um an den Datenspeicher zu gelangen. Seine Ungeduld war ihm im Wege, sie machte ihn fahrig und offensichtlich auch ausgesprochen blöd. Wieso hatte er nicht daran gedacht, dass man aus einem Apparat nichts herausholen konnte, was man vorher nicht eingegeben hatte?

Er machte sich also an Zeit raubende Präzisionsarbeit, und als er damit fertig war, stellte das Ganze zwar noch immer bestenfalls eine Improvisation dar, aber immerhin war der Minicomp nun mit Libbys Computer verbunden.

Cal holte tief Luft und hielt sich selbst die Daumen. „Hallo, Computer."

Hallo, Cal.

Die blecherne Stimme piepste aus dem Minicomp, während die Worte auf dem Bildschirm erschienen.

„Oh Baby, ich freue mich ja so, wieder etwas von dir zu hören."

Bestätigt.

„Computer, nenne mir schnell und präzise die bekannten Daten zur Theorie der Zeitreise mittels Gravitäts- und Beschleunigungskraft."

Unbestätigte Theorie, zuerst entwickelt von Dr. Linward Bowers, 2110. Bowers' Hypothese …

„Unterbrechen." Cal fuhr sich mit der Hand durchs Haar. „Dafür habe ich keine Zeit. Nur berechnen und bewerten. Zeitreise und Überlebenswahrscheinlichkeit bei Zusammentreffen mit schwarzem Loch."

In Arbeit … Unzureichende Daten.

„Verdammt noch mal, so etwas gibt es! Analysiere nötige Beschleunigung und Flugbahn. Stopp!" Cal hörte Libby die Treppe heraufkommen. Gerade hatte der Computer sich abgeschaltet, als sie auch schon ins Zimmer trat.

„Was tun Sie hier?"

Cal versuchte so unschuldig wie möglich dreinzublicken. Er lächelte und stand auf. „Ich habe Sie gerade gesucht."

„Wenn Sie mit meinem Computer gespielt haben ..."

„Ich konnte mir nicht verkneifen, in Ihre Papiere zu sehen. Faszinierendes Thema."

„Das finde ich auch." Finster warf Libby einen Blick auf ihren Schreibtisch. Alles schien in Ordnung zu sein. „Ich könnte schwören, dass ich Sie eben mit jemandem habe reden hören."

„Hier ist aber niemand außer Ihnen und mir." Er lächelte wieder. Falls es ihm gelang, sie für ein paar Minuten abzulenken, könnte er vielleicht rasch seinen Minicomp abmontieren und auf einen günstigeren Zeitpunkt warten. „Wahrscheinlich habe ich Selbstgespräche geführt. Libby ..." Er machte einen Schritt auf sie zu.

Sie hielt ihm mit ausgestreckten Armen ein Tablett entgegen. „Ich habe Ihnen ein Sandwich gemacht."

Er nahm ihr das Tablett ab und stellte es aufs Bett. Libbys schlichte Güte verursachte ihm ein verteufelt schlechtes Gewissen. „Sie sind eine liebenswürdige Frau."

„Nur weil Sie mich belästigen, muss ich Sie ja nicht gleich verhungern lassen."

„Ich will Sie doch gar nicht belästigen." Er trat eilig

103

hinzu, als sie zum Computer ging. „Aber anscheinend kann ich das nicht vermeiden. Es tut mir wirklich Leid, dass es Sie verärgert hat, was vorhin passiert ist."

Sie warf ihm einen schnellen, unsicheren Blick zu. „Das sollten wir am besten vergessen."

„Nein." Weil er den Kontakt mit ihr brauchte, schloss er seine Hand um ihre. „Das werde ich nie vergessen. Gleichgültig, was kommen mag. Sie haben in mir etwas angerührt, Libby. Etwas, das vorher noch nie angerührt worden ist."

Libby wusste ganz genau, was er meinte. Zu genau. Das erschreckte sie. „Ich muss wieder an meine Arbeit zurückkehren."

„Finden es alle Frauen so schwierig, aufrichtig zu sein?"

„Ich bin an solche Sachen nicht gewöhnt", erklärte sie schroff. „Ich weiß nicht, wie ich damit umgehen soll. Ich fühle mich in Gesellschaft von Männern nicht wohl. Ich bin einfach kein leidenschaftlicher Typ." Als Cal daraufhin laut lachte, wandte sie sich wütend und verlegen ab.

„Das ist das Dümmste, was ich je gehört habe. Sie bersten vor Leidenschaft!"

Irgendetwas in ihrem Inneren wollte hervorbrechen. „Leidenschaft für meine Arbeit", sagte sie sehr langsam und betont. „Für meine Familie. Aber keine Leidenschaft in dem Sinn, wie Sie es meinen."

Cal erkannte, dass sie wirklich glaubte, was sie sagte. Wenn er seine Wiedergutmachung auf keine andere Weise leisten konnte, dann wollte er Libby wenigstens zeigen, welche Art von Frau sie in ihrem Inneren gefangen hielt. „Möchten Sie ein bisschen spazieren gehen?"

Sie blickte ihn verwirrt an. „Was?"

„Spazieren."

„Warum?"

Er versuchte zu lächeln. Natürlich, sie brauchte für alles einen Grund. „Es ist ein schöner Tag, und ich möchte gern ein wenig von der Gegend sehen, in der ich mich befinde. Sie könnten sie mir zeigen."

Libby entspannte sich. Hatte sie sich nicht vorgenommen, hier ein wenig Urlaub zu machen? Cal hatte Recht. Der Tag war wirklich schön, und ihre Arbeit konnte warten.

„Sie brauchen Ihre Schuhe", meinte sie sachlich.

Die kühle, etwas feuchte Luft duftete nach … nach Tannen, erkannte Cal nach einigem Überlegen. Wie zu Weihnachten. Aber hier kam der Geruch von echten Bäumen und nicht von einem Duftgenerator oder einem Simulator. Die Tannen standen dicht an dicht, der leichte Wind erzeugte in ihnen etwas, das sich wie Meeresrauschen anhörte. Nur im Norden störten grau geränderte Wolken den ansonsten klaren, blassblauen Himmel. Und die Vögel sangen.

Außer Libbys kleinem Haus und einem klapprigen Schuppen daneben gab es hier keine von Menschen errichteten Bauten, sondern nur Berge, Himmel und Wald.

„Eine unglaubliche Gegend."

„Ja, ich weiß." Libby lächelte. Eigentlich freute sie sich viel zu sehr darüber, dass Cal es hier schön fand. „Wenn ich herkomme, bin ich jedes Mal wieder versucht, für immer hier zu bleiben."

Cal ging neben ihr her und passte seinen Schritt ihrem an. Sie traten in den sonnendurchsprenkelten Wald. Es war jetzt nicht unbehaglich, mit Libby allein zu sein. Im Gegenteil, es schien, als müsste es so sein. „Und weshalb bleiben Sie nicht hier?"

„Hauptsächlich wegen meiner Arbeit. Die Universität bezahlt mich nicht für Waldspaziergänge."

„Wofür bezahlt sie Sie?"

„Für Forschungsleistungen."

„Wenn Sie gerade einmal nicht forschen, wie leben Sie dann?"

„Wie?" Sie neigte den Kopf zur Seite. „Ruhig. Ich habe eine Wohnung in Portland. Ich lerne, halte Vorträge und lese."

Der Pfad wurde jetzt merklich steiler. „Und wie ist es mit Unterhaltung?"

„Kino." Sie zuckte die Schultern. „Musik."

„Fernsehen?"

106

„Ja." Sie musste lachen. „Manchmal sogar zu viel. Und Sie? Erinnern Sie sich, was Sie am liebsten tun?"

„Fliegen." Sein Lächeln war bezaubernd. Dass er Libby bei der Hand nahm, schien sie kaum wahrzunehmen. „Für mich gibt es nichts Schöneres. Ich würde Sie gern einmal mitnehmen und es Ihnen zeigen."

Mit völlig neutraler Miene betrachtete Libby den Verband um Cals Kopf. „Danke, ich passe."

„Ich bin ein guter Pilot."

Damit er ihre Erheiterung nicht sah, bückte sie sich rasch und pflückte eine Blume. „Möglicherweise."

„Nein, ganz bestimmt." Wie selbstverständlich nahm er ihr die Blume aus der Hand und steckte sie ihr ins Haar. „Wenn ich nicht einige Schwierigkeiten mit meinen Instrumenten gehabt hätte, wäre ich jetzt nicht hier."

Weil die Sache mit der Blume sie so überrascht hatte, schaute Libby Cal einen Moment unsicher an, bevor sie weiterging. „Wohin waren Sie unterwegs?" Sie verlangsamte ihren Schritt, weil Cal immer wieder stehen blieb, um nun seinerseits Blumen zu pflücken.

„Nach Los Angeles."

„Das war dann ja eine ziemlich lange Strecke."

Ihm ging nicht sofort auf, dass sie keineswegs scherzte. „Ja", sagte er dann, „eine längere Strecke, als ich angenommen hatte."

Sie berührte die Blume in ihrem Haar. „Sucht jetzt jemand nach Ihnen?"

„Vorläufig noch nicht." Er blickte zum Himmel hoch. „Falls wir mein … mein Flugzeug morgen finden, kann ich den Schaden beheben und meinen Weg dann fortsetzen."

„Morgen oder übermorgen werden wir in die Stadt fahren können." Libby wollte etwas Beruhigendes sagen, denn auf Cals Stirn hatten sich Sorgenfalten gebildet. „Sie können zu einem Arzt gehen, und telefonieren können Sie auch."

„Telefonieren?"

Er machte ein so dummes Gesicht, dass Libby sich wieder ernsthaft um seine Kopfverletzung sorgte. „Ja, telefonieren. Anrufen. Ihre Familie, Ihre Bekannten, Ihren Arbeitgeber."

„Ach so." Er nahm wieder ihre Hand. Geistesabwesend roch er an den Blumen in seiner Hand. „Können Sie mir Peilung und Entfernung von hier bis zu der Stelle nennen, wo Sie mich gefunden haben?"

„Peilung und Entfernung?" Lachend setzte sich Libby an den Rand eines schmalen, schnell fließenden Bachs. „Würde es Ihnen auch reichen, wenn ich Ihnen sagte, es war in dieser Richtung?" Sie zeigte nach Südosten. „Ungefähr fünfzehn Kilometer Luftlinie, doppelt so viel auf dem Fahrweg."

Cal setzte sich neben sie. Sie duftete so frisch wie die wilden Blumen, nur noch verlockender. „Ich dachte, Sie seien Wissenschaftlerin."

„Das heißt nicht, dass ich Längen- und Breitengrade im Kopf habe, oder wie man das nennt. Fragen Sie mich etwas über die Ureinwohner Neu-Guineas, und Sie bekommen eine brillante Antwort von mir."

„Fünfzehn Kilometer." Nachdenklich blickte er durch die Tannen hinauf zu einem hohen, zerklüfteten Berg. „Und zwischen dort und hier ist nichts? Ich meine, keine Stadt, kein Ort, keine Siedlung?"

„Nein. Diese Gegend hier ist noch völlig abgeschieden. Hin und wieder kommen ein paar Wanderer hier durch."

Dann war es wohl unwahrscheinlich, dass inzwischen jemand über das Schiff gestolpert war. Diese Sorge konnte Cal also erst einmal vergessen. Sein Hauptproblem bestand nun darin, seine Maschine ohne Libby zu lokalisieren. Am einfachsten ginge das wohl, wenn er morgen bei Tagesanbruch losfuhr, und zwar in ihrem Wagen. Aber bis dahin blieb noch Zeit, viele Stunden kostbarer Zeit.

„Mir gefällt es hier." Das stimmte. Es machte Cal Freude, im kühlen Gras zu sitzen und dem Wasserplätschern zuzuhören. Wie würde es hier aussehen, wenn er drei Jahrhunderte später wieder an diese Stelle zurückkehrte? Was würde er dann hier vorfinden?

Der Berg würde noch da sein und möglicherweise auch ein Teil des Waldes, der ihn umgab. Derselbe Bach rauschte vielleicht noch über dieselben Steine.

Aber Libby würde nicht mehr da sein. Der Gedanke schmerzte körperlich.

„Wenn ich wieder daheim bin", sagte Cal sehr langsam, „werde ich an Sie hier denken."

„Wirklich?" Libby wünschte, ihr wäre das gleichgültig. Sie betrachtete das Wasser und die darauf glitzernden Sonnenstrahlen. „Vielleicht kommen Sie ja einmal hierher zurück."

„Vielleicht." Dann würde sie für ihn nur eine Erinnerung sein, eine Frau, die nur in einem Bruchteil des Zeitablaufs existiert hatte, eine Frau, die in ihm den Wunsch nach dem Unmöglichen geweckt hatte. Er spielte mit ihren Fingern. „Werden Sie mich vermissen?"

„Ich weiß nicht." Aber sie zog die Hand nicht zurück, denn ihr wurde bewusst, dass sie ihn sehr wohl vermissen würde, und zwar mehr, als ihr der Verstand erlaubte.

„Doch, ich glaube, Sie werden mich vermissen." Cal vergaß sein Schiff, seine Fragen, seine Zukunft. Er hatte nur noch Libby im Sinn. „Man benennt Sterne, Monde und ganze Galaxien nach Göttinnen", sagte er leise, während er damit begann, die Wildblumen in Libbys Haar zu flechten. „Weil diese Göttinnen stark, schön und geheimnisvoll waren. Der Mensch, der sterbliche Mensch, konnte sie nie ganz besiegen."

„In den meisten Kulturen findet man den Glauben

an Mythologien." Libby räusperte sich und legte den Stoff ihrer weiten Hose in Falten. „Astronomen des Altertums …"

Mit dem Zeigefinger drehte er ihr Gesicht zu sich herum. „Ich rede nicht von Mythen. Obwohl Sie mit diesen Blumen im Haar selbst wie eine Gestalt aus alten Sagen aussehen." Sanft berührte er ein Blütenblatt dicht an ihrer Wange. „Von der Schönheit vielen Töchtern / Ist doch keine so wie du. / Deiner Stimme süßem Klingen / Höre ich bezaubert zu."

Er lächelt wie der Teufel, zitiert Poesie mit seidenweicher Stimme, und seine Augen sind von dem tiefen traumhaften Blau des Himmels kurz vor Einbruch der Dunkelheit – ein gefährlicher Mann! dachte Libby. Nie hätte sie sich für eine Frau gehalten, die beim Blick in die Augen eines Mannes schwach wurde. So eine Frau wollte sie auch nicht sein.

„Ich muss zum Haus zurückkehren. Ich habe heute noch viel zu tun."

„Sie arbeiten zu viel." Er hob die Augenbrauen, als Libby den Kopf abwandte und ein finsteres Gesicht machte. „In welches Fettnäpfchen bin ich jetzt schon wieder getreten?"

Ärgerlicher auf sich selbst als auf Cal, schüttelte sie den Kopf. „Ach, so etwas sagt man mir immer wieder. Manchmal sage ich es mir sogar selbst."

„Aber ein Verbrechen ist es doch nicht, oder?"

Sie lachte, weil sich seine Frage so ernst gemeint angehört hatte. „Nein, jedenfalls noch nicht."

„Ein freier Tag ist auch kein Verbrechen?"

„Nein, aber …"

„Nein genügt mir. Also sagen wir: ‚Mach mal Pause …'" Auf Libbys verblüfften Blick hin breitete er die Hände aus. „Sie wissen schon, wie in diesem alten Werbespot."

„Ja, ja, ich weiß." Sie schlang einen Arm um ihr angezogenes Knie und betrachtete den Mann an ihrer Seite. Im einen Moment Poesie, im anderen Cola-Werbung. „Wissen Sie, manchmal frage ich mich, ob Sie tatsächlich ein real existierender Mensch sind."

„Oh, ich bin schon real." Er streckte sich im Gras aus und betrachtete den Himmel. „Was sehen Sie? Da oben, meine ich."

Libby bog den Kopf in den Nacken. „Einen glücklicherweise blauen Himmel und ein paar Wolken, die sich voraussichtlich bis zum Abend verzogen haben werden."

„Fragen Sie sich nicht, was sich dahinter befindet?"

„Hinter was?"

„Hinter dem Blau." Mit halb geschlossenen Augen sah er es vor sich: den endlosen Sternenbogen, das reine Schwarz des Raums, die faszinierende Symmetrie der kreisenden Monde und Planeten. „Denken Sie manchmal an die für Sie unerreichbaren fernen Welten dort?"

112

„Nein." Libby sah nur den Bogen aus Himmelsblau, in den die Berggipfel stießen. „Ich glaube, das liegt daran, weil ich mehr an die vergangenen Welten denke. Meine Arbeit verlangt es, dass ich mit den Füßen – und mit den Augen – auf dem Boden bleibe."

„Wenn es morgen auch noch eine Welt geben soll, dann müssen Sie zu den Sternen schauen." Wie unsinnig, dass er so viel an die Zukunft dachte und Libby ebenso viel an die Vergangenheit, wo sie beide doch das Hier und Heute hatten. „Was für Filme und welche Musik?" fragte er unvermittelt.

Libby schüttelte den Kopf. In Cals Gedanken schien keine Ordnung zu herrschen. Sie blickte ihn fragend an.

„Vorhin sagten Sie doch, Sie mögen Filme und Musik zur Unterhaltung. Von welcher Art?"

„Ach, gute und schlechte. Ich brauche nicht viel zur Unterhaltung."

„Nennen Sie mir Ihren Lieblingsfilm."

„Schwer zu sagen." Weil Cal sie aber so ernsthaft und interessiert anschaute, nannte sie einen Film aus ihrer Favoritenliste: „Casablanca."

Cal mochte den Klang dieses Worts und die Art, wie Libby es aussprach. „Wovon handelt er?"

„Na hören Sie, Hornblower, jeder weiß, wovon dieser Film handelt."

„Ich muss ihn verpasst haben." Er lächelte sie arglos an. Diesem Lächeln hätte jede vernünftige Frau misstrauen müssen. „Wahrscheinlich war ich gerade unterwegs, als er herauskam."

Lachend schüttelte Libby den Kopf. Ihre Augen funkelten belustigt. „In den Vierzigerjahren waren wir beide noch nicht unterwegs."

Darauf ging er nicht ein. „Wovon handelte also die Geschichte?" Das interessierte ihn eigentlich überhaupt nicht, er wollte Libby nur reden hören und ihr dabei zuschauen.

Um ihm einen Gefallen zu tun und weil es so schön war, am Wasser zu sitzen und zu träumen, begann sie zu erzählen. Cal hörte zu. Es machte ihm Freude, wie sie die Story von verlorener Liebe, von Heldentum und Opferbereitschaft beschrieb. Sie gestikulierte, ihre Stimme veränderte sich mit den Empfindungen, und ihre Augen spiegelten ihre Gefühle wider, als von Liebenden die Rede war, die das Schicksal erst wieder zusammenführte, um sie dann aufs Neue zu trennen. Libby ging vollkommen in der Geschichte auf.

„Das endet ja gar nicht glücklich", bemerkte Cal leise.

„Nein, aber ich habe immer das Gefühl gehabt, dass Rick seine Ilsa viele Jahre später, nach dem Krieg, wieder gefunden hat."

„Warum?"

Libby legte sich ebenfalls ins Gras und bettete ihren Kopf auf die verschränkten Arme. „Weil sie einfach zusammengehörten. Wenn zwei Menschen zusammengehören, finden sie einander, gleichgültig, was geschieht."

Lächelnd wandte sie den Kopf zu Cal, doch ihr Lächeln verschwand langsam, als sie seinen Blick sah. Als wären wir allein, dachte sie, nicht nur hier in den Bergen allein, sondern absolut allein, so wie es Adam und Eva gewesen waren.

Sie spürte dieses Sehnen. Zum ersten Mal in ihrem Leben spürte sie das Sehnen ihres Körpers, ihres Verstandes und ihres Herzens.

„Nicht doch", protestierte er leise, als sie aufstehen wollte. Ganz leicht berührte er sie an der Schulter. „Ich wünschte, Sie hätten keine Angst vor mir."

„Habe ich doch gar nicht." Trotzdem war sie so außer Atem, als wäre sie gerannt.

„Wovor fürchten Sie sich dann?"

„Vor nichts." Wenn seine Stimme nur nicht so beängstigend zärtlich klänge!

„Aber Sie haben sich ganz verspannt." Er begann die steifen Nackenmuskeln zu massieren. Leicht und kühl glitten seine Lippen über Libbys Schläfe. „Sagen Sie mir, wovor Sie sich fürchten."

„Vor diesem hier." Sie drückte ihre Hände gegen seine Brust, um ihn fortzuschieben. „Ich weiß nicht, wie ich gegen meine Gefühle angehen soll."

„Weshalb müssen Sie denn gegen sie angehen?"

115

Er ließ eine Hand an ihrem Körper hinabgleiten. Sein heißes Verlangen erschütterte ihn.

„Es ist zu früh." Aber sie stieß ihn nicht mehr von sich. Ihr guter Vorsatz schmolz im Feuer des Begehrens.

„Zu früh?" Sein Lachen klang ein wenig gequält. Er barg sein Gesicht an ihrem Nacken. „Wir hatten bereits Jahrhunderte Zeit."

„Caleb, bitte." Das klang ängstlich und befehlend zugleich.

Als er ihren Körper beben fühlte, wusste er, dass er diese Frau jetzt haben konnte, aber er wusste auch, dass sie ihm das nie verzeihen würde.

Frustriert drehte er sich auf die andere Seite und stand dann auf. Er wandte Libby den Rücken zu und schaute auf das sprudelnde Wasser. „Machen Sie alle Männer wahnsinnig?"

Sie zog die Knie hoch und drückte sie sich fest an die Brust. „Natürlich nicht."

„Dann bin ich wohl die glückliche Ausnahme." Er hob den Blick zum Himmel. Dort oben wollte er jetzt sein, durch den Raum fliegen, allein und frei. Doch würde er jemals wieder frei sein?

Am Rascheln des Grases hörte er, dass Libby ebenfalls aufstand. „Ich begehre dich, Libby."

Sie schwieg. Sie konnte nicht sprechen. Noch nie hatte ein Mann diese drei schlichten Worte zu ihr gesagt, doch selbst wenn sie sie schon tausendmal gehört hätte,

116

würde das nicht zählen. Niemand hätte diese Worte so ausgesprochen wie Cal.

Libbys Schweigen raubte Cal die Fassung. Er fuhr zu ihr herum. Jetzt war er nicht mehr ihr freundlicher, etwas seltsamer Patient, sondern ein gesunder, aufgebrachter und offenkundig gefährlicher Mann. sie musste vorsichtig sein.

„Verdammt noch mal, Libby, darf ich überhaupt nichts sagen, nichts empfinden? Sind das die Regeln, die hier gelten? Zum Teufel mit ihnen! Ich begehre dich, und wenn ich noch sehr viel länger in deiner Nähe bleibe, werde ich dich nehmen."

„Mich nehmen?" Libby hatte gedacht, sie wäre innerlich zu schwach und sehnsuchtsvoll, um ärgerlich zu werden. Aber jetzt packte sie die Wut, und ihr ganzer Körper erstarrte. „Mich nehmen? Wie einen neuen Wagen aus einer Verkaufsausstellung? Sie können begehren, was Sie wollen, Mr. Hornblower, aber wenn Ihr Begehren etwas mit mir zu tun hat, dann habe ich wohl auch ein Wörtchen mitzureden."

Sie war hinreißend mit dieser Wut in den Augen und den Blumen im Haar. So wollte er sie für immer im Gedächtnis behalten. Das würde eine bittersüße Erinnerung sein. Trotzdem kehrte er jetzt nicht um.

„Du kannst so viel mitreden, wie du willst." Er fasste sie bei beiden Armen und zog sie zu sich heran. „Aber ich habe etwas für dich, bevor ich gehe."

Diesmal siegten ihr Stolz und ihre Wut. Sie wehrte sich ernsthaft und befreite sich energisch aus Cals Griff. Doch schon im nächsten Moment schlang er die Arme um sie und hielt ihren Körper unentrinnbar gefangen. Zum Protestieren kam sie nicht, denn einen Augenblick später presste er seinen Mund fest auf ihre Lippen.

Es war ganz anders als beim ersten Mal. Da hatte er sie verlockt, verführt, in Versuchung geführt. Jetzt nahm er sie in Besitz. Die Furcht lähmte sie fast, doch dann besiegte das Verlangen diese Furcht.

Libby wollte nicht zu etwas gezwungen werden. Sie wollte sich frei entscheiden können. Jedenfalls verlangte das ihr Verstand. Ihr Körper hingegen hatte ganz andere Vorstellungen und kümmerte sich nicht um vernünftige Gedanken. Libby genoss Cals Stärke, seine Entschlossenheit, sogar seine Gereiztheit. Sie setzte Macht gegen Macht.

In seinen Armen wurde sie lebendig. Sie ließ ihn das Wer, Warum und Wo vergessen. Als er ihren berauschenden Geschmack auf den Lippen erkannte, existierte für ihn keine andere Welt, keine andere Zeit mehr. Für ihn war dieses Erlebnis so neu, so erregend und so beängstigend wie für Libby.

Unwiderstehlich … Nicht, dass er dieses Wort bewusst gedacht hätte. Er konnte überhaupt nicht denken. Aber Libby war so unwiderstehlich wie die Erdanziehungskraft, die sie beide am Boden festhielt, und so bezwingend wie das Verlangen, das seinen Puls rasen ließ. Cal zog Libbys Kopf in den Nacken und drang mit der Zunge tief in ihren Mund ein.

Wie ein verrücktes Karussell drehte sich die Welt. Libby stöhnte auf. Sie hielt sich an Cals Schultern fest. Das Karussell sollte sich weiterdrehen, immer schneller, und sie schwindlig, trunken und atemlos machen. Das Wasser plätscherte, der Wind wisperte in den Bäumen, und ein Sonnenstrahl fiel warm auf ihren Rücken. Libby wusste, dass sie in Wirklichkeit mit den Füßen auf dem festen Boden stand. Aber die Welt wirbelte um sie herum.

Und Libby liebte.

Cal flüsterte ihren Namen. Ein sengender Schmerz durchfuhr ihn, als das Verlangen auf eine neue, unvorhergesehene Empfindung zusteuerte. Die Hand, die er in Libbys Haar geschoben hatte, verkrampfte sich ohne sein Dazutun. Blütenblätter starben. Ihr süßer Duft wehte mit dem Windzug davon.

Erschrocken zog sich Cal zurück. Er schaute erst auf die zarte zerdrückte Blüte in seiner Hand, dann auf Libbys vom Kuss heiße und geschwollene Lippen. Seine Muskeln zitterten. Abscheu vor sich selbst wallte in ihm auf. Nie, niemals zuvor hatte er sich einer Frau aufgezwungen. Allein der Gedanke an so etwas schien ihm schon eine widerliche Sünde zu sein. Sein Verhalten

119

war unentschuldbar, denn Libby war ihm so wichtig, wie zuvor noch nichts in seinem Leben gewesen war. Er durfte sie auf keinen Fall verletzen.

„Habe ich Ihnen wehgetan?" fragte er leise, als er wieder sprechen konnte.

Schnell, zu schnell schüttelte Libby den Kopf. Wehgetan? Vernichtet und zerstört hatte er sie. Mit einem einzigen Kuss hatte er ihr gezeigt, wie schnell ihr Wille gebrochen und ihr Herz eingenommen werden konnte.

Cal wandte sich so lange ab, bis er sicher war, dass er sich wieder so weit in der Gewalt hatte, um einigermaßen vernünftig zu sprechen. Aber entschuldigen wollte er sich nicht, weder für sein Verlangen noch für sein Vorgehen.

„Ich kann nicht dafür garantieren, dass so etwas nicht noch einmal geschieht", sagte er. „Ich will jedoch mein Bestes tun, um es zu vermeiden. Und jetzt sollten Sie zu Ihrem Haus zurückkehren."

Das war alles? fragte sich Libby. Nachdem er ihre Empfindungen bloßgelegt hatte, konnte er ihr so gelassen sagen, sie solle nun nach Hause gehen? Sie öffnete den Mund zum Widerspruch, hielt sich jedoch noch rechtzeitig zurück.

Natürlich hatte Cal Recht. Wenigstens behielt er einen klaren Kopf. Das Geschehene sollte sich nicht wiederholen. Er und sie waren Fremde, wenn das Herz auch etwas anderes sagte. Wortlos drehte sich Libby um und ließ Cal allein beim Bach zurück.

Später, als die Schatten weitergewandert waren, ließ Cal die zerdrückte Blüte ins Wasser fallen. Er schaute ihr gedankenverloren nach, wie sie langsam und sanft davontrieb.

5. KAPITEL

Libby starrte auf ihren Computerbildschirm. Sie konnte sich nicht konzentrieren. Die Kolbari-Insulaner und deren
traditioneller Mondtanz faszinierten sie nicht mehr. Sie
konnte nur noch an Cal denken.

So etwas war ganz uncharakteristisch für sie. Sie
stieß sich mit ihrem Stuhl vom Schreibtisch ab, zog die
Füße hoch, stützte die Ellbogen auf die Knie und das
Kinn auf die Fäuste. Ich bin nicht verliebt, sagte sie sich,
und lieben tue ich schon gar nicht. So schnell konnte
kein Mensch in Liebe entbrennen. Natürlich konnte
man sich zu jemandem hingezogen fühlen, sehr sogar,
aber für wirkliche Liebe waren noch andere Faktoren
nötig. Wie konnte sie Cal lieben, wenn sein einziges ihr
bekanntes Interesse das Fliegen war? Nun ja, und das
Essen, dachte sie lächelnd.

Seine Gefühle waren ihr ein Rätsel. Immerhin erkannte sie, dass er sich in Schwierigkeiten befand. Das
war ihm oft sehr deutlich anzusehen. Irgendwie kam er
ihr vor wie ein Mann, der die falsche Abfahrt auf der
Autobahn erwischt hatte und sich nun in einer völlig
fremden Gegend befand.

Er hatte also ein Problem, aber er selbst war auch
eines. Seine Persönlichkeit war zu stark, sein Charme
zu glatt, sein Selbstvertrauen zu groß. Für einen Mann

122

wie Caleb Hornblower gab es in Libbys geordnetem Leben keinen Platz. Allein durch seine Existenz würde er das Chaos auslösen.

Sie hörte ihn durch den Hintereingang, der durch die Küche ins Haus führte, hereinkommen, und sofort schlug ihr Herz schneller. So etwas Lächerliches! Libby rollte mit ihrem Stuhl wieder an den Schreibtisch heran. Sie würde jetzt arbeiten, jawohl, und zwar mindestens bis Mitternacht, und an Cal würde sie nicht mehr denken.

Sie ertappte sich dabei, wie sie auf ihrem Daumennagel herumbiss.

„Verdammt noch mal, wer ist denn dieser Caleb Hornblower?"

Hornblower, Caleb, Captain der ISF, außer Dienst.

Die blecherne, körperlose Stimme warf sie beinahe vom Stuhl. Libby hielt sich an der Schreibtischkante fest und starrte entgeistert auf den Bildschirm. Sie halluzinierte ganz offensichtlich. Das musste es sein. Seelischer Stress, Überarbeitung und unzureichende Nachtruhe waren der Grund dafür, dass sie Halluzinationen hatte.

Sie schloss die Augen, atmete dreimal tief durch, aber als sie die Augen wieder öffnete, standen die Worte noch immer auf dem Bildschirm.

„Was, zum Teufel, geht hier vor?"

Angeforderte Information wurde übermittelt. Werden weitere Daten benötigt?

Mit zitternden Händen schob sie ein paar Papiere zur Seite und entdeckte darunter Cals Armbanduhr. Libby hätte geschworen, dass die künstliche Stimme aus dieser Richtung gekommen war. Aber das war doch nicht möglich! Mit einer Fingerspitze strich sie über einen fadendünnen, durchsichtigen Draht, der von der Uhr zum Computer führte.

„Was für ein Spiel ist das?"

Diese Einheit verfügt über fünfhundertzwanzig Spiele. Welches wird angefordert?

„Libby."

Cal stand im Türrahmen. Ihm musste sehr schnell etwas einfallen. Es hatte keinen Zweck, wenn er sich wegen seiner Unvorsichtigkeit schalt. Vielleicht hatte er sich ja auch unbewusst in eine Lage bringen wollen, die es erforderte, dass er Libby die Wahrheit sagte. Aber wenn er sie jetzt so anschaute, erkannte er, dass das für sie beide nicht gut wäre. Sie war nicht verängstigt, sondern wütend.

„So, Hornblower, und jetzt sagen Sie mir klar und deutlich, was hier vorgeht."

Er versuchte es mit einem freundlichen Lächeln. „Wo?"

„Hier, verdammt noch mal." Sie stieß mit dem Finger gegen ihren Computer.

„Den kennen Sie doch besser als ich. Sie arbeiten schließlich damit."

„Ich verlange eine Erklärung, und zwar sofort."

Caleb trat an den Schreibtisch. Ein rascher Blick auf den Bildschirm erheiterte ihn beinahe. Libby hatte also wissen wollen, wer Caleb Hornblower war. Es war doch sehr tröstlich, dass sie Näheres über ihn erfahren wollte.

„Sie verlangen ja gar keine Erklärung."

„Ich verlange sie nicht nur. Ich bestehe darauf. Sie … Sie …" Jetzt geriet sie auch noch ins Stammeln! Sie nahm einen neuen Anlauf. „Sie kommen einfach her, stöpseln Ihre Armbanduhr in meinen Computer und …"

„Interface", sagte er. „Wenn Sie an einem Computer arbeiten, sollten Sie die Fachsprache kennen."

„Und wie wär's, wenn Sie mir jetzt sagten, wie Sie eine Uhr ins Interface eines PCs stöpseln können?"

„Eines – was?"

Sie konnte sich ein spöttisches Lächeln nicht versagen. „PC heißt Personal Computer. Sie sollten Ihre eigenen Fachsprachkenntnisse auf dem Laufenden halten. Und jetzt antworten Sie!"

Er legte seine Hände auf ihre Schultern. „Sie würden mir kein einziges Wort glauben."

„Dann stellen Sie es glaubwürdig dar. Ist diese Uhr eine Art Miniaturcomputer?"

„Ja." Er wollte nach dem kleinen Gerät greifen, aber Libby schlug ihm auf die Hand.

„Lassen Sie das liegen. Ich habe noch nie etwas von

125

einem Miniaturcomputer gehört, der auf gesprochene Befehle reagiert, sich an einen PC anschließen lässt und behauptet, über mehr als fünfhundert Spiele zu verfügen."

„Nein." Cal blickte in Libbys Zorn sprühende Augen. „Natürlich haben Sie davon noch nichts gehört."

„Dann erzählen Sie mir doch, wo man ein solches Gerät bekommen kann, Hornblower. Ich möchte es meinem Vater gern zu Weihnachten schenken."

„Ja, also ich glaube, dieses Modell wird vorläufig noch nicht auf dem Markt sein", meinte Cal lächelnd. „Könnte ich Ihnen vielleicht etwas anderes anbieten?"

„Sie können mir die Wahrheit anbieten."

Zeit zu gewinnen schien ratsam. Cal schob seine Finger zwischen Libbys. „Die ganze Wahrheit oder erst einmal die einfacheren Teile davon?"

„Sind Sie ein Spion?"

Das Letzte, was Libby auf diese Frage erwartet hatte, war Gelächter. Aber Cal lachte herzlich und ehrlich belustigt, und danach küsste er sie auf jede Wange einmal.

Sie entwand sich seinem Griff. „Sie haben meine Frage nicht beantwortet. Sind Sie ein Agent?"

„Wie kommen Sie darauf?"

„Was sollte ich denn sonst denken?" Sie ging im Zimmer auf und ab. „Sie stürzen mitten in einem Unwetter ab, in dem ein vernünftiger Mensch nicht einmal mit dem Auto unterwegs sein würde, geschweige denn

126

mit dem Flugzeug. Sie können sich nicht ausweisen. Sie behaupten, nicht zum Militär zu gehören, aber Sie tragen eine merkwürdige Uniform. Ihre Schuhe fallen bald auseinander, aber Sie besitzen eine Uhr, gegen die eine Rolex ein Blechspielzeug ist. Eine Armbanduhr, die spricht! Ich weiß, dass Geheimdienste über einige hochmoderne Ausrüstungsgegenstände verfügen. Möglicherweise sind Sie nicht James Bond, aber …"

„Wer ist James Bond?" fragte Cal.

Bond, James, Codename 007, Romanfigur, im zwanzigsten Jahrhundert von dem Autor Ian Fleming erfunden. Romantitel sind …

„Abschalten", befahl Cal. Er fuhr sich mit der Hand durchs Haar. Ein Blick in Libbys Gesicht, und er wusste, dass er echte Probleme hatte. „Vielleicht setzen Sie sich lieber."

Sie nickte schwach und setzte sich auf die Bettkante.

Mit ein paar Handgriffen montierte Cal seinen Minicomp ab und steckte ihn in die Hosentasche. „Sie verlangen also eine Erklärung."

Da war sich Libby inzwischen nicht mehr so sicher. Feigling! schalt sie sich selbst und nickte dann rasch. „Ja."

„Gut, aber sie wird Ihnen nicht gefallen." Cal setzte sich auf Libbys Arbeitsstuhl und schlug die Füße übereinander. „Ich befand mich auf dem routinemäßigen Rückflug von der Brigston-Kolonie."

„Wie bitte?"

„Von der Brigston-Kolonie", wiederholte er. „Auf dem Mars."

Libby schloss die Augen und rieb sich die Stirn. „Nun machen Sie aber mal einen Punkt, Hornblower."

„Ich sagte Ihnen ja, es würde Ihnen nicht gefallen."

„Ich soll Ihnen also glauben, dass Sie ein Marsmensch sind."

„Seien Sie nicht albern."

Sie ließ die Hand in den Schoß sinken. „Ich bin albern? Sie sitzen da und versuchen mir eine Geschichte über eine Reise zum Mars zu verkaufen, und ich bin albern!" Weil ihr nichts Besseres einfiel, schleuderte sie ein Kissen durchs Zimmer, stand dann auf und ging im Raum umher. „Hören Sie, ich bin wirklich nicht neugierig auf Ihre Privatangelegenheiten", sagte sie, „und ich erwarte auch keine Dankbarkeit dafür, dass ich Ihr Leben gerettet habe, aber ich finde, ein wenig respektieren sollten Sie mich schon. Sie befinden sich hier in meinem Haus, Hornblower, und ich verdiene es, die Wahrheit zu erfahren."

„Das finde ich auch, und deshalb versuche ich ja, sie Ihnen zu vermitteln."

„Sehr schön." Sich aufzuregen hat ja keinen Sinn, dachte Libby. Sie setzte sich wieder aufs Bett. „Also, Sie sind vom Mars."

„Nein, aus Philadelphia."

„Aha." Sie atmete erleichtert auf. „So kommen wir weiter. Sie befanden sich auf dem Flug nach Los Angeles, als Ihr Flugzeug abstürzte."

„Mein Schiff."

Libbys Gesicht blieb völlig ausdruckslos. „Also Ihr Raumschiff."

„So ungefähr." Cal beugte sich ein wenig vor. „Wegen eines Meteoritenregens musste ich eine andere Flugstrecke nehmen. Ich geriet vom Kurs ab, und wie ich jetzt weiß, viel weiter, als ich dachte, denn meine Instrumente arbeiteten nicht mehr richtig. Ich näherte mich einem schwarzen Loch, das nicht auf den Karten verzeichnet war."

„So, einem schwarzen Loch." Libby war jetzt nicht mehr nach Lächeln zumute, denn Cal blickte sie absolut ernst an. Er glaubt, was er sagt, dachte sie. Seine Gehirnerschütterung ist also schwerer als angenommen. Er muss sich noch schonen.

„Ein schwarzes Loch entsteht, wenn die Kernprozesse im Inneren eines Sterns erloschen sind und er dann unter dem Einfluss der Schwerkraft in sich zusammenstürzt. Diese Schwerkraft saugt alles in sich auf, stellaren Staub, Gase, sogar Licht."

„Ja, ich weiß, was Schwarze Löcher sind." Ich darf ihn nicht aufregen, dachte Libby. Sie beschloss, freundlich und an seiner Geschichte interessiert zu bleiben und ihn dann wieder ins Bett zu stecken. „Sie waren also mit Ihrem Raumschiff unterwegs, sind an ein schwarzes Loch geraten und abgestürzt."

„So ungefähr. Was genau geschehen ist, weiß ich nicht. Deshalb habe ich meinen Minicomp an Ihren Computer angeschlossen. Ich benötige mehr Informationen, bevor ich eine Flugbahn berechnen kann."

„Eine Flugbahn zum Mars?"

„Nein, zum Teufel. Eine ins dreiundzwanzigste Jahrhundert."

Das höfliche Lächeln verschwand aus Libbys Gesicht. „Verstehe."

„Sie verstehen überhaupt nichts." Cal stand auf und wanderte im Zimmer umher. Geduld! mahnte er sich. Er konnte wohl kaum erwarten, dass Libby etwas glaubte, was er selbst noch kaum fasste.

„Seit Jahrhunderten gibt es Theorien über Zeitreisen. Es wird allgemein für wahrscheinlich gehalten, dass ein Schiff durch die Zeit reisen kann, vorausgesetzt, es entwickelt die nötige Geschwindigkeit, um sich um die Sonne zu katapultieren. Gegenwärtig weiß man nur noch nicht, wie man verhindern soll, dass das Schiff von dem Schwerefeld der Sonne angezogen wird und verglüht."

Er blieb nachdenklich stehen. „Dasselbe gilt auch für ein schwarzes Loch. Wäre ich hineingezogen worden, hätten Energie und Strahlung mein Schiff zerrissen. Wahrscheinlich war es reines Glück, dass ich auf die richtige Flugbahn geriet – mit der präzisen Geschwindigkeit, dem richtigen Abstand und dem exakten Winkel. Statt in das schwarze Loch hineingezogen zu werden, prallte ich davon ab."

Cal schob den Fenstervorhang zur Seite und blickte zum Himmel. „Und hier bin ich gelandet. Zweihundertzweiundsechzig Jahre in der Vergangenheit."

Libby stand auf und legte ihm die Hand auf die Schulter. „Sie sollten jetzt ins Bett gehen."

Er brauchte sie gar nicht anzusehen. „Sie glauben es nicht."

Libby brachte es nicht fertig, ihn zu belügen. „Aber Sie glauben es."

Jetzt drehte er sich doch zu ihr um. Ehrliches Mitgefühl stand in ihren Augen. „Welche Erklärung hätten Sie denn dafür?" Er zog den Minicomp aus der Hosentasche. „Und wie wollen Sie das hier erklären?"

„Erklärungen sind jetzt nicht nötig. Es tut mir Leid, dass ich Sie so bedrängt habe, Caleb. Sie sind müde."

„Sie haben keine Erklärung. Weder für dieses Ding hier noch für mich." Er steckte das kleine Gerät in die Tasche zurück.

„Doch. Meine Theorie ist, dass Sie zu einer Geheimorganisation gehören, vielleicht zu einer Eliteeinheit der CIA. Wahrscheinlich haben Stress, Anspannung, Überarbeitung zu Ihrer völligen Verausgabung geführt. Als Sie abstürzten, haben Ihnen der Schock und Ihre

Kopfverletzung geistig den Rest gegeben. Sie wollten nicht mehr das sein, was Sie sind, und so haben Sie für sich eine andere Zeit und eine andere Geschichte gewählt."

„Mit anderen Worten, Sie denken, ich sei verrückt."

„Nein." Mitfühlend und tröstend streichelte sie seine Wange. „Ich denke, Sie sind verstört und brauchen Ruhe und Pflege."

Cal wollte etwas Grobes erwidern, unterließ es aber. Falls er weiter auf seiner Wahrheit bestand, würde er Libby nur verängstigen. Er hatte ihr ohnehin schon eine Menge Schwierigkeiten gemacht, die sie nicht verdiente.

„Wahrscheinlich haben Sie Recht. Ich habe mich von dem Absturz noch nicht ganz erholt. Ich sollte jetzt ein wenig schlafen."

„So ist's recht." Libby wartete, bis er an der Tür war. „Caleb, machen Sie sich keine Sorgen. Es wird alles wieder gut."

Er wandte sich zu ihr um und hatte dabei das Gefühl, als sähe er sie zum letzten Mal. Diese Ahnung machte ihn im selben Moment unendlich traurig. Violettes Dämmerlicht fiel durch das hinter ihr befindliche Fenster, und es sah aus, als stünde sie vor einer Nebelwand. Liebevoll und mitfühlend blickte sie ihn an, und er musste daran denken, wie süß ihre Lippen geschmeckt hatten. Das Bedauern traf ihn wie ein Fausthieb.

132

„Sie sind die schönste Frau, die ich je gesehen habe“, sagte er leise.

Nachdem er gegangen war, starrte Libby stumm auf die Tür, die sich hinter ihm geschlossen hatte.

Cal schlief nicht. In voller Kleidung lag er auf dem Bett, starrte in die Dunkelheit und konnte nur an Libby denken.

Sie hatte ihm nicht geglaubt, aber sie hatte versucht, ihn zu trösten. Ob sie wohl wusste, wie einmalig sie war? Eine Frau, die stark genug war, ihr eigenes Leben zu leben, und dennoch schwach genug, um in den Armen eines Mannes zu zittern. In seinen Armen.

Er begehrte sie. Im perlgrauen Licht der Morgendämmerung wurde sein Verlangen fast unerträglich. Er wollte sie nur in den Armen halten. Sie sollte nur einfach neben ihm liegen und ihren Kopf auf seine Schulter betten. Wenn er die Wahl hätte …

Aber er hatte keine Wahl.

Cal stand vom Bett auf. Er besaß nichts, was er mitnehmen musste, und nichts, was er zurücklassen konnte. Leise stieg er die Treppe hinunter und schlüpfte aus dem Haus.

Das Geländefahrzeug parkte gleich vor der Veranda. Dort hatte Libby es in der Nacht abgestellt, in der sie ihn hierher gebracht hatte. Cal warf noch einen letzten Blick zu ihrem Fenster hinauf. Es gefiel ihm nicht, dass er sie hier ohne Transportmöglichkeit zurücklassen musste, aber er wollte später auf einen Funkkanal gehen und ihren Standort durchgeben. Irgendjemand würde dann schon zu ihr hinausfahren.

Sie würde furchtbar wütend sein. Bei der Vorstellung lächelte er ein wenig. Sie würde ihn verfluchen. Sie würde ihn hassen. Und sie würde ihn nicht vergessen.

Cal stieg in den Wagen. Er nahm sich einen Moment Zeit, um sich von den altertümlichen Anzeigen und Armaturen bezaubern zu lassen. Er drehte am Steuerrad, trat vorsichtig auf eines der Pedale. Die ersten Vogelstimmen waren ringsum zu hören.

Zwischen den beiden Vordersitzen befand sich ein Hebel, der mit den H-förmig angeordneten Zahlen von eins bis vier und einem R markiert war. Zweifellos eine Gangschaltung. Cal war sicher, dass er mit einem so simplen Gefährt würde umgehen können. Er drehte an diversen Knöpfen. Da die Maschine nichts sagte, trat er auf beide Bodenpedale und rührte mit dem Schalthebel herum. Mehr durch Zufall legte er tatsächlich den ersten Gang ein.

Immerhin ein Anfang, dachte er, aber wo, zum Teufel, hatte der Erbauer den Zündschalter versteckt?

„Es dürfte Ihnen schwer fallen, den Wagen ohne den hier zu starten." Libby stand auf der Veranda. Eine Hand hatte sie auf die Hüfte gestemmt, die andere erhoben, und von den Fingern baumelte ein Schlüssel.

134

Sie ist tatsächlich wütend, dachte Cal, aber darüber konnte er nicht lachen. „Ich wollte nur … eine kleine Ausfahrt unternehmen."

„Ach ja?" Sie zog ihren hastig übergestreiften Pullover tiefer über die Hüften hinab und stieg die Verandastufen hinunter. „Ihr Pech, dass ich den Zündschlüssel immer abziehe."

Man braucht also einen Zündschlüssel, dachte er. Das hätte ich wissen müssen. „Habe ich Sie aufgeweckt?"

Ziemlich unsanft stieß sie ihm die Faust gegen die Schulter. „Sie haben vielleicht Nerven, Hornblower! Gestern Abend erzählen Sie mir einen Haufen Blödsinn, damit ich Mitleid mit Ihnen bekomme, und heute wollen Sie mir meinen Wagen klauen. Wie hatten Sie sich das gedacht? Wollten Sie die Zündung kurzschließen? Nun, wenn Sie so ein fabelhafter Pilot sind, hätten Sie das eigentlich schneller hinkriegen müssen. Und leiser."

„Ich wollte mir den Wagen nur ausleihen. Ich dachte, es wäre besser, wenn ich allein zur Absturzstelle fahre."

Und ich dumme Gans habe ihm vertraut, dachte Libby. Er hat mir Leid getan. Ich wollte ihm helfen. Bin ich denn noch zu retten? Na warte, ich werde ihm schon helfen!

„Gut, jetzt können Sie aufhören zu denken. Rutschen Sie rüber", befahl sie.

135

„Ich verstehe nicht …"

„Sie sollen auf den Beifahrersitz rutschen. Sie wollen zu Ihrem Wrack, und ich fahre Sie zu Ihrem Wrack."

„Libby …"

„Rutschen Sie rüber, Hornblower, oder das Loch in Ihrer Stirn kriegt Gesellschaft."

„Na schön." Ergeben hob er sich über den Ganghebel und ließ sich auf den Beifahrersitz fallen. „Aber sagen Sie nachher nicht, ich hätte mich nicht bemüht, Sie zu warnen."

„Wenn ich daran denke, dass Sie mir Leid getan haben!"

Mit größtem Interesse beobachtete Cal, wie Libby den Schlüssel in einen Schlitz steckte und umdrehte. Der Motor sprang an, das Radio plärrte, die Wischerblätter quietschten über die Scheibe, und die Heizung pustete los.

„Sie sind mir vielleicht einer", schimpfte sie vor sich hin und drehte an verschiedenen Knöpfen.

Bevor er sich dazu äußern konnte, gab sie Gas, und der Geländewagen schoss auf den schmalen Fahrweg hinaus.

„Libby." Cal räusperte sich und hob dann die Stimme über das laute Motorengeräusch. „Ich tat, was ich für Sie am besten hielt. Ich wollte Sie nicht noch mehr als ohnehin schon mit der Sache belasten."

„Sehr freundlich." Sie zog den Ganghebel zurück.

136

Steine spritzten hinter den Reifen auf. „Also, für wen arbeiten Sie, Hornblower?"

„Ich bin selbstständig."

„Verstehe. Sie verkaufen an den Meistbietenden."

Dass ihre Stimme jetzt wieder so grimmig klang, irritierte ihn. „Selbstverständlich. Tut das nicht jeder?"

„Manche Leute hängen kein Preisschild an die Loyalität ihrem Land gegenüber."

Cal schloss die Augen. Bei diesem Thema war sie also wieder! „Libby, ich bin kein Spion. Ich arbeite nicht für die CAI."

„CIA."

„Ist doch egal. Ich bin Pilot. Ich befördere Versorgungsgüter, Menschen, Ausrüstungen. Ich beliefere Raumhäfen, Kolonien, Forschungsstationen."

„Ach, dieses Lied ist wieder dran." Sie biss die Zähne aufeinander und jagte den Geländewagen eine Böschung hinunter und durch einen Bach. Wasser spritzte zu beiden Seiten hoch. „Was wollen Sie denn diesmal sein? Ein intergalaktischer Fernfahrer?"

Er hob die Hände und ließ sie schlaff wieder sinken. „So ungefähr."

„Ich nehme Ihnen überhaupt nichts mehr ab, Cal. Ich glaube nicht, dass Sie verrückt sind oder dass Sie sich in Illusionen flüchten. Also lassen Sie das."

„Was soll ich lassen?" Als er daraufhin von Libby nur angezischt wurde, versuchte er es noch einmal.

„Libby, alles, was ich Ihnen erzählt habe, ist wahr", sagte er ruhig.

„Hören Sie auf!" Hätte sie nicht beide Hände fürs Steuer benötigt, würde sie ihn wahrscheinlich geohrfeigt haben. „Wäre ich Ihnen doch nie begegnet! Sie fallen buchstäblich in mein Leben, sorgen dafür, dass ich mich um Sie sorge und dass ich Dinge fühle, die ich noch nie gefühlt habe, und dann tun Sie weiter nichts als lügen."

Cal sah nur noch einen einzigen Ausweg. Er griff nach dem Zündschlüssel und zog ihn heraus. Das Fahrzeug rumpelte noch ein Stück weiter und blieb dann stehen. Er packte Libby beim Pullover und zog sie zu sich herum.

„Verdammt", fluchte er leise, als er ihr Gesicht sah. „Heulen Sie nicht. Das kann ich nicht vertragen."

„Ich heule ja überhaupt nicht!" Mit dem Handrücken wischte sie sich die Zornestränen ab. „Geben Sie mir den Zündschlüssel wieder."

„Sofort." Er ließ ihren Pullover los. „Ich habe nicht gelogen, als ich sagte, dass ich heute Morgen fort wollte, weil ich dachte, es sei das Beste für Sie."

Sie glaubte es ihm, und gleichzeitig hasste sie sich dafür, dass sie ihm gegenüber so leichtgläubig war. „Werden Sie mir jetzt endlich berichten, in welchen Schwierigkeiten Sie sich befinden?"

„Ja." Weil er der Versuchung nicht widerstehen konnte, strich er mit einer Fingerspitze über ihre feuchte

138

Wange. „Nachdem wir das … die Absturzstelle gefunden haben, erzähle ich Ihnen alles, was Sie wissen wollen."

„Und keine Ausflüchte, keine wüsten Geschichten mehr?"

„Ich erzähle Ihnen alles." Er hob ihre Hand an und presste seine Handfläche gegen ihre. „Sie haben mein Wort. Libby …" Er schob seine Finger zwischen ihre. „Was sind das für Dinge, die Sie meinetwegen fühlen?"

Sie zog die Hand fort und packte das Lenkrad. „Das weiß ich nicht, und ich will auch nicht darüber nachdenken."

„Sie sollen wissen, dass ich noch für keine andere Frau so empfunden habe wie für Sie. Ich wünschte nur, die Situation wäre eine andere."

Er verabschiedet sich schon, erkannte Libby. Ein merkwürdiger Schmerz breitete sich in ihrer Brust aus. „Schon gut. Wir sollten uns jetzt auf das Nächstliegende konzentrieren." Während sie starr geradeaus blickte, steckte sie den Schlüssel wieder ins Zündschloss.

„Ich fand Sie genau da oben", sagte sie und startete den Motor. „Dort bei der Kurve. Sie kamen ungefähr aus dieser Richtung da. Als ich Sie abstürzen sah, hatte ich den Eindruck, als wären Sie irgendwo über einem Bergkamm niedergegangen." Sie hielt sich die Hand über die Augen. „Seltsam, es sieht aus, als hätte jemand eine lange Bresche in den Baumbestand dort oben geschlagen."

Das ist überhaupt nicht seltsam, dachte Cal. Im-

139

merhin ist dort ein über siebzig Meter langes Schiff heruntergekommen. „Wollen wir es uns nicht einmal näher ansehen?"

Libby lenkte vom Fahrweg hinunter und fuhr den felsigen Abhang hinauf. Noch immer nicht ganz versöhnt, hoffte sie insgeheim, bei der gefährlichen Holperfahrt würde Cal Zustände bekommen, doch als sie zu ihm hinüberschaute, grinste er nur fröhlich.

„Das ist ja herrlich!" rief er. „So etwas habe ich als kleiner Junge zuletzt gemacht."

„Freut mich, dass Sie Spaß daran haben." Sie blickte wieder nach vorn und sah deshalb nicht, dass Cal auf ein paar Knöpfe an seiner „Uhr" drückte.

Freudige Erregung packte ihn, als er den Leitstrahl auf einer der Anzeigen sah. „Fünfundzwanzig Grad Nord."

„Was?"

„Dort entlang." Er deutete in die Richtung. „Zwei Komma fünf Kilometer."

„Woher wissen Sie das?"

Er schenkte ihr ein strahlendes Lächeln. „Vertrauen Sie mir."

Libby steuerte den Geländewagen weiter bergauf bis dorthin, wo der Baumbestand dichter wurde, und stellte dann den Motor aus. Sie fröstelte ein wenig in der kühlen Luft. „Hier komme ich mit dem Wagen nicht durch. Ab jetzt müssen wir zu Fuß weitergehen."

„Es ist nicht mehr weit." Cal sprang aus dem Auto

und reichte Libby ungeduldig die Hand zum Aussteigen. „Nur noch ein paar hundert Meter."

Sie ergriff Cals ausgestreckte Hand nicht, sondern starrte seine Armbanduhr an, die einen regelmäßigen, leisen Piepton aussandte. „Warum macht das Ding das?"

„Es tastet das Gelände ab. Der Suchstrahl hat nur eine Reichweite von zehn Kilometern, aber er ist ziemlich akkurat." Mit ausgestrecktem Arm bewegte sich Cal langsam im Kreis. „Da ich bezweifle, dass es hier einen anderen Metallgegenstand gibt, der so groß wie mein Schiff ist, würde ich sagen, wir haben es gefunden."

„Fangen Sie nicht schon wieder damit an." Libby steckte die Hände in die Hosentaschen und ging voran.

„Ich denke, Sie sind Wissenschaftlerin." Cal passte sich ihrem Tempo an.

„Das bin ich auch, und deshalb weiß ich, dass niemand auf dem Weg vom Mars nach Los Angeles von einem schwarzen Loch abprallt und ins Klamath-Gebirge fällt."

Freundlich legte er ihr den Arm um die Schultern. „Sie blicken zurück, Libby, und nicht voraus. Sie haben noch nie jemanden gesehen, der vor zwei Jahrhunderten gelebt hat, und trotzdem wissen Sie, dass es damals Menschen gegeben hat. Warum ist es so schwierig zu glauben, dass es auch in zweihundert Jahren Menschen geben wird?"

„Ich hoffe ja sehr, dass es sie gibt, aber ich erwarte nicht, dass ich sie zum Kaffee einladen muss." Der Mann ist nicht verrückt, dachte sie, sondern sehr clever. „Sie versprachen, mir die ganze Wahrheit zu sagen, wenn wir Ihr Flugzeug gefunden haben. Ich werde Sie beim Wort nehmen." Stolz hob sie den Kopf. Dann erstarrte sie.

Ungefähr fünf Meter voraus sah sie eine Lücke zwischen den Bäumen, die Bresche, die sie schon von unten entdeckt hatte. Aus der Nähe sah es so aus, als wäre eine gigantische Machete durch den Wald gefahren und hätte einen Pfad von mehr als zehn Metern Breite hineingeschlagen.

Libby musste sich beeilen, um mit Cal Schritt zu halten. „Hier hat es doch nicht gebrannt", sagte sie verwirrt. „Wo kommt denn diese Schneise her?"

Sie erreichten die Schneise. Cal zeigte auf etwas.

„Daher", antwortete er. Auf dem felsigen, tannennadelbestreuten Untergrund ruhte sein Schiff. Bis zu zehn Meter hohe Bäume lagen wie Zahnstocher rundherum. „Gehen Sie nicht dichter heran", warnte er. „Ich will erst die Strahlung prüfen."

Seine Warnung war überflüssig. Libby hätte sich gar nicht bewegen können, selbst wenn sie es gewollt hätte.

Mit seinem Minicomp stellte Cal die notwendigen Untersuchungen an und nickte. „Es bleibt innerhalb der normalen Belastungsgrenze. Die Zeitkrümmung muss die Überschreitung neutralisiert haben." Wieder legte er Libby den Arm um die Schultern. „Kommen Sie herein. Ich zeige Ihnen meine Briefmarkensammlung."

142

Stumm und benommen folgte sie ihm. Noch nie hatte sie ein solches „Fahrzeug" gesehen. Es war riesig, so groß wie ein Haus. Eine militärische Geheimwaffe wahrscheinlich. Deshalb hatte Cal auch immer so ausweichende Antworten gegeben. Aber ein einzelner Mann konnte doch so ein Riesending gar nicht fliegen.

Vorn war es schmal, nicht spitz, sondern eher kugelig, und dahinter vergrößerte es sich zu dem eigentlichen Flugkörper. Flügel besaß es nicht. Die Form erinnerte Libby unangenehm an einen Stechrochen, der am Meeresboden auf Beutefang ging. Sicherlich ein militärisches Experiment, sagte sie sich.

Die Außenhaut bestand aus einem stumpfen Metall und war mit Schrammen, Beulen und Staub überzogen. Wie ein altes, zuverlässiges Familienauto, dachte Libby. Und das beunruhigte sie. Das Pentagon, die NASA oder wer immer dieses Fluggerät gebaut hatte, würde doch sicherlich pfleglicher mit einem Gegenstand umgehen, der einige Millionen Steuergelder gekostet hatte.

„Und Sie sind dieses Ding allein geflogen", sagte sie.

„Natürlich." Cal war inzwischen zu seiner Maschine gelaufen und streichelte das Metall beinahe liebevoll. „Sie lässt sich traumhaft handhaben."

„Wem gehört sie?"

„Mir." Freude und Aufregung spiegelten sich in seinen Augen. „Ich sagte Ihnen doch, dass ich sie nicht

143

gestohlen habe." Vor lauter Erleichterung fasste er Libby um die Taille, wirbelte sie einmal im Kreis herum und küsste sie dann fest auf den Mund. Da er den Geschmack verlockend fand, setzte er sie nicht gleich wieder auf dem Boden ab, sondern gönnte sich gleich noch einen zweiten Kuss.

„Caleb ..." Atemlos, benommen stieß Libby Cal von sich fort.

„Sie zu küssen, das könnte bei mir zur Gewohnheit werden, Libby. Und Gewohnheiten werde ich immer nur sehr schwer wieder los, wissen Sie."

Er will mich nur ablenken, dachte sie. Und das macht er ausgezeichnet. „Reißen Sie sich zusammen", befahl sie. „Jetzt haben wir also dieses ... dieses Ungetüm gefunden. Sie haben mir eine Erklärung versprochen. Ein Gerät wie dieses hier kann niemals einem privaten Bürger gehören. Also los, nun reden Sie schon endlich, Hornblower."

„Es gehört mir aber." Er grinste vergnügt. „Beziehungsweise es wird mir gehören, nachdem ich die restlichen zehn Raten bezahlt habe." Er drückte auf einen Knopf, und Libby blieb beinahe der Mund offen stehen, als sich eine Einstiegsluke geräuschlos öffnete. „Kommen Sie herein. Ich zeige Ihnen die amtliche Zulassung."

Dieser Aufforderung konnte Libby nicht widerstehen. Sie stieg die beiden Stufen hoch und betrat die Kabine. Diese war so groß wie ihr Wohnzimmer und

144

wurde von einem ausgedehnten Bedienungsfeld beherrscht. Hunderte bunter Knöpfe und Hebel befanden sich vor zwei schwarzen Schalensitzen.

„Nehmen Sie Platz", bat Cal.

Libby blieb lieber in der Nähe der offenen Luke und rieb sich fröstelnd die Arme. „Es ist … nun … dunkel ist es hier drinnen."

„Ach, natürlich." Cal trat an eine Tafel, betätigte einen Schalter, schon öffnete sich das ganze Vorderteil der Kabine. „Ich muss wohl den Schutzschild getroffen haben, als es abwärts ging."

Libby konnte nur staunend schauen. Vor sich sah sie den Wald, die entfernten Berge und den Himmel. Helles Sonnenlicht fiel herein. Das, was sich vor ihr mehr als fünf Meter breit ausdehnte, konnte man kaum als Windschutzscheibe bezeichnen.

„Ich verstehe das alles nicht." Weil sie es aber begreifen wollte, kam sie rasch heran und setzte sich in einen der Schalensessel.

„So ging es mir vor zwei Tagen auch." Cal öffnete eine Schublade, schob ein paar Papiere hin und her und zog dann eine kleine blanke Karte hervor. „Dies ist meine Pilotenlizenz, Libby. Wenn Sie sie angesehen haben, holen Sie am besten ganz tief Luft. Das könnte helfen."

In einer Ecke der Karte befand sich sein Bild. Sein Lächeln war so attraktiv und entwaffnend, wie es auch in Wirklichkeit war. Die persönlichen Daten wiesen aus, dass er ein Bürger der Vereinigten Staaten und lizenzierter Pilot für alle Schiffe der Modellreihe A bis F war. Seine Größe wurde mit 185,4 cm und sein Gewicht mit 70,3 kg angegeben. Haare schwarz, Augen blau. Und sein Geburtsdatum war … 2222.

Libby stöhnte auf.

„Sie haben vergessen, tief Luft zu holen." Cal legte seine Hand über ihre. „Libby, ich bin dreißig Jahre alt. Als ich vor drei Monaten Los Angeles verließ, hatten wir Februar 2252."

„Das ist Wahnsinn."

„Kann sein. Aber es ist wahr."

„Ein Trick ist es!" Sie drückte ihm die Karte in die Hand und sprang auf. Ihr Herz hämmerte so heftig, dass sie es in den Schläfen fühlen konnte. „Ich weiß nicht, weshalb Sie das tun, aber das ist alles ein abgekarteter Trick. Ich fahre jetzt nach Hause." Die Ausstiegsluke schloss sich, noch ehe Libby sie erreichen konnte.

„Setzen Sie sich wieder, Libby. Bitte." Cal sah die Angst in ihren Augen und musste sich dazu zwingen, da zu bleiben, wo er war. „Ich werde Ihnen nichts tun. Das wissen Sie doch. Kommen Sie, setzen Sie sich wieder und hören Sie zu."

Libby ärgerte sich darüber, dass sie hatte fortlaufen wollen. Mit steifen Schritten kehrte sie zum Sessel zurück. „Also?"

Cal nahm ihr gegenüber Platz und dachte kurz, aber

146

gründlich nach. Er kam zu dem Ergebnis, dass man eine außergewöhnliche Situation manchmal am besten so behandeln musste, als wäre sie vollkommen normal.

„Sie haben noch nicht gefrühstückt", bemerkte er übergangslos. Zufrieden über diesen Einfall, öffnete er eine kleine Schranktür und holte einen silberglänzenden Beutel heraus. „Wie wäre es mit Eiern und Speck?"

Ohne eine Antwort abzuwarten, öffnete er eine zweite Tür, warf den Beutel hinein, drückte auf einen Knopf und lächelte Libby so lange an, bis ein Summton zu hören war. Aus einem weiteren Fach holte er einen Teller, öffnete dann die erste Tür und drehte sich mit dem Teller, auf dem jetzt gebratene Eier und Speck dampften, wieder zu Libby um.

„Noch mehr Tricks." Libby verschränkte die eiskalten Hände auf ihrem Schoß.

„Kein Trick. Bestrahlung. Kosten Sie mal." Er hielt ihr den Teller vor die Nase. „Das ist selbstverständlich nicht so gut wie bei Ihnen zu Haus, aber zur Not geht's. Libby, Sie müssen wenigstens glauben, was Sie mit eigenen Augen sehen."

„Nein." Sehr langsam schüttelte sie den Kopf. „Muss ich nicht."

„Haben Sie keinen Hunger?"

Wieder schüttelte sie den Kopf, diesmal energischer.

Cal holte sich eine Gabel aus einer Schublade und begann zu essen. „Ich weiß, wie Ihnen zumute ist."

147

„Nein, das wissen Sie nicht." Etwas verspätet beherzigte sie seinen Rat und holte dreimal tief Luft. „Sie sitzen ja nicht in einem Ding, das wie ein Raumschiff aussieht, und unterhalten sich mit einem Mann, der behauptet, aus dem dreiundzwanzigsten Jahrhundert zu sein."

„Nein, aber ich sitze in meinem Schiff und spreche mit einer Frau, die ungefähr zweihundertfünfzig Jahre älter ist als ich."

Libby blickte für einen Moment ein bisschen dumm drein, und dann bekam sie einen Lachanfall. „Das ist einfach irre."

„Genau."

„Ich sage nicht, dass ich es glaube."

„Lassen Sie sich Zeit."

Sie drückte sich die inzwischen nicht mehr ganz so kalten, aber immer noch zitternden Hände an die Schläfen. „Ich muss nachdenken."

„Tun Sie das."

Seufzend lehnte sie sich zurück und betrachtete Cal. „Ich glaube, ich möchte dieses Frühstück da jetzt wohl doch essen."

6. KAPITEL

Die Eier schmeckten nach nichts, aber heiß waren sie. Bestrahlt, dachte Libby. Sie hatte von den unterschiedlichen Meinungen über Lebensmittelbehandlung gehört. Mit einem aus dem Mikrowellenherd gekommenen Fertiggericht waren die Eier jedenfalls bei weitem nicht zu vergleichen.

Anscheinend befinde ich mich mitten in einem Science-Fiction-Film, dachte sie. „Für das alles muss es doch noch eine andere Erklärung geben."

Cal aß seine Portion auf. „Lassen Sie es mich wissen, wenn Sie sie gefunden haben."

Unzufrieden stellte sie ihren Teller ab. „Wenn das alles wahr ist, scheinen Sie es ja mit großer Gelassenheit zu tragen."

„Ich hatte ja auch schon ein wenig Zeit, mich daran zu gewöhnen. Essen Sie das da noch auf?"

Libby schüttelte den Kopf. Sie schaute durch den glasklaren Schild hinaus. In ungefähr hundert Metern Entfernung wanderten zwei Hirsche ruhig unter den Bäumen umher. Ein schöner Anblick, aber hier in den Bergwäldern Oregons nichts Ungewöhnliches. Würden diese Tiere die Fifth Avenue in Manhattan entlangspazieren, wären sie noch immer schön, und sie wären auch real, aber die Umgebung nicht normal.

Dass Cal real war, ließ sich nicht leugnen. Wäre es

möglich, dass dieses Fahrzeug hier an einem anderen Ort, in einer anderen Zeit ein ganz normaler Anblick war? Wenn es wahr wäre, wie müsste sich Cal dann fühlen? Libby erinnerte sich an seinen entsetzten Gesichtsausdruck, als er mit dem 1990 erschienenen Taschenbuch zu ihr gekommen war. Sie hatte seine auffallende Blässe, seine Verwirrung und seine merkwürdigen Fragen und Äußerungen mit den Nachwirkungen seiner Kopfverletzung erklärt.

Jetzt jedoch saß sie hier in diesem Schiff, und das konnte sie beim besten Willen nicht „Flugzeug" nennen. Wenn sie also davon ausging, dass es tatsächlich vorhanden und nicht etwa Teil eines ungewöhnlich lebhaften Traums war, dann musste sie auch Cals Geschichte akzeptieren.

„Es gibt mehr Dinge zwischen Himmel und Erde, Horatio, als Eure Schulweisheit sich träumen lässt."

„Hamlet." Cal musste über Libbys erstaunten Blick lächeln. „Shakespeare lesen wir immer noch. Möchten Sie Kaffee?"

Libby schüttelte den Kopf. Traum oder nicht, sie brauchte Antworten. „Sie sagen, Sie seien von einem schwarzen Loch abgeprallt, ja?"

Cal war unbeschreiblich erleichtert. Libby glaubte ihm. „Ja, das stimmt. Jedenfalls denke ich das. Ich brauche meinen Rechner. Meine Instrumente drehten durch, als das Schiff in das Gravitationsfeld geriet, also habe ich auf Handbetrieb umgeschaltet und eine Kurve gesteuert. Ich erinnere mich an die enormen Kräfte. Ich wurde bewusstlos. Als ich wieder zu mir kam, befand ich mich im freien Fall in Richtung Erde. Ich schaltete auf Autopilot zurück und dachte, ich wäre aus den Schwierigkeiten heraus."

„Das erklärt nicht, wie Sie hier stranden konnten – ich meine, in dieser Zeit."

„Es gibt eine Anzahl Theorien. Ich neige zu der, die sich mit dem Raum-Zeit-Kontinuum auseinander setzt. Man kann sich das wie eine Schüssel vorstellen." Cal legte die Handflächen zusammen, um das zu demonstrieren. „Mathematisch gesehen, ist die Schüssel weder Raum noch Zeit, sondern eine Kombination von beidem", fuhr er fort. „Alles, was sich darin befindet, bewegt sich durch Raum und Zeit. Die Schwerkraft ist die Krümmung der Schüssel, sie zieht alles an. Auf der Erde fühlt man dieses Schwerefeld nicht so stark. Man merkt es nur, wenn man beispielsweise von einer Klippe fällt. Aber um die Sonne herum, um ein schwarzes Loch herum …" Er legte seine Handflächen zu einer tieferen „Schüssel" zusammen.

„Und Sie wollen sagen, Sie seien in dieser Krümmung gefangen gewesen?"

„Wie eine Spielkugel, die in einer Schüssel, und zwar an deren oberem Rand, herumgeschleudert wird. Irgendwie, irgendwann in diesem Wirbel muss mein

Schiff über den Schüsselrand hinausgeschossen sein. Die Geschwindigkeit, die Flugbahn schickte mich nicht nur durch den Raum, sondern auch durch die Zeit."

„Wenn Sie das so sagen, klingt es beinahe plausibel."

„Jedenfalls ist es die einzige passende Theorie, die mir vorliegt. Vielleicht wird sie noch plausibler, wenn wir sie uns genauer ansehen." Er beugte sich vor und drehte an einer Wählscheibe. „Computer!"

Ja, Cal.

Als Libby die sanfte, recht erotische Stimme hörte, hob sie eine Augenbraue. „Seit wann sind Computer groß, blond und vollbusig?"

Cal grinste amüsiert. „Auf intergalaktischen Touren kann man sich reichlich einsam fühlen", meinte er. „Computer, gib mir die Logaufzeichnung 02-05 auf den Bildschirm."

Ein kleiner Bildschirm hob sich aus der Konsole. Cal beugte sich näher heran. Leidenschaftslos beobachtete er, wie sein eigenes Bild darauf erschien.

Von ihrem Sitz aus schaute Libby gebannt auf den Monitor. Das Bild zeigte Cal, der genau dort saß, wo sie sich jetzt befand. Lampen blitzten auf, Summer ertönten. Das Cockpit bebte. Cal legte einen Sicherheitsgurt an. Libby sah die Schweißperlen auf seinem Gesicht, als er darum kämpfte, die Kontrolle über sein ausbrechendes Schiff zurückzugewinnen.

„Größerer Bildausschnitt", befahl Cal.

Jetzt sah Libby, was er durch den transparenten Schild gesehen hatte. Der unendliche Raum war verlockend, verführerisch, bezwingend. Sie sah Sterne, ganze Sternenhaufen und einen entfernten Planeten und Schwärze, absolute Schwärze, die sich scheinbar endlos ausdehnte. Das Schiff schien direkt darauf zuzustürzen.

Sie hörte Cal fluchen und sah, wie er an einem Hebel zerrte. Das Geräusch zerreißenden Metalls wurde zwar nur von dem Gerät wiedergegeben, hörte sich aber an, als fülle es die ganze Kabine. Das Cockpit drehte sich mit Schwindel erregender Geschwindigkeit. Und dann wurde der Bildschirm dunkel.

„Computer, nicht unterbrechen! Aufzeichnung weiter abspielen!"

Datenspeicher beschädigt. Keine weitere Abspielung möglich.

„Na großartig." Cal wollte einen weiteren Befehl eingeben, doch da fiel sein Blick auf Libby. Vollkommen schlaff saß sie in ihrem Sessel, ihre Wangen waren leichenblass und ihre Augen glasig.

„He!" Er sprang auf und beugte sich über sie. „Immer mit der Ruhe." Er nahm ihr Gesicht zwischen die Hände und drückte seine Daumen leicht an ihren Hals.

„Es war, als wäre ich dabei gewesen …"

Cal nahm ihre eiskalte Hand in seine, um sie zu

wärmen. Das hätte ich voraussehen müssen, schalt er sich. Er hatte nur an sich selbst gedacht und daran, dass er sehen wollte, was geschehen war. „Es tut mir so Leid."

„Es war schrecklich." Alle ihre Zweifel hatten sich während der Abspielung aufgelöst. Sie blickte zu Cal hinauf. „Es war entsetzlich für Sie."

„Nein." Er strich mit den Fingern durch ihr Haar. „So schlimm war es gar nicht." Sanft, zärtlich legte er seine Lippen an ihre und ließ sie dann zu ihrem Kinn hinabgleiten.

Libby legte ihre Hand an seine Wange, als wolle sie trösten und gleichzeitig selbst Trost empfangen. „Was werden Sie denn jetzt machen?"

„Ich werde einen Rückweg suchen."

Ein unerwartet heftiger Schmerz durchfuhr sie. Natürlich konnte Cal nicht bleiben. Sie zog ihre Hand zurück und ließ sie sinken. „Wann gehen Sie?"

„Eine kleine Weile wird es schon noch dauern." Er richtete sich auf und blickte sich in der Kabine um. „Ich muss einige Reparaturen am Schiff durchführen, und dann sind umfangreiche Berechnungen anzustellen."

„Ich würde Ihnen gern dabei helfen." Ratlos breitete sie die Hände aus. „Ich weiß nicht, wie."

„Ich würde mich freuen, wenn Sie hier blieben, während ich arbeite. Ich weiß, Sie haben viel zu tun, aber hätten Sie ein paar Stunden für mich Zeit?"

154

„Selbstverständlich." Sie brachte ein Lächeln zustande. „Man lädt mich schließlich nicht oft ein, einen Tag in einem Raumschiff zu verbringen." Trotzdem wollte sie sich nicht direkt neben Cal setzen. Falls er sie dann nämlich aus nächster Nähe betrachtete, könnte er möglicherweise erkennen, was ihr eben bewusst geworden war: Wenn er abreiste, würde er ihr das Herz brechen.

„Darf ich mich hier umschauen?"

„So viel und so lang Sie wollen." Cal sah, dass sie noch immer blass war, wenn ihre Stimme auch recht fest klang. Vielleicht brauchte Libby auch nur ein wenig Zeit für sich allein. „Ich werde inzwischen den Computer auf ein paar Berechnungen und Analysen ansetzen."

Libby ließ Cal bei seinem Computer zurück und wanderte durch das Schiff. Was sie sah, prägte sie sich genau ein. Einen engen und unaufgeräumten Raum hielt sie für die Bordküche. Einen Herd gab es hier nicht, aber einen Wandapparat, ähnlich einem Mikrowellengerät. Eine Art Kühlschrank enthielt einige Flaschen. Libby sah, dass sie ganz vertraute Aufkleber und den Namen einer sehr beliebten amerikanischen Biersorte trugen.

Anscheinend haben sich die Menschen doch nicht so sehr geändert, dachte sie und holte sich eine ihr vertraute Limonade heraus. Sie drehte die Verschlusskappe ab, nahm einen Probeschluck und staunte. Sie hätte die Limonadenflasche ebenso gut in ihrem eigenen Kühlschrank gefunden haben können. Mit der vertrauten Flasche in der Hand, setzte sie ihren Erkundungsgang fort.

Sie kam in eine Art riesigen Laderaum. Von ein paar fest gezurrten Kisten abgesehen, war er leer. Hatte Cal nicht gesagt, er hätte sich auf dem Rückweg von einer Liefertour zu einer Marskolonie befunden?

Die Menschen hatten also den Mars erobert. Das hatten die Wissenschaftler des zwanzigsten Jahrhunderts ja auch schon geplant. Cal würde bestimmt wissen, wann die erste Kolonie errichtet worden war und wie die Kolonisten ausgewählt worden waren.

Libby trank einen Schluck aus der Limonadenflasche und rieb sich die Schläfen. Vielleicht erschien ihr in ein, zwei Tagen alles nicht mehr so fantastisch. Vielleicht war sie dann in der Lage, wieder folgerichtig zu denken und die richtigen Fragen zu stellen.

Sie setzte den Weg durch das Schiff fort und fand eine zweite Ebene, die fast nur Schlafräume zu enthalten schien. Kajüten, berichtigte sie sich. Auf Schiffen nannte man so etwas Kajüten. Das Mobiliar war stromlinienförmig, und das Meiste davon war direkt in die Wände integriert. Glatte Plastikformen und strahlende Farben waren wohl sehr in Mode.

Libby fand Cals Raum mehr durch Zufall. Sie hätte auch nicht zugegeben, dass sie danach gesucht hatte. Von den anderen Kajüten unterschied sich diese hier nur durch ihre anheimelnde Unaufgeräumtheit. In einer Ecke lag ein Overall, er sah so aus wie der, mit dem Cal bekleidet gewesen war, als sie ihn gefunden hatte. Das Bett war nicht gemacht.

An einer Wand hing ein Bild. Es war auf geradezu unheimliche Weise dreidimensional und zeigte Cal, der mit einigen Personen beieinander stand. Das Wohngebäude hinter der Gruppe hatte mehrere Stockwerke und bestand fast ganz aus Glas. Es wies viele weiße Terrassen und Balkons auf und war von einem grünen Rasen und hohen, Schatten spendenden Bäumen umgeben.

Dort ist er also daheim, dachte Libby, und das ist seine Familie. Sie betrachtete die Menschen auf dem Bild eingehender. Die Frau war groß und sah blendend aus. Um Cals Mutter zu sein, wirkte sie zu jung. Vielleicht eine Schwester? Aber er hatte doch nur von einem Bruder geredet.

Alle Personen lachten. Cal hatte einen Arm um die Schultern eines anderen Mannes gelegt, der ihm so ähnlich war, dass es sich um den besagten Bruder handeln musste. Seinem Blick nach zu urteilen, schien er ein ziemlich harter Bursche zu sein. Der dritte Mann auf dem Bild schaute ein wenig abwesend drein. Sein Gesicht war nicht so auffallend schön, dafür aber sehr gütig.

Ein Foto hält die Menschen in der Zeit gefangen,

ging es Libby durch den Kopf. So wie Cal jetzt auch gefangen war. Fast hätte sie sein Gesicht auf dem Bild gestreichelt.

Sie durfte nie vergessen, dass er sich nur so lange hier aufhalten würde, bis er sich aus dieser Zeitfalle befreien konnte. Er besaß ein anderes Leben in einer anderen Zeit, in einer anderen Welt. Was ich für ihn empfinde – unmöglich, dachte sie, genauso unmöglich, wie es eigentlich ist, dass ich hier in einem Raumfahrzeug stehe.

Plötzlich erschöpft, setzte sie sich aufs Bett. Das Ganze war einfach verrückt. Und das Verrückteste war, dass sie sich zum ersten Mal in ihrem Leben ernsthaft verliebt hatte. Und der Mann, den sie liebte, würde sich bald außer Reichweite befinden.

Seufzend streckte sie sich auf dem kühlen Bettzeug aus. Vielleicht war ja doch alles nur ein Traum.

Mehr als eine Stunde später fand Cal Libby zusammengerollt auf seinem Bett liegend. Sie schlief so, wie er sie zum ersten Mal gesehen hatte. Sie jetzt zu betrachten machte ihn seltsam unruhig.

Sie sah reizend aus, aber jetzt war es nicht nur ihre Schönheit, die ihn anzog. Inzwischen kannte er ihre Herzensgüte, ihr Mitempfinden, und ihre Gehemmtheit. Stark war sie und leidenschaftlich. Und so unbeschreiblich … keusch. Am liebsten hätte er sie jetzt in

158

die Arme genommen und geliebt, so sanft und zärtlich, wie er nur lieben konnte.

Aber Libby war ihm nicht bestimmt. Wenn dies alles doch ein Märchen wäre, wenn Libby doch nur zweihundert Jahre und länger schliefe! Dann könnte er sie aufwecken und sie für sich beanspruchen. Aber er war kein Märchenprinz, sondern ein ganz gewöhnlicher Mann, der in eine ungewöhnliche Lage geraten war.

Leise trat er ans Bett und breitete eine Decke über sie. Libby bewegte sich und murmelte etwas. Cal streichelte ganz leicht ihre Wange. Ihre Augen öffneten sich.

„Cal … Ich habe so etwas Seltsames geträumt." Plötzlich war sie hellwach und blickte sich in der Kajüte um. „Es war kein Traum."

„Nein." Er setzte sich neben sie. „Wie geht es Ihnen?"

„Ich bin immer noch ein wenig verwirrt." Mit den Fingern kämmte sie durch ihr Haar und hielt es sich einen Moment aus dem Gesicht, bevor sie es zurückfallen ließ. „Entschuldigung, ich hatte vorhin überhaupt nicht bemerkt, dass ich so müde war. Wahrscheinlich brauchte mein Gehirn aber auch nur eine Weile Pause."

„Ja, es war ein bisschen viel auf einmal. Libby?"

„Ja?" Sie schaute sich noch immer in der Kajüte um.

„Entschuldigung. Es muss sein." Er presste seine Lippen auf ihre und genoss, was er fühlte. Libby war noch ganz warm und weich vom Schlaf, und danach hatte er sich gesehnt. Unwillkürlich hob sie eine Hand an seine Schulter, aber sie stieß ihn nicht fort.

Es bedurfte seiner ganzen Willenskraft, sich trotz des heftigen Verlangens zurückzuziehen, doch er schaffte es. „Ich habe gelogen. Es tut mir gar nicht Leid." Er erhob sich und trat ein paar Schritte vom Bett fort.

Libby richtete sich auf und zupfte nervös an ihrem Pullover. „Ist das da Ihre Familie?"

„Ja. Mein Bruder Jacob und meine Eltern."

Es rührte Libby, wie liebevoll er das sagte. Sie legte ihre Hand auf seinen Arm. „Das da ist Jacob, nicht wahr? Aber die anderen beiden sehen doch viel zu jung aus, um Ihre Eltern zu sein."

„Es ist doch kein Kunststück, jung auszusehen." Er zuckte die Schultern. „Jedenfalls wird es einmal kein Kunststück mehr sein."

„Und das ist Ihr Haus, ja?"

„Dort bin ich aufgewachsen. Es befindet sich ungefähr zwanzig Kilometer außerhalb der Stadtgrenze."

„Dorthin werden Sie zurückkehren." Libby begrub ihre Sehnsucht. Liebe musste immer selbstlos sein. „Und Sie werden ihnen viel zu erzählen haben."

„Falls mich mein Erinnerungsvermögen nicht wieder verlässt."

„Sie dürfen nichts vergessen!" Libby konnte es nicht ertragen sich vorzustellen, dass Cal alles vergaß. „Ich werde es für Sie aufschreiben."

„Das wäre nett. Erlauben Sie, dass ich mit Ihnen zurückkehre?"

Hoffnung erwachte in ihr. „Zurück?"

„Zu Ihrem Haus. Ich habe hier getan, was ich konnte. Morgen fange ich mit den Reparaturen an. Ich hatte gehofft, ich dürfte vielleicht so lange bei Ihnen wohnen, bis hier an Bord alles fertig ist."

„Selbstverständlich." Es war töricht und egoistisch zu hoffen, dass er länger als unbedingt nötig bleiben würde. Sie zwang sich zu einem strahlenden Lächeln. „Ich habe ja auch noch so ungeheuer viele Fragen, dass ich überhaupt nicht weiß, wo ich anfangen soll. Das alles ist so aufregend."

Auf der Rückfahrt stellte Libby keine der angekündigten Fragen. Cal schien geistesabwesend und gedrückter Stimmung zu sein, und ihr selbst schwirrten zu viele Eindrücke und Widersprüche im Kopf herum. Sie fand, es würde vielleicht das Beste sein, eine Weile so zu tun, als wäre alles vollkommen normal. Dann kam ihr eine Idee.

„Hätten Sie Lust, in der Stadt zu Mittag zu essen?"

„Wie bitte?"

„Schalten Sie nicht ganz ab, Hornblower. Wollen Sie in die Stadt fahren? Bisher haben Sie ja nur diese Gegend hier gesehen. Wenn ich plötzlich im achtzehnten Jahrhundert landete, würde ich mir gern so viel wie irgend möglich ansehen wollen. Na, wie wär's?"

Cals Niedergeschlagenheit verflog. Er lächelte. „Darf ich fahren?"

„So sehen Sie aus!" Libby lachte.

Es dauerte länger als eine halbe Stunde, um durch den schmalen und völlig verschlammten Pass auf den Highway zu gelangen. Dort sah Cal dann die Fahrzeuge, die ihn schon beim Fernsehen so fasziniert hatten. Er schüttelte den Kopf, als Libby sich in den Kolonnen ziemlich aggressiv einen Platz erkämpfte. „Ihnen könnte ich innerhalb einer Stunde beibringen, einen Jetbuggy zu fahren", bemerkte er.

„Ist das ein Kompliment?"

„Ja. Man nimmt noch immer – wie nennt man das? – Benzin als Treibstoff?"

„Ja."

„Nicht zu glauben."

„Die Überheblichkeit steht Ihnen gut, Hornblower. Ganz besonders, weil Sie es nicht einmal fertig bekommen haben, meinen Wagen zu starten."

„Ich wäre schon noch drauf gekommen." Cal streichelte über Libbys flatterndes Haar. „Wenn ich zu Hause wäre, würde ich Sie jetzt zum Mittagessen nach Paris fliegen. Waren Sie schon einmal dort?"

„Nein." Sie versuchte nicht daran zu denken, wie romantisch das wäre. „Wir werden uns mit Pizza in Oregon begnügen müssen."

„Damit bin ich sehr einverstanden. Wissen Sie, der

Himmel ist etwas Merkwürdiges. Er ist leer." Ein Wagen zischte vorbei. Der Auspuff röhrte, das Radio dröhnte. „Was war denn das?"

„Ein Auto."

„Zweifellos. Ich meinte, was das für ein Geräusch war."

„Musik. Hard Rock." Libby schaltete ihr eigenes Radio ein. „Das hier ist nicht ‚Hard', aber ‚Rock' ist es auch."

„Gefällt mir." Mit der Musik in den Ohren betrachtete er die Umgebung. Je mehr sie sich der Stadt näherten, desto dichter wurde der Verkehr. Cal konnte die hohen, rechteckigen Geschäftsgebäude und Wohnsilos sehen – eine unfreundliche Skyline, wie er fand, aber dennoch irgendwie faszinierend. Immerhin arbeiteten und wohnten hier Menschen. Hier herrschte Leben.

Auf einer geschwungenen Ausfahrt verließ Libby den Highway und fuhr in Richtung Innenstadt. „Ich kenne ein nettes italienisches Restaurant. Rot karierte Tischdecken, Kerzen in Weinflaschen, handgemachte Pizza."

Cal nickte geistesabwesend. Er war damit ausgelastet, die vielen Eindrücke in sich aufzunehmen. Ihm kam es so vor, als schaute er sich ein altes Märchenbuch an.

„Nun ja, Paris ist das nicht", bemerkte Libby, nachdem sie auf einen Parkplatz neben einem flachen

Gebäude eingebogen war. „Haben Sie Hunger?" wollte sie wissen.

„Ich bin von Natur aus hungrig." Cal bemühte sich, seine trübe Stimmung loszuwerden. Libby tat das schließlich auch.

Das Restaurant war fast leer. Der Duft von Gewürzen lag in der Luft, und in einer Ecke stand eine Musikbox. Libby führte Cal zu einer Ecknische.

„Die Pizza ist wirklich gut hier. Haben Sie schon einmal Pizza gegessen?"

Er schnippte mit dem Finger gegen das auf der Weinflasche gehärtete Kerzenwachs. „Manche Dinge sind zeitüberschreitend. Pizza gehört dazu."

Die Kellnerin, eine rundliche junge Frau mit einem roten Vorsteckschürzchen, auf dem sich der Name des Restaurants sowie einige Ketschupspritzer befanden, kam heran. Sie legte zwei Papierservietten neben die mit der Landkarte Italiens bedruckten Tischmatten.

„Eine große", bestellte Libby, die an Cals Appetit dachte. „Extra-Käse und Peperoni. Möchten Sie ein Bier?"

„Ja." Cal riss eine Ecke von der Serviette und zerdrückte das Stückchen Papier nachdenklich zwischen Daumen und Zeigefinger.

„Ein Bier und eine Diät-Cola also."

„Weshalb ist hier alle Welt auf Diät?" wollte Cal wissen, noch bevor die Kellnerin wieder außer Hörweite war. „Fast die gesamte Werbung handelt vom Abnehmen, vom Durstlöschen und vom Reinigen."

Libby nahm den eigenartigen Blick der Kellnerin nicht zur Kenntnis, den diese über die Schulter hinweg zurückwarf. „Unsere Gesellschaft ist besessen von Hygiene, Ernährung und körperlicher Beschaffenheit. Wir zählen Kalorien, treiben Fitness-Sport und essen eine Menge Jogurts. Und Pizza", fügte sie schmunzelnd hinzu. „Die Werbung gibt eben die aktuellen Trends wieder."

„Ich mag Ihre körperliche Beschaffenheit."

Libby räusperte sich. „Besten Dank."

„Und Ihr Gesicht auch." Er lächelte. „Und den Klang Ihrer Stimme, wenn Sie verlegen sind."

Libby seufzte dramatisch. „Hören Sie sich lieber die Musik an."

„Die hat aufgehört."

„Wir können ja noch etwas reinstecken."

„Was – wo rein?"

„Geld in die Musikbox." Lächelnd stand Libby auf und hielt Cal die Hand hin. „Kommen Sie. Sie dürfen sich auch ein Lied aussuchen."

Cal stellte sich vor den bunt glitzernden Apparat und las die Liedertitel. „Dieses hier", entschied er. „Und das. Und das hier auch. Wie funktioniert das Ding?"

„Erst einmal benötigen wir …" Libby nahm ein wenig Kleingeld aus ihrer Börse. Weil Cal die Fünfundzwanzig-

165

centstücke so erstaunt betrachtete, fragte sie: „Benutzt man im dreiundzwanzigsten Jahrhundert keine Münzen mehr?"

„Nein, aber ich habe davon gehört."

„Na, wir hier benutzen sie jedenfalls, und zwar im großen Stil." Leise lachend steckte sie drei Münzen in den Schlitz. „Eine erlesene Auswahl, Hornblower." Eine langsame, romantische Melodie erklang.

„Möchten Sie tanzen?" fragte er.

„Ja. Ich tanze zwar nicht oft, aber..." Sie verstummte, als er sie in den Arm nahm. „Cal..."

„Still!" Er legte seine Wange an Libbys Haar. „Ich möchte den Text hören."

Sie tanzten, genauer gesagt, sie wiegten sich auf der Stelle zu der Musik aus den Lautsprechern. Eine Mutter mit zwei sich kabbelnden Kindern stützte die Ellbogen auf die Tischplatte und schaute Libby und Cal mit Vergnügen und eindeutigem Neid zu.

„Es ist ein trauriges Lied."

„Nein." Libbys Kopf lag an Cals Schulter, ihr Körper bewegte sich ohne ihr Dazutun, und sie hätte ewig so weiterträumen können. „Es handelt davon, wie die Liebe überlebt." Sie schloss die Augen, und ihre Arme lagen noch immer um Cals Taille, als das Lied zu Ende war und das nächste mit einer Art Urschrei und einem wahren Trommeldonner begann.

„Und wovon handelt dies hier?"

„Vom Jungsein." Libby öffnete die Augen und sah die amüsierten Blicke und das Lächeln der anderen Gäste. Sie löste sich von Cal. „Wir sollten uns wieder setzen."

„Ich möchte aber mit Ihnen tanzen."

„Ein andermal. In Pizzaläden tanzt man normalerweise nicht."

„Na schön." Artig ging Cal zu ihrem Tisch voraus, wo schon die bestellten Getränke warteten. Er fand den vertrauten Geschmack des Biers sehr beruhigend. „Schmeckt wie zu Hause."

„Es tut mir sehr Leid, dass ich Ihnen am Anfang nicht geglaubt habe."

„Ich habe mir ja zuerst selbst nicht geglaubt." Wie selbstverständlich nahm er Libbys Hand. „Sagen Sie mir, was man hier tut, wenn man ein Rendezvous, eine Verabredung hat?"

„Nun, man ..." Libbys Herz schlug schneller, weil Cal mit dem Daumen sehr zärtlich über ihre Fingerknöchel streichelte. „Man geht ins Kino oder in ein Restaurant."

„Ich möchte Sie noch einmal küssen."

Erschrocken blickte sie sich um. „Also, ich glaube nicht, dass ..."

„Sie wollen nicht, dass ich Sie küsse?"

„Wenn sie nicht will ...", sagte die Kellnerin und stellte die dampfende Pizza auf den Tisch, „... ich habe nachher um fünf Feierabend."

167

Cal grinste vergnügt und schob sich ein Stück Pizza auf den Pappteller. „Sie ist sehr freundlich", bemerkte er an Libby gewandt. „Aber Sie gefallen mir besser."

„Na großartig." Libby aß einen Bissen. „Sind Sie immer so unverschämt?"

„Meistens. Aber Sie gefallen mir wirklich sehr." Er machte eine Pause. „Jetzt sollten Sie mir eigentlich sagen, dass ich Ihnen auch gefalle."

Libby nahm noch einen Bissen Pizza und kaute gründlich. „Ich denke darüber nach." Sie tupfte sich mit der Papierserviette den Mund ab. „Von den mir bekannten Personen aus dem dreiundzwanzigsten Jahrhundert gefallen Sie mir am besten."

„Gut. Gehen Sie jetzt mit mir ins Kino?"

„Von mir aus."

„Wie bei einer richtigen Verabredung." Er fasste sie wieder bei der Hand.

„Nein." Libby zog ihre Hand zurück. „Wie bei einem Experiment. Wir sollten das Ganze als einen Teil Ihrer Ausbildung betrachten."

Das Lächeln breitete sich auf seinem Gesicht aus, langsam, strahlend und zweifellos gefährlich. „Und ich werde Sie doch küssen."

Als sie zur Hütte zurückkehrten, war es schon dunkel. In nicht gerade allerbester Stimmung warf Libby drinnen ihre Handtasche von sich.

„Ich habe keine Szene gemacht", beharrte Cal mit leicht gereizter Stimme.

„Ich weiß nicht, wie man das bei Ihnen nennt, wenn man aus dem Kino rausgeschmissen wird, aber hier nennt man so etwas eine Szene."

„Ich habe nur ein paar kleine, vernünftige Anmerkungen zu dem Film gemacht. Gibt es denn hier keine Redefreiheit?"

„Hornblower …" Libby unterbrach sich und holte den Brandy aus dem Schrank. „Wenn man während der ganzen Vorstellung hindurch behauptet, der Film sei ein Haufen Weltraumschrott, dann hat das nichts mehr mit Redefreiheit zu tun. Dann ist das schlicht eine Ungezogenheit."

Kopfschüttelnd ließ sich Cal auf die Couch fallen und legte die Füße auf den niedrigen Tisch davor. „Also hören Sie mal, Libby! Dieser ganze Blödsinn von den Kreaturen des Planeten Galactica, die die Erde überfallen! Ich habe einen Vetter auf Galactica, und der hat kein Gesicht voller Saugnäpfe."

„Ich hätte Sie nicht ausgerechnet in einen Science-Fiction-Film mitnehmen sollen." Sie trank ihren Brandy aus. Ihr wurde klar, dass sie an dem Vorfall ebenso viel Schuld hatte wie Cal. „Es war Fiktion, Hornblower. Eine Fantasiegeschichte." Sie schenkte sich Brandy nach.

„Schrott."

„Stimmt." Sie reichte ihm auch ein Glas. „Aber in diesem Kino saßen Leute, die dafür bezahlt hatten."

„Und dann dieser Quatsch von den Wesen, die das ganze Wasser aus den menschlichen Körpern saugen. Und dieser Raumjockey, wie der in der Galaxis herumgesaust ist und mit seiner Laserkanone durch die Gegend gefeuert hat! Haben Sie überhaupt eine Vorstellung davon, wie überfüllt dieser Raumsektor ist?"

„Nein." Libby brauchte noch mehr Brandy. „Ich verspreche Ihnen, beim nächsten Mal sehen wir uns einen Western an. Und stellen Sie nicht aus Versehen ‚Star Trek' im Fernsehen an."

„‚Star Trek' ist ein Klassiker", erklärte er, worauf Libby lachen musste.

„Wie dem auch sei", sagte sie. „Wissen Sie, ich bin nicht mehr so gut beisammen. Den heutigen Morgen habe ich in einem Raumschiff verbracht, mittags habe ich Pizza gegessen und am Nachmittag einen Film nicht gesehen. Ich glaube, ich verliere langsam die Übersicht."

„Sie werden sie schon wiederfinden." Er berührte ihr Glas mit seinem und legte dann den Arm um ihre Schultern. Alles war sehr schön und heimelig – das sanfte Lampenlicht, die innere Wärme vom Brandy, der Duft der Frau … meiner Frau, dachte Cal, wenn auch nur einen Moment lang.

„Mir gefällt das hier besser als ein Film. Erzählen Sie mir etwas über Liberty Stone."

„Da gibt es nicht viel zu erzählen."

„Erzählen Sie es mir trotzdem, damit ich es mitnehmen kann."

„Wie ich schon sagte, wurde ich hier geboren."

„In dem Bett, in dem ich schlafe."

„Ja." Sie trank einen Schluck. Ihr wurde sehr warm. Lag das an dem Brandy oder an dem Gedanken daran, wie Cal in dem alten Bett lag? „Meine Mutter hat Webarbeiten gefertigt, Decken, Wandbehänge, Teppiche. Damit hat sie zusätzlich Geld zu dem verdient, was mein Vater mit seinen Gartenprodukten erzielen konnte."

„Waren Ihre Eltern arm?"

„Nein, sie waren Kinder der Sechziger."

„Das sagt mir nichts."

„Das ist auch schwer zu erklären. Meine Eltern wollten dem Land und sich selbst näher sein. Das war ihr Anteil an der Revolution gegen die Macht des Materiellen, gegen weltweite Gewalt, gegen die gesamte gesellschaftliche Struktur der Zeit. Also lebten wir hier, und meine Mutter verhökerte ihre Arbeiten in den umliegenden Kleinstädten. Eines Tages fiel sie einem Kunsthändler auf, der mit seiner Familie hier gerade auf einer Campingtour war." Libby lächelte in ihren Brandy. „Der Rest ist, wie man so schön sagt, Geschichte."

„Caroline Stone", flüsterte Cal plötzlich.

„Nun ja."

Cal lachte auf, trank sein Glas leer und griff nach der

171

Brandyflasche. „Die Arbeiten Ihrer Mutter sind in den wichtigsten Museen ausgestellt." Nachdenklich zupfte er an der Couchdecke. „Ich habe sie dort bewundert." Er schenkte Libby Brandy nach.

„Das wird ja immer verrückter." Sie trank, der Brandy konnte das Gefühl der absoluten Unwirklichkeit kaum verstärken. „Sie sind es doch, über den wir sprechen müssen, und ich muss alles begreifen. So viele Fragen …" Sie konnte nicht länger still sitzen. Mit dem Glas in beiden Händen ging sie im Zimmer auf und ab. „Mir kommen die seltsamsten Ideen. Zum Beispiel haben Sie Philadelphia und Paris erwähnt. Wissen Sie, was das bedeutet?"

„Was?"

„Wir haben diese Städte gebaut." Sie hob ihm ihren Weinbrandschwenker entgegen und leerte ihn dann mit einem Zug. „Und sie sind noch immer da. Gleichgültig, wie nahe wir daran waren, alles in die Luft zu jagen – wir haben es überlebt. In der Zukunft gibt es ein Philadelphia, Hornblower, und das ist das Großartigste, das ich mir vorstellen kann."

Lachend drehte sie sich im Kreis. „Jahrelang habe ich die Vergangenheit studiert und versucht, die menschliche Natur zu verstehen, und nun darf ich einen Blick ins Morgen werfen. Ich weiß nicht, wie ich Ihnen danken soll."

Cal brauchte Libby nur anzuschauen, und schon

bekam er wieder dieses merkwürdige Bauchweh. Ihre Wangen waren vor Erregung gerötet. Groß und schlank war sie, und sie bewegte sich mit wunderbarer Anmut. Diese Frau zu besitzen war nicht mehr nur ein Begehren, sondern eine Besessenheit.

Er atmete bewusst und tief durch. „Ich freue mich, dass ich Ihnen einen Gefallen tun konnte."

„Ich möchte alles, wirklich alles wissen. Wie die Menschen leben, was sie empfinden, wie sie um jemanden werben, wie sie lieben und wie sie ihre Ehe führen. Was spielen die Kinder?" Sie beugte sich zum Tisch hinunter und schenkte sich noch einen Schluck Brandy nach. „Hat Spielberg je einen Oscar gewonnen? Sind Hot Dogs immer noch das Beste an Baseballspielen? Ist der Montag noch immer der scheußlichste Tag der ganzen Woche?"

„Ich werde eine Liste machen müssen." Cal wollte, dass sie weiterredete, weiterlachte. Ihr zuzuschauen, wie sie vor überschäumender Begeisterung und Freude keine Sekunde still stehen konnte, empfand er als ungeheuer erregend. „Was ich dann nicht selbst beantworten kann, werde ich dem Computer vorlegen."

„Eine Liste, natürlich. Ich stelle ganz hervorragende Listen auf." Sie lachte ihn an, und ihre Augen leuchteten. „Ich weiß, es gibt wichtigere Fragen, solche über nukleare Abrüstung, über Medikamente gegen Krebs oder gegen Schnupfen. Aber ich will auch Unwichtiges wissen."

173

Sie schob sich das Haar aus dem Gesicht. „Mir fällt jeden Moment etwas Neues ein. Fahren die Leute am Wochenende immer noch ins Grüne? Haben wir den Hunger und die Obdachlosigkeit überwunden? Küssen alle Männer in Ihrer Zeit so wie Sie?"

Cal ließ das eben erhobene Glas wieder sinken und stellte es ab. „Das kann ich nicht beantworten, weil sich meine bisherigen Erfahrungen nur auf Frauen beschränken."

„Ich weiß nicht, was mir da in den Sinn gekommen ist." Libby setzte ihr Glas ebenfalls ab und rieb sich die plötzlich feuchten Handflächen an den Jeansbeinen. „Ich glaube, ich bin ein bisschen überdreht. Also wirklich, Caleb, Sie bringen mich vollkommen durcheinander, auch ohne diesen ganzen Zukunftskram."

„Das beruht auf Gegenseitigkeit, Libby."

Sie sah ihn an. Er hatte sich nicht bewegt, aber sie spürte, dass er mit einem Mal innerlich angespannt war. „Komisch", murmelte sie. „Normalerweise bringe ich niemanden durcheinander. Bei Ihnen ist überhaupt alles ganz anders."

Sie nahm ihre Wanderung durchs Zimmer wieder auf, hob ein Kissen von der Couch, warf es wieder zurück, stellte eine Lampe um. „Ich wünschte, ich wüsste, was ich tun und sagen soll. Ich habe einfach keine Erfahrung mit so etwas. Ach, zum Teufel, ich wünschte, Sie würden mich wieder küssen und mich zum Schweigen bringen."

174

Cal war es, als könne er jeden einzelnen Nerv in seinem Körper vibrieren fühlen. „Libby, Sie wissen, dass ich Sie begehre. Daraus habe ich keinen Hehl gemacht. Aber unter den gegebenen Umständen … die Tatsache, dass ich in wenigen Tagen nicht mehr hier bin …"

„Das ist es ja gerade." Plötzlich war ihr zum Weinen zumute. „Sie werden fort sein. Dann möchte ich mich nicht fragen müssen, wie es hätte sein können. Ich will es wissen. Mir ist so … ach, ich weiß nicht, wie mir ist. Ich weiß nur, dass ich will, dass Sie mich heute Nacht lieben."

Sie erstarrte mitten im Schritt, so geschockt war sie über das, was sie eben laut ausgesprochen hatte und was wahrscheinlich die größte Wahrheit war, die sie jemals gesagt hatte.

Der Schock löste sich, die Nervosität verschwand. Libby war mit einem Mal ganz ruhig und sich ihrer Sache absolut sicher. „Caleb, ich will, dass du heute Nacht mit mir schläfst."

Er stand auf, steckte die Hände in die Hosentaschen und ballte sie zu Fäusten. „Vor zwei Tagen wäre das noch einfach gewesen. Die Dinge haben sich geändert, Libby. Mir liegt etwas an dir."

„Und weil dir etwas an mir liegt, willst du mich nicht lieben?"

„Ich will es so sehr, dass ich es förmlich auf der Zunge schmecken kann." Das war nichts als die reine

Wahrheit. „Ich weiß aber auch, dass du ein wenig zu viel getrunken hast und dass dir von dem heutigen Tag der Kopf schwirrt." Er wagte es nicht, sie zu berühren, aber seine Stimme klang wie eine Liebkosung. „Es gibt gewisse Regeln, Libby."

Für Libby war es der größte Schritt ihres Lebens, als sie auf Cal zutrat und ihm ihre beiden Hände entgegenstreckte. „Brich diese Regeln", sagte sie zärtlich.

7. KAPITEL

Cal hörte sein eigenes Herz schlagen. Er fühlte sein Blut durch die Adern pulsieren. Bei dem weichen Licht sah Libby in ihrem weiten Pullover und den abgetragenen Cordjeans unwahrscheinlich erotisch aus. Der Fahrtwind und ihre eigenen nervösen Finger hatten ihr Haar zerzaust. Cal konnte sich vorstellen, wie es sich unter seiner Hand anfühlen würde, wenn er es glättete, und wie es wäre, wenn er ihr all diese Schichten viel zu weiter Kleidungsstücke abstreifen und darunter ihren schlanken, warmen Körper finden würde.

Er musste unbedingt klar denken. „Libby ..." Er strich sich mit der Hand über das raue Kinn. „Ich bemühe mich, so zu denken wie ein Mann, den du verstehen kannst, einer aus deiner Zeit. Aber ich glaube, es gelingt mir nicht ganz."

„Mir wäre es lieber, wenn du wie du dächtest." Sie wollte gelassen und selbstsicher sein. Dies hier war eine Entscheidung, auf die sie jahrelang gewartet hatte. Sie war sich sicher, und trotzdem war sie ängstlich. Da waren die Erregung, die Erwartung und die Zweifel an ihren eigenen weiblichen Fähigkeiten. „Die Zeit ändert nicht alles, Cal."

„Nein." Ganz bestimmt hatten Männer schon von Anbeginn der Zeiten an solche Regungen gespürt, aber wenn er Libby jetzt ansah, fürchtete er, dass er weit mehr fühlte als nur den sexuellen Reiz. Sein Hals war trocken, seine Hände waren feucht, und je mehr er sich um Vernunft bemühte, desto verworrener wurden seine Gedanken.

„Vielleicht sollten wir erst einmal darüber reden."

Sie wollte den Kopf abwenden, tat es aber nicht, sondern blickte Cal weiterhin fest in die Augen. „Begehrst du mich nicht?"

„In meiner Fantasie habe ich dich schon unzählige Male geliebt."

Ihr lief es heiß und kalt über den Rücken. Erregung? Angst? „In deiner Fantasie – wo waren wir da?"

„Hier. Oder im Wald. Oder irgendwo im Weltraum. Nahe bei meinem Haus befindet sich ein Teich. Sein Wasser ist glasklar. Die Blumen an seinem Ufer hat mein Vater gepflanzt. Dort habe ich uns beide zusammen gesehen."

Es tat weh zu wissen, dass Cal wieder zu diesem Teich zurückkehren würde, an einen Ort, zu dem sie ihm nicht folgen konnte. Aber sie hatten ja das Heute. Alles, was zählte, war die Gegenwart. Libby wusste, dass sie jetzt den ersten Schritt machen musste.

Sie trat dicht vor Cal. „Ich weiß, womit wir beginnen können." Sie hob ihre Hand an seine Wange. „Küss mich noch einmal, Caleb."

Wie konnte er ihr widerstehen? Das hätte kein Mann

178

geschafft. Ihre Augen waren dunkel, ihr Mund erwartungsvoll halb geöffnet. Langsam neigte Cal den Kopf. Seine Lippen berührten ihre nur so leicht wie ein Hauch. Als er Libbys leises Aufstöhnen hörte, wurde seine Sehnsucht nach ihr unbezähmbar.

„Libby …" Er legte seine Hände auf ihre Schultern und schob sie ein wenig von sich fort.

„Zwinge mich nicht, dich zu verführen", sagte sie leise. „Ich weiß nämlich nicht, wie man das macht."

Er lachte leise auf, zog sie fest zu sich heran und barg sein Gesicht in ihrem Haar. „Zu spät. Du hast mich schon verführt."

„So?" Sie schlang die Arme fest um ihn, hielt ihn ganz fest und redete sich dabei ein, dass sie ihn ohne Bedauern auch wieder loslassen würde, wenn die Zeit dazu gekommen war. Als sie seinen zärtlichen Biss an ihrem Ohrläppchen fühlte, erbebte sie. „Ich weiß nicht, was ich als Nächstes tun soll."

Cal hob sie in die Arme. „Einfach nur genießen", erklärte er, und dann trug er sie die Treppe hinauf.

Er wollte mit ihr in dem Bett zusammen sein, in dem er von ihr geträumt hatte. Im blassen Licht des aufgehenden Mondes legte er sie auf die Matratze nieder. Er wollte Libby alles schenken, was er hatte, und er wollte sich alles nehmen, was sie zu schenken hatte. Cal wusste, was Freude war, er kannte alle Nuancen, alle Varianten. Und bald würde Libby sie auch kennen.

179

Langsam entkleidete er sie. Zu seinem eigenen Vergnügen ließ er sich dabei sehr viel Zeit. Jeder Zentimeter ihres Körpers, den er entblößte, bereitete ihm Genuss, von den schmalen Fußgelenken und den glatten Waden bis zu den schönen Schultern. Er sah, wie sich Libbys Blick verschleierte. Verwirrung und Leidenschaft zeigten sich darin, als sie Cals streichelnde Hände auf ihrer Haut fühlte.

Er fasste ihre Hand und führte sie sich an die Lippen. „So wie jetzt habe ich dich gesehen", flüsterte er. „Immer, obwohl ich mir das auszureden versuchte."

Eigentlich hätte sie sich doch unbehaglich fühlen, sich sogar töricht vorkommen müssen. Doch hier lag sie nackt im Mondlicht, ließ sich von Cal anschauen und fand sich nur schön.

„Ich habe so wie jetzt bei dir sein wollen", gestand sie leise. „Obwohl ich mir das auszureden versuchte." Lächelnd hob sie die Hände, um ihn zu entkleiden.

Cal war entschlossen, geduldig, rücksichtsvoll und sehr, sehr behutsam zu sein. Er wusste, dass es hundert verschiedene Wege zum Glück gab, und da dies für Libby das erste Mal war, sollte es besonders liebevoll geschehen. Doch dann setzten ihre unerfahrenen Hände seinen Körper in Brand. Die unbeabsichtigte Verführung erhitzte sein Blut. Er hielt Libbys Hände fest und unterdrückte ein Stöhnen.

Sie erstarrte. „Habe ich etwas falsch gemacht?"

„Nein." Er lachte leise auf und zwang sich dazu, sich zu entspannen. „Eher ein bisschen zu richtig für dieses Mal." Er zog sich ein wenig zurück und streifte seine restliche Kleidung selbst ab. „Ich werde dich beim nächsten Mal bitten, mich wieder so auszuziehen." Er strich ihr das Haar aus dem Gesicht und küsste sie. „Bei diesem ersten Mal muss ich dir Dinge zeigen, die dich zu Orten führen …" Er biss sanft in ihr Kinn. „Vertraue mir. Folge mir."

„Das will ich tun." Sie bebte. Wie sich seine Haut an ihrer rieb, das war ein seltsamer, erregender Traum. Seine Hände strichen leicht wie Schmetterlingsflügel über ihren Körper, und eine ihr bisher unbekannte Wärme breitete sich von ihrem Inneren bis in die Fingerspitzen hinein aus.

Sie schlang die Arme um ihn und überließ sich dem langen, innigen Kuss, doch dann fanden Cals geschickte Finger einen Punkt an ihrer Wirbelsäule, einen geheimen Puls unter ihrer Haut, und im nächsten Moment hatte sie das Gefühl, in einem Strudel zu versinken.

Cal dämpfte ihren überraschten Aufschrei mit seinem Kuss. Ihr Körper bog sich hoch und erschlaffte dann vollkommen.

Als wolle er ein Experiment wiederholen, hob er Libby an und führte sie mit der gleichen Bewegung wieder an den Rand der Ekstase. Ihre Reaktion erregte ihn unbeschreiblich. Er wusste, dass diese Frau sich ihm in diesem Moment hingeben würde, falls er sie nehmen wollte, aber er wusste auch, dass das Verlangen nur die Wurzel der Blume war, er aber wollte Libby die Blüte schenken.

Es kostete ihn große Anstrengung, sich zu beherrschen und die Leidenschaft zu kontrollieren, statt sich von ihren Befehlen leiten zu lassen. Libby erschien ihm jetzt so zerbrechlich. Ihr Geschmack, ihr Duft, ihre geschmeidigen Bewegungen betörten ihn. Sie war so blass wie die Mondstrahlen, die ins Zimmer fielen, und wenn er die Lippen an ihren Hals drückte, konnte er ihren Puls hämmern fühlen.

Keine Fantasievorstellung, der er sich jemals überlassen hatte, keine Frau, die er jemals befriedigt hatte, war so herrlich gewesen wie die, die ihn jetzt umarmte. Nie würde er die Worte finden, um ihr und sich selbst zu erklären, was diese Nacht für ihn bedeutete. Er konnte es ihr jedoch zeigen. Er wollte es ihr zeigen.

Im einen Moment hatte Libby das Gefühl zu schweben, im nächsten wurde sie von einem Sturm davongerissen, und dann flog sie durch unbekannte Höhen. Die Liebe mit Cal hatte unzählige Facetten. Seine Hände waren beinahe unerträglich sanft, und das Kratzen seiner Bartstoppeln bildete einen erregenden Kontrast dazu. Als sie sich die Freiheit nahm, ihn zu berühren, zu streicheln, fühlte sie, dass sein ganzer Körper angespannt war und alle Muskeln vibrierten.

182

Sie wollte denken, wollte jeden Moment analysieren, aber sie konnte weiter nichts tun als erleben, was mit ihr geschah.

Cal hob sie hoch, so dass sie jetzt beide eng umschlungen auf dem Bett knieten. Ein zartes Streicheln, eine rauere Liebkosung, heißer Atem, geschickte Finger, und schon hatte er Libby wieder berauscht. Sie warf den Kopf in den Nacken, und ihr Körper bäumte sich auf. Stöhnend drückte Cal seinen begierigen Mund an ihren Hals.

Libby presste ihre Fingernägel in seine Haut. Selbst das steigerte seine Erregung. Er sah sich einer Leidenschaft gegenüber, die wilder und freier war als alles, was er sich bis jetzt vorgestellt hatte. Libby war für ihn da, nur für ihn. Der Gedanke, dass sie ihm schenken würde, was zuvor noch niemand von ihr erhalten hatte, machte ihn halb wahnsinnig.

Sacht, sacht, mahnte er sich. Er lockerte seinen festen Griff, und als er seinen Mund zu ihrer Brust führte, schrien sie beide gleichzeitig leise auf. Mit der Zunge lockte und reizte er, mit den Zähnen bereitete er süße Qualen. Er konnte das Beben des weichen Körpers unter seinen Lippen fühlen.

Sie war zart und empfindlich. Dieser Gedanke weckte in Cal die Zärtlichkeit, die er ihr zeigen wollte. Als er sie jedoch wieder aufs Bett legte, waren die Hände, die ihn festhielten und heranzogen, stark und ungeduldig.

Die wirren Gedanken und Empfindungen überschlugen sich in Libbys Kopf. Sie hatte lange, so lange auf diesen Moment gewartet. Sie hatte so lange auf Cal gewartet. Vorbehaltlos gab sie sich ihm jetzt hin. Sie fühlte nur noch, und während sie die Welt betrat, die er ihr eröffnet hatte, ahnte sie nicht, was sie selbst für ihn bedeutete.

Cal führte sie aus dem ersten Freudenrausch in jenen samtigen Raum, der nur Liebenden vorbehalten ist. Libby war noch unberührt, aber wie selbstverständlich empfing sie ihn. Er drang in sie ein, und sie schloss sich um ihn. Körper und Herzen verschmolzen miteinander. Und die Zeit zählte nicht mehr.

Wolken. Dunkle, silbergeränderte Wolken. Auf einer von ihnen schwebte Libby durch den Raum. Sie wollte nie mehr auf die Erde zurückkehren. Alles sollte für immer so bleiben.

Ihre Arme waren kraftlos von Cals Schultern geglitten. Sie war nicht stark genug, sie hochzuheben und ihn wieder zu umfassen. Und sprechen konnte sie auch nicht. Dabei wollte sie ihn doch bitten, sich nicht zu bewegen. Nie wieder. Mit geschlossenen Augen lag sie eng an ihn geschmiegt und lauschte auf das Schlagen seines Herzens.

Seide. Ihre Haut war wie warme, duftende Seide. Cal wusste, dass er nie genug davon bekommen würde.

Er drückte sein Gesicht in ihr Haar und fühlte, dass er langsam auf die Erde zurückkehrte.

Wie konnte er dieser Frau sagen, dass ihn noch keine vor ihr so bewegt hatte? Wie konnte er ihr erklären, dass er in diesem Moment mehr daheim war, als er es jemals gewesen war? Wie konnte er es selbst akzeptieren, dass er sein Gegenstück, seine Partnerin in einer Welt und einer Zeit gefunden hatte, in der er ein Fremder war?

Er wollte nicht daran denken. So lange wie möglich wollte er von einer Minute zur anderen leben.

„Du bist so schön." Er stützte sich auf einen Ellbogen auf, damit er ihr Gesicht sehen konnte. Die sanfte Röte des Liebesspiels überzog es noch, und die Augen waren noch von der Leidenschaft verschleiert. „Wunderschön." Er küsste sie. „Deine Haut ist noch so warm." Er kostete sie, als sei sie eine Delikatesse, der er nicht widerstehen konnte.

„Ich glaube, mir wird nie wieder kalt sein." Neues Verlangen erwachte in ihr. „Caleb …" Ein kleiner Schauder durchlief sie. „Du machst mich …"

„Was mache ich dich?" Mit der Zunge strich er über ihre geöffneten Lippen. „Sage es mir."

„Du machst, dass ich mich wie verzaubert fühle. Wehrlos." Sie hielt seine Unterarme fest. „Und stark." Ihre eigenen Empfindungen verwirrten sie. „Ach, ich weiß nicht, was."

„Ich will dich wieder lieben, Libby." Er küsste sie

so lange und so heftig, bis sie beide außer Atem waren. „Und immer, immer wieder. Und jedes Mal wird es anders sein als zuvor."

Libby schaute ihm in die Augen und hob ihm die Arme entgegen.

Innig umarmt lagen sie in tiefer Nacht beieinander und lauschten auf das Rauschen des Windes in den Bäumen. Cal hat Recht gehabt, dachte Libby. Jedes Mal war es anders, erregend anders, und dennoch auf wunderbare Weise gleich schön. Von der Erinnerung an diese Nacht würde sie ihr ganzes Leben lang zehren. Cal würde für immer in ihrem Herzen sein.

„Schläfst du?"

Sie kuschelte sich noch bequemer in seine Schulterbeuge. „Nein."

„Sonst hätte ich dich jetzt gern geweckt." Er ließ seine Hand zu ihrer Brust hinaufgleiten und schob sein Bein zwischen ihre Schenkel. „Libby?"

„Ja?"

„Mir fehlt etwas."

„Was denn?"

„Etwas zum Essen."

Sie gähnte in seine Schulter hinein. „Du hast Hunger? Jetzt?"

„Ich muss schließlich dafür sorgen, dass ich bei Kräften bleibe."

Sie lachte leise. „Bis jetzt hast du dich doch ganz wacker geschlagen."

„Ganz wacker?" Er zog sie auf seinen Körper. „Aber das war noch nicht alles. Jetzt würde ich dir gern dabei zuschauen, wie du mir ein Sandwich machst."

Mit einer Fingerspitze malte sie kleine Kreise auf seine Brust. „Aha, der männliche Chauvinismus hat also bis ins dreiundzwanzigste Jahrhundert hinein überlebt."

„Heute Morgen habe ich dir Frühstück gemacht."

Libby dachte an den kleinen silbernen Beutel. „Mehr oder weniger." War das wirklich erst heute Morgen gewesen? Konnte sich ein Leben innerhalb so weniger Stunden so vollständig verändern? Bei ihr war es jedenfalls so. Vielleicht sollte sie sich nun fürchten, aber alles, was sie empfand, war Dankbarkeit.

„Na schön." Sie wollte sich erheben, aber Cal hielt sie an den Hüften fest.

„Eins nach dem anderen", flüsterte er, und dann begann für sie eine neue Reise zu den Gipfeln des Glücks.

Als Libby sich danach mit einiger Mühe in ihren Morgenmantel wickelte, war sie sich nicht sicher, ob sie die Aufgabe würde bewältigen können, ein paar Fleischscheiben zwischen zwei Brotschnitten zu schieben. Cal hatte ihr alles gegeben und alles genommen, er hatte sie erregt und beruhigt, und jetzt war ihr Körper schlaff und ihr Geist nicht funktionsfähig.

Cal schaltete die Nachttischlampe an und stand auf. „Gibt es auch ein paar Kekse als Nachtisch zu dem Sandwich?"

„Mal sehen." Libby wollte ihm nicht zuschauen, wie er da so völlig unbekleidet und unbekümmert vor ihr stand. Sie tat es dennoch, doch als sie errötete, senkte sie rasch den Blick zu ihren Fingern, mit denen sie an ihrem Gürtelband zerrte. Als er zur Tür ging, schaute sie schnell wieder hoch. „So wirst du nicht nach unten gehen."

„Wie – so?"

„Ohne etwas … Also, du musst etwas anziehen."

Lächelnd stützte er sich mit einer Hand gegen den Türrahmen. Libbys Erröten entzückte ihn. „Weshalb denn? Du solltest doch inzwischen wissen, wie ich gebaut bin."

„Darum dreht es sich ja nicht."

„Worum denn?"

Libby gab es auf. Mit einem Seufzer deutete sie einfach auf die Kleidungsstücke. „Zieh etwas an."

„Gut, ich werde den Pullover anziehen."

„Sehr komisch, Hornblower."

„Du bist gehemmt." Seine blauen Augen glitzerten gefährlich.

Dieses Glitzern kannte Libby inzwischen schon. Als Cal den ersten Schritt auf sie zu machte, packte sie die Jeans und warf sie ihm entgegen. „Wenn du willst, dass ich dir ein Sandwich mache, wirst du jetzt einige deiner … Körperteile bedecken müssen."

Grinsend stieg Cal in die Jeans. Wenn er sich jetzt anzog, würde ihn Libby später wieder ausziehen müssen, und dieser Gedanke machte ihm schon im Voraus Spaß. Zunächst aber folgte er ihr in die Küche.

„Du könntest den Teekessel füllen", schlug sie vor, während sie den Kühlschrank öffnete.

„Womit?"

„Na, mit Wasser." Sie seufzte. „Mit schlichtem Wasser. Dann stellst du den Kessel auf die vordere Herdplatte und drehst an dem kleinen Knopf darunter." Sie holte abgepackten Schinken, Käse und eine Tomate aus dem Kühlschrank. „Senf?"

„Hm?" Cal studierte angestrengt den Herd. „Ja, gern." Die Menschen müssen heute sehr geduldig sein, dachte er und beobachtete, wie lange es dauerte, bis die Herdplatte glühte. Einiges indessen war viel vorteilhafter. Die Schnellgerichte, an die er gewöhnt war, ließen sich mit Libbys Mahlzeiten überhaupt nicht vergleichen. Und dann die Wohnverhältnisse. Obwohl Cal das Haus sehr liebte, in dem er aufgewachsen war, und obwohl er sich an Bord seines Schiffs sehr wohl fühlte, fand er es doch sehr angenehm, echtes Holz unter den nackten Füßen zu fühlen und den Rauchgeruch eines echten Kaminfeuers deutlich wahrzunehmen.

Ja, und dann Libby selbst. Wahrscheinlich war es

nicht angemessen, sie als „vorteilhaft" zu bezeichnen. Sie war einmalig, unverwechselbar und genau so, wie er sich immer eine Frau gewünscht hatte.

Es durchfuhr ihn heiß – aber noch bevor die Hitze der Herdplatte seinen Finger versengte. Cal schrie auf und machte einen Satz rückwärts.

„Was ist denn?" fragte Libby.

Eine Sekunde lang starrte Cal sie nur an. Ihr Haar war wirr, ihr Blick noch verschlafen. In ihrem Morgenmantel schien sie ganz zu verschwinden.

„Nichts", brachte Cal heraus. Eine Empfindung, die hoffentlich nur körperliches Verlangen war, überwältigte ihn beinahe. „Ich habe mir nur den Finger verbrannt. Nicht weiter schlimm."

„An dem Herd spielt man auch nicht herum", schalt sie sanft und wandte sich wieder der Zubereitung des Sandwichs zu.

Genau so, wie er sich immer eine Frau gewünscht hatte? Das war doch nicht möglich. Er wusste doch gar nicht, wie er sich eine Frau wünschte, und er hatte sich diesbezüglich noch lange nicht entschieden. Jedenfalls bis jetzt nicht.

Dieser Gedankengang versetzte ihn in Angst und Schrecken. Und der unangenehme Verdacht, dass die Entscheidung ohne sein Dazutun bereits in dem Moment gefällt war, als er die Augen geöffnet und Libby in ihrem Sessel hatte schlafen sehen.

Lächerlich. Da hatte er sie doch überhaupt noch nicht gekannt. Ja, aber jetzt kannte er sie.

Trotzdem war es unmöglich, dass er sie wirklich liebte. Gut, er mochte sich bis über beide Ohren in sie verliebt haben. Es konnte ihm eine ungeheure Freude bereiten, mit ihr zusammen zu sein, mit ihr zu schlafen und mit ihr zu lachen. Er konnte sie faszinierend und erregend finden, aber Liebe?

Das kam nicht infrage. Liebe – hier und in diesem Zeitalter – bedeutete Dinge, die er und Libby niemals zusammen haben konnten: ein Daheim, eine Familie, Jahre. Niemals durfte er vergessen, dass sein eigenes Leben zweihundert Jahre nach Libbys Existenz begonnen hatte.

„Stimmt etwas nicht?"

Cal blickte auf. Libby stand mit zur Seite geneigtem Kopf und zwei Tellern in den Händen da und schaute ihn fragend an.

„Nein." Lächelnd nahm er ihr die Teller ab. „Meine Gedanken waren nur gerade auf Wanderschaft."

„Iss, Hornblower." Sie klopfte ihm auf die Wange. „Dann wird's dir wieder besser gehen."

Weil er gern glauben wollte, dass alles so einfach war, setzte er sich hin und biss in das Sandwich, während Libby den Tee zubereitete.

Irgendwo im Wald schrie eine Eule im schwindenden Mondlicht. Libby kam es irgendwie ganz normal vor, dass sie mitten in der Nacht bei Sandwich und Tee in der heimeligen Küche saßen. „Besser?" fragte sie, nachdem er die Hälfte seines Sandwichs aufgegessen hatte.

„Ja." Die innere Anspannung, die Cal so unerwartet überfallen hatte, war beinahe ganz verflogen. Und Libby sah so hübsch aus mit ihrem zerzausten Haar und ihren verschlafenen Augen.

„Wie kommt es, dass ich dein erster Mann bin?" fragte er leise.

Libby verschluckte sich beinahe an ihrem Tee. „Ich will nicht …" Sie hustete noch einmal und zog die Aufschläge ihres Morgenmantels enger zusammen. „Ich weiß nicht, wie ich diese Frage beantworten soll."

„Hältst du diese Frage denn für so seltsam?" Aufs Neue von ihr bezaubert, beugte er sich lächelnd zu ihr und strich ihr übers Haar. „Du bist so gefühlvoll, so anziehend. Dich müssen doch schon andere Männer begehrt haben."

„Nein. Das heißt, ich weiß es nicht. Ich habe mich nicht besonders um solche Sachen gekümmert."

„Macht es dich verlegen, wenn ich dir sage, dass du anziehend bist?"

„Nein." Sie errötete. „Nun ja, ein wenig vielleicht."

„Ich kann doch unmöglich der erste Mensch sein, der dir sagt, was für eine hinreißende Frau du bist." Er nahm ihre Hand und streichelte über die Finger.

„Doch." Die sanfte Berührung erregte sie über die

Maßen. „Ich habe nicht … nicht viel Erfahrung mit Menschen. Meine Studien …" Sie hielt den Atem an, als Cal ihre Fingerspitzen küsste. „Meine Arbeit …"

Bevor er sich seinem Impuls ergab, Libby wieder zu lieben, ließ er ihre Hand vorsichtshalber los. „Deine Studien befassen sich doch mit Menschen."

„Menschen zu studieren und mit ihnen auf gesellschaftlicher Ebene zu verkehren sind zweierlei Dinge." Er braucht mich gar nicht zu berühren, um mich zu erregen, erkannte sie. Er braucht mich nur so anzuschauen wie jetzt. „Ich bin nicht gerade sehr kontaktfreudig."

„Ich glaube, da unterschätzt du dich aber. Immerhin hast du mich hergebracht und dich um mich gekümmert, und ich war ein Fremder."

„Ich konnte dich ja wohl schlecht im Regen liegen lassen."

„Du nicht, aber andere hätten es gekonnt. Geschichte ist zwar nicht gerade meine starke Seite, aber ich bezweifle, dass sich die menschliche Natur sehr verändert hat. Du hast in diesem Unwetter nach mir gesucht, mich in dein Haus gebracht und mich nicht hinausgeworfen, obwohl ich dich verärgert hatte. Falls es mir gelingt, in meine eigene Zeit zurückzukehren, dann habe ich dir das zu verdanken."

Libby stand auf, um noch mehr Tee aufzugießen, den sie eigentlich gar nicht mochte. Sie wollte nicht an

Cals Abreise denken, aber es wäre falsch, so zu tun, als würde er bei ihr bleiben und das Leben vergessen, das er zurückgelassen hatte.

„Ich finde nicht, dass du mir wegen eines Betts und ein paar Rühreiern etwas schuldest." Sie versuchte zu lächeln. „Aber wenn du unbedingt dankbar sein willst, habe ich auch nichts dagegen."

Ich habe etwas Falsches gesagt, dachte Cal. Das sah er Libbys Augen an. Zwar lächelte sie, aber ihre Augen waren dunkel und traurig. „Ich möchte dir nicht wehtun, Libby."

Zu seiner Erleichterung wurde ihr Blick etwas sanfter. „Nein, das weiß ich doch." Sie setzte sich wieder an den Tisch und schenkte Tee nach. „Wie sind deine Pläne? Für die Rückreise, meine ich."

„Wie viel verstehst du von Physik?"

„So gut wie gar nichts."

„Dann sagen wir es mal so: Ich lasse den Computer für mich arbeiten. Der Schaden war verhältnismäßig gering, so dass sich hier kein Problem ergeben dürfte. Ich muss dich nur bitten, mich wieder zum Schiff hinauszufahren."

„Selbstverständlich." Sie unterdrückte ihre aufsteigende Torschlusspanik. „Ich kann mir vorstellen, dass du an Bord bleiben willst, während du deine Berechnungen erarbeitest und die notwendigen Reparaturen durchführst."

Das wäre natürlich praktischer und ganz gewiss auch bequemer, aber davon ließ Cal sich nicht leiten. „Ich hatte eigentlich gehofft, dass ich weiter bei dir wohnen dürfte. Ich habe mein Flugrad an Bord, mit dem ich problemlos hin- und zurückgelangen kann. Ich meine natürlich, falls dich meine Gesellschaft nicht stört."

„Aber nicht doch", sagte sie viel zu schnell, was sie sich sofort übel nahm. Sie fasste sich wieder. „Dein Flugrad?"

„Falls es bei dem Absturz nichts abbekommen hat. Na, das werden wir ja morgen feststellen. Isst du das da noch auf?"

„Was? Ach so. Nein." Sie schob ihm die zweite Hälfte ihres Sandwichs hin. Ein Flugrad – träumte sie schon wieder? „Cal, mir geht gerade auf, dass ich niemandem etwas von dir erzählen kann. Das ist absolut unmöglich."

„Mir wäre es auch lieber, wenn du damit warten würdest, bis ich fort bin, aber grundsätzlich habe ich nichts dagegen, wenn du es jemandem erzählst." Er aß das restliche Sandwich auf.

„Sehr großzügig von dir." Sie blickte ihn scheinbar freundlich an. „Sag mal, gibt es im dreiundzwanzigsten Jahrhundert auch Gummizellen?"

„Gummizellen?" Er versuchte sich so etwas vorzustellen. „Soll das ein Scherz sein?"

„Wenn, dann einer zu meinen Lasten." Sie stand auf und räumte die Teller fort.

„Das steht noch nicht fest. Ich frage mich, ob mir daheim irgendjemand auch nur ein Wort glauben wird."

Eine ebenso absurde wie faszinierende Idee schoss Libby durch den Kopf. „Vielleicht könnte ich eine Zeitkapsel zusammenstellen. Ich könnte alles aufschreiben, ein paar interessante Beweisgegenstände hinzufügen und das Ganze versiegeln. Wir könnten die Kapsel vergraben, vielleicht unten beim Bach. Wenn du wieder daheim bist, könntest du sie ausgraben."

„Eine Zeitkapsel." Diese Idee gefiel ihm. Würde das nicht bedeuten, dass er dann etwas von Libby besäße, auch wenn Jahrhunderte sie beide trennten? „Ich werde den Computer befragen, um ganz sicher zu sein, dass wir die Kapsel nicht gerade irgendwo eingraben, wo in meiner Zeit dann möglicherweise ein Gebäude steht oder so etwas."

Libby nahm sofort einen Notizblock von einem Unterschrank und begann zu schreiben.

„Was machst du da?" wollte Cal wissen.

„Notizen." Sie blinzelte ihre eigene Schrift an und wünschte, sie hätte ihre Brille zur Hand. „Erst einmal schreiben wir alles auf, was dich und dein Schiff betrifft. Und was legen wir dann sonst noch alles hinein?" Sie überlegte. „Eine Zeitung wäre gut. Und eine Fotografie.

Wir fahren noch einmal in die Stadt und suchen uns einen von diesen Fotoautomaten. Nein, ich werde am besten eine Sofortbildkamera kaufen." Libby kritzelte immer schneller. „Dann können wir die Bilder hier aufnehmen, im Haus oder davor. Und dann brauchen wir noch ein paar persönliche Dinge." Sie spielte an ihrer dünnen goldenen Halskette. „Ja, vielleicht ein paar einfache Haushaltsgegenstände."

„Da spricht die Wissenschaftlerin." Cal fasste sie um die Taille und zog sie zu sich heran. „Ich finde das unwahrscheinlich erregend."

„Das ist albern", erklärte sie, aber als er den Kopf neigte und zart in ihren Nacken biss, war das ganz und gar nicht albern. Der Boden schwankte unter ihren Füßen. „Cal …"

„Hm?" Er ließ die Lippen zu einer kleinen, empfindsamen Stelle hinter ihrem Ohr streichen.

„Ich wollte …" Der Notizblock glitt ihr aus der Hand und fiel zu Boden.

„Was wolltest du?" Geschickt löste er den Knoten in ihrem Gürtelband. „Heute Nacht kannst du alles haben, was du willst."

„Dich will ich." Sie stöhnte auf, als der Morgenmantel von ihren Schultern glitt. „Nur dich."

„Wenn's weiter nichts ist." Er lehnte sie gegen den Unterschrank. Hundert erotische Einfälle gingen ihm durch den Kopf. Er wollte dafür sorgen, dass weder

Libby noch er diese kleine Küche jemals wieder vergessen konnten.

Die hellroten Streifen auf Libbys Haut erschreckten ihn. „Was ist das denn?" Vorsichtig strich er mit der Fingerspitze über ihre Brust, dann fasste er sich ans Kinn. „Ich habe dich zerkratzt!"

„Was?" Libby hatte sozusagen schon abgehoben, und sie wollte unter gar keinen Umständen wieder auf die Erde zurück.

„Seit Tagen habe ich mich nicht mehr rasiert", sagte er ärgerlich auf sich selbst. Er hauchte einen Kuss auf die geröteten Stellen. „Du bist so weich ..."

„Ich habe nichts gemerkt." Sie zog ihn wieder zu sich heran, doch er küsste sie nur aufs Haar.

„Da gibt es nur eines zu tun."

„Ich weiß." Libby schlang die Arme um seinen muskulösen Rücken.

„Das wären dann schon zwei Dinge." Lachend hob er sie hoch.

„Tragen musst du mich aber nicht." Trotzdem schmiegte sie sich fest an seine Schulter. „Ich kann ganz allein zum Bett laufen."

„Schon möglich, aber hierfür nehmen wir doch lieber das Badezimmer."

„Das Badezimmer?"

„Ich werde mich mit diesem gefährlich aussehenden Instrument befassen müssen", erklärte er auf der Treppe.

„Und du wirst mich gut beaufsichtigen, damit ich mir nicht die Kehle durchtrenne."

Gefährliches Instrument? Libby begriff, was er meinte. „Weißt du nicht, wie man ein Rasiermesser benutzt?"

„Wo ich herkomme, sind die Menschen zivilisiert. Folterinstrumente sind seit langem geächtet."

„Ach ja?" Sie wartete, bis er sie wieder auf den Boden gestellt hatte. „Dann tragen die Frauen wohl auch keine hochhackigen Schuhe und keine Korsetts mehr. Oh, schon gut", sagte sie, als Cal den Mund aufmachte. „Ich glaube, dies könnte zu einer höchst philosophischen Diskussion führen, und dafür ist es viel zu spät."

Sie öffnete den Wandschrank und nahm Rasiermesser und die Rasiercreme heraus. „Und nun mal los."

Ergeben betrachtete Cal die Gegenstände in seiner Hand. Was tat ein Mann nicht alles für eine Frau! „Und wie mache ich das nun?"

„Ich kann dir leider nur Informationen aus zweiter Hand bieten, weil ich mich selbst noch nie rasiert habe, aber ich glaube, man trägt die Rasiercreme auf und führt dann die Klinge über den Bart."

„Rasiercreme." Er drückte etwas davon in seine Handfläche und fuhr sich dann unwillkürlich mit der Zungenspitze über die Zähne. „Keine Zahncreme."

„Nein, ich …" Libby brauchte nicht lange, um sich ein Bild zu machen. Sie lehnte sich mit dem Rücken an

199

das Waschbecken, hielt sich die Hand vor den Mund und versuchte vergeblich, ihr Gelächter zu unterdrücken. „Ach Hornblower, du armer Kerl!"

Cal betrachtete die Tube in seiner Hand. Wie er die Sache sah, blieb ihm nur eines übrig. Während sich Libby buchstäblich vor Lachen bog, brachte er sich in Position, zielte und drückte ab.

8. KAPITEL

Libby murmelte etwas, als der Sonnenschein in ihre Träume drang. Sie erwachte langsam und wollte sich umdrehen, was jedoch nicht ging, weil ein schwerer Arm um ihre Taille geschlungen war und ein noch schwereres Bein über ihrem lag. Sie hatte durchaus nichts dagegen, sondern kuschelte sich bequem zurecht und genoss es, Cals Haut an ihrer zu fühlen.

Wie spät es war, wusste sie nicht. Vielleicht interessierte es sie auch zum ersten Mal in ihrem Leben nicht. Ob Morgen oder Nachmittag, sie war glücklich, im Bett zu liegen und den Tag verträumen zu können, solange Cal noch bei ihr war.

Beinahe noch im Halbschlaf strich sie mit der Hand über seine Schulter. Er ist kein Traumbild, dachte sie, sondern echt und wahrhaftig vorhanden. Und im Augenblick gehörte er ihr. Zwar war er eben erst in ihr Leben getreten und würde viel zu schnell daraus verschwinden, jetzt jedoch gehörte er ihr. Sein Lachen, seine Stimmungen, seine Leidenschaft, das alles gehörte ihr. Und alles würde sie wie einen wertvollen Schatz in ihrer Erinnerung bewahren, nachdem er schon lange wieder fort war.

Cal meinte noch zu träumen, aber die Gestalt und der Duft waren sehr real. Libbys Körper, Libbys Duft, ihrem Namen galt sein erster bewusster Gedanke. Sie schmiegte sich an ihn, und das langsame, sanfte Streicheln ihrer Hand erregte ihn auf ganz besondere Weise.

Er hatte nicht mitgezählt, wie oft sie sich im Laufe der Nacht geliebt hatten, aber er erinnerte sich, dass die Morgendämmerung mit ihrem perlmuttfarbenen Licht schon hereingebrochen war, als Libby zum letzten Mal seinen Namen gerufen hatte. Nie würde er es vergessen. Wie ein Traum war sie gewesen, weich, geschmeidig, beweglich und voller nicht endender Leidenschaft. Irgendwann hatte er aufgehört, ihr Lehrer zu sein, und war stattdessen zu ihrem Schüler geworden.

Liebe war mehr als das körperliche Vergnügen, das Mann und Frau einander bereiten konnten. Vertrauen und Geduld, Großzügigkeit und Freude gehörten dazu und die glückliche Gewissheit, dass beim Aufstehen am Morgen der Partner noch da war.

Partner, Partnerin – diese Worte gingen ihm durch den Kopf. War es Schicksal oder Schein, dass er erst durch die Zeit hatte reisen müssen, um seine wirkliche Partnerin zu finden?

Er wollte nicht daran denken. Das Einzige, was er jetzt wollte, war Libby im hellen Sonnenlicht zu lieben.

Er veränderte seine Lage, und bevor einer von ihnen richtig wach war, drang er in sie ein. Sie stöhnten beide gleichzeitig auf und versanken dann in einem zuerst liebevollen, dann immer leidenschaftlicheren Kuss. Sie bewegten sich miteinander, sie ließen die Hände auf Reisen gehen, und der Kuss wurde tiefer und heftiger.

„Ich liebe dich."

Libby hatte diesen Satz noch zu keinem Mann gesagt, Cal noch zu keiner anderen Frau. Trotzdem wiederholte er diese Worte jetzt wie ein Echo. Das Geständnis schockierte keinen von beiden, denn sie waren zu sehr von ihren sinnlichen Empfindungen berauscht, die sie schließlich auf den Gipfel der Freuden trugen.

Später bettete Cal den Kopf zwischen ihre Brüste, doch er schlief nicht wieder ein. Hatte Libby gesagt, dass sie ihn liebte? Und hatte er ihr gesagt, dass er sie liebte? War das wirklich geschehen, oder gaukelte ihm das nur seine Fantasie vor? Er wusste es nicht genau, und das war ihm unbehaglich.

Fragen konnte er Libby auch nicht. Das wagte er nicht. Wie immer die Antwort lauten würde, sie würde schmerzen. Liebte Libby ihn nicht, würde es ihm das Herz brechen. Liebte sie ihn, wäre der Abschied von ihr so etwas wie ein kleiner Tod.

Für sie beide war es am besten, wenn sie sich nahmen, was sie bekommen konnten. Cal wollte Libby lachen machen, er wollte Leidenschaft und Heiterkeit in ihren Augen sehen und in ihrer Stimme hören. Und er würde sich erinnern. Was immer mit ihm geschähe, er würde sich erinnern. Sie sollte sich auch erinnern. Er wollte sich seines Platzes in ihrem Gedächtnis sicher sein.

„Komm mit." Er stand auf und zog sie ebenfalls hoch.

„Wohin?"

„Ins Badezimmer."

„Schon wieder?" Lachend, aber vergeblich griff sie nach ihrem Morgenmantel. „Du brauchst dich doch nicht schon wieder zu rasieren."

„Gott sei Dank."

„Du hast dich nur drei- oder viermal geschnitten. Und daran warst du selbst Schuld. Du hättest eben nicht die ganze Rasiercreme für etwas anderes aufbrauchen sollen. Falls du jetzt etwas Ähnliches mit der Zahncreme …"

„Später vielleicht." Er hob sie hoch und trug sie direkt in die Badewanne. „Jetzt gebe ich mich mit einem Duschbad zufrieden."

Libby kreischte auf, als der eiskalte Wasserstrahl sie traf. Ehe sie sich rächen oder auch nur protestieren konnte, war Cal schon bei ihr, legte den Arm um sie und regulierte mit der freien Hand die Wassertemperatur. Er fand, dass er das eigentlich schon ganz gut hinbekam.

Libby wurde von dem Strahl mitten ins Gesicht getroffen. Sie spie und wollte zu schimpfen anfangen, aber da brachte sie ein heißer, nasser, endloser Kuss zum Schweigen.

So etwas hatte sie noch nicht erlebt. Feuchtheiße Luft, nasse Haut, seifige Hände … Ihre Knie wurden weich.

Cal drehte das Wasser ab und wickelte sie in ein

Badetuch. Er schien so berauscht zu sein wie sie und legte seine Stirn an ihre. „Wenn wir heute noch irgendetwas tun wollen – etwas anderes, meine ich –, dann sollten wir vielleicht lieber aus dem Haus gehen."

„Stimmt."

„Nach dem Essen."

Zu ihrem eigenen Erstaunen brachte sie die Energie zum Lachen auf. „Natürlich. Nach dem Essen."

Am späten Nachmittag standen sie wieder an Cals Schiff. Von Norden her waren Wolken aufgezogen, und die Luft hatte sich abgekühlt. Libby redete sich ein, dass sie nur deshalb fror. Sie wickelte die kurze Jacke enger um sich, doch die Kälte kam von innen.

„Ich stehe hier, sehe es mit meinen eigenen Augen, weiß, dass es tatsächlich existiert, und kann es dennoch einfach nicht glauben."

Cal nickte. Er war nicht mehr so entspannt und so zufrieden wie vor kurzem noch. Warum nicht, war ihm nicht ganz klar. „Mir geht es ebenso, wenn ich dein Haus anschaue."

Jetzt waren bei ihm auch noch Kopfschmerzen im Anzug. Er kannte das. Innere Anspannung war die Ursache. „Libby, ich weiß, dass du arbeiten musst, und ich will dich nicht davon abhalten, aber würdest du noch ein paar Minuten warten, bis ich mein Flugrad inspiziert habe?"

205

„Ja." Eigentlich hatte sie gehofft, dass er sie bitten würde, den ganzen Tag hier zu bleiben. Um sich ihre Enttäuschung nicht anmerken zu lassen, lächelte sie. „Ich würde es mir sehr gern ansehen."

„Ich bin gleich wieder da." Er öffnete die Einstiegsluke und verschwand darin.

Bald wird er das wieder tun, dachte Libby. Darauf musste sie vorbereitet sein. Seltsam, aber sie bildete sich ein, er hätte ihr an diesem Morgen gesagt, dass er sie liebte. Das war ein schöner, tröstlicher Gedanke, aber sie wusste natürlich, dass Cal in Wirklichkeit nichts dergleichen geäußert haben konnte. Das war auch gar nicht möglich. Er mochte sie, vielleicht mehr als jeden anderen Menschen, aber er liebte sie nicht wirklich, jedenfalls nicht so sehr, wie sie ihn liebte.

Und weil sie ihn so liebte, wollte sie auch alles tun, um ihm zu helfen, wozu als Erstes gehörte, dass sie die Grenzen respektierte.

Sie hörte ein leises, metallisches Vibrieren. Die große Ladeluke öffnete sich. Auf einem kleinen, stromlinienförmigen Motorrad glitt Cal heraus, ohne den Boden zu berühren.

Das Fahrzeug gab ein Summen von sich, das wie vorbeirauschende Luft klang. In der Form erinnerte es entfernt an ein Motorrad, ohne so massig zu sein. Es besaß zwei Räder und einen schmalen, gepolsterten Sattel. Die metallicblaue Karosserie sah aus wie ein langer, gebogener Zylinder, der vorn in eine Art schlanke Lenkstange auslief.

Cal fuhr, nein schwebte zu Libby heraus, hielt dann an und machte ein Gesicht wie ein kleiner Junge, der sein erstes Mountainbike vorführte. „Es läuft großartig." Er drehte an den Handgriffen, und das Summen wurde lauter. „Möchtest du es einmal ausprobieren?"

Skeptisch betrachtete Libby die winzigen Anzeigen und Knöpfe unterhalb der Lenkstange. Es sah alles ein bisschen nach Spielzeug aus. „Ich weiß nicht recht."

„Nun komm schon, Libby." Er hielt ihr die Hand hin, weil er seine Freude mit ihr teilen wollte. „Es wird dir Spaß machen. Ich passe schon auf, dass dir nichts passiert."

Libby blickte erst ihn und dann das Gefährt an, das eine Handbreit über dem Waldboden schwebte. Es war eine kleine Maschine – falls das die richtige Bezeichnung für das Ding war, aber auf dem schmalen, schwarzen Sattelpolster war Platz für zwei. Eigentlich sah das Vehikel harmlos aus, und Libby bezweifelte, dass etwas so Kleines überhaupt genug Kraft besaß. Schulterzuckend nahm sie auf dem hinteren Teil des Sattels Platz.

„Halte dich gut an mir fest", empfahl Cal hauptsächlich deswegen, weil er ihren Körper an seinem fühlen wollte.

Die starken Vibrationen unter ihr erschreckten Libby. Aber das fand sie töricht. Cal sah schließlich auch harmlos

207

aus. „Hornblower, sollten wir nicht lieber Helme oder ..."
Die Worte wurden ihr förmlich vom Mund gerissen, als
die Beschleunigung einsetzte.

Libby wusste nicht, ob sie schreien oder sich lieber nur
festhalten sollte. Sie entschied sich für Letzteres, drückte
die Augen zu und umklammerte Cal so eisern, dass er
lachen musste. Mit geübtem Geschick steuerte er das
Flugrad einmal ums Schiff und dann den Abhang hinauf.

Der Rausch der Geschwindigkeit! Cal war ihm
immer verfallen gewesen, aber diesmal widerstand er
ihm und der Verlockung des Himmels, denn Libby
würde mehr verängstigt als begeistert sein, falls er sie
zu schnell zu hoch brachte. Er kurvte also nur um die
Baumwipfel herum und sauste über Fels und Wasser.
Ein Vogel hob sich ärgerlich keifend von einem Ast
direkt über ihren Köpfen, anscheinend konnte er die
fliegende Konkurrenz nicht vertragen.

Cal fühlte, dass Libbys Griff eine Spur lockerer
wurde und dass sie das Gesicht nicht mehr zwischen
seine Schulterblätter presste.

„Na, wie findest du das?"

Sie bekam schon fast wieder Luft. Es schien, als hätte
sich ihr Magen dazu durchgerungen, an seinem Platz
zu bleiben, jedenfalls für den Moment. Ganz vorsichtig
öffnete sie die Augen und machte sie gleich wieder zu.

„Ich finde, ich habe alles Recht, dich umzubringen,
sobald wir wieder gelandet sind."

„Immer mit der Ruhe." Das Fahrzeug schwenkte dreißig Grad nach rechts, dann wieder nach links, und dann ließ Cal es weiter durch die Bäume tanzen.

Der hat gut von Ruhe reden, dachte Libby. Ein vorsichtiger Blick nach unten zeigte ihr, dass sie sich mehr als drei Meter über dem Boden befanden. Sie war drauf und dran, von Cal zu verlangen, dass er sie absetzte, doch dann traf es sie.

Sie flog! Nicht in einem riesigen Flugzeug eingeschlossen, sondern frei und leicht. Sie konnte den Wind in ihrem Haar fühlen, sie konnte den Frühling in der Luft schmecken, und kein lautes Motorengeräusch störte die Eindrücke. Wie verspielte Vögel streiften sie und Cal durch den Wald.

Mitten in der Schneise, die sein Schiff geschlagen hatte, hielt er an und drehte sich zu Libby um. Das Flugrad schwebte über dem Boden. „Soll ich runtergehen?"

„Nein. Rauf!" Lachend warf sie den Kopf in den Nacken. Sie hatte die Verlockung des Himmels gespürt.

Cal beugte sich zu einem Kuss zurück. „Wie hoch hinauf?"

„Wo wäre denn die oberste Grenze?"

„Keine Ahnung, aber ich glaube, wir sollten es lieber nicht ausprobieren. Wenn wir nämlich über die Baumwipfel hinausfliegen, könnte uns jemand entdecken."

Da hatte er natürlich wieder einmal Recht. Libby fragte sich, weshalb sie eigentlich immer ihre gesunde

Vernunft verlor, wenn sie in Cals Nähe war. „Also dann bis zu den Wipfeln. Nur ein Mal, ja?"

Ihre Begeisterung entzückte ihn. Er fühlte, wie Libby die Arme wieder um ihn schlang, und dann hob er ab.

Diesen Flug würde er nie vergessen. Libby lachte glücklich, ihr Körper drückte sich an seinen, und ihre Finger waren locker vor seinem Bauch verschränkt. Cal bedauerte nur, dass er Libbys Gesicht während des Flugs nicht beobachten konnte.

Er widerstand der Versuchung, über die Baumwipfel hinauszufliegen, sondern beschränkte sich darauf, in ungefähr dreißig Metern Höhe um die dicken Äste herumzukurven. Unter ihnen hatte ein schmaler Gebirgsbach sein Bett in den Fels gegraben, und ein Wasserfall, angeschwollen von der Schneeschmelze und dem Frühlingsregen, stürzte über die Felskante und fiel ins scheinbar Leere. Die Sonne brach durch die Wolken und zeichnete Muster auf den Waldboden.

Cal drosselte das Tempo zum Landeanflug. Jetzt schienen sie schwere- und geräuschlos zu Boden zu schweben, und dann setzten sie weich auf dem Boden neben dem Schiff auf.

„Alles in Ordnung?" fragte er und blickte über die Schulter nach hinten.

„Es war einfach herrlich! Ich hätte den ganzen Tag da oben bleiben können", sagte sie begeistert.

„Fliegen kann sich zur Sucht auswachsen." Cal stieg

ab und fasste Libbys Hand. „Freut mich wirklich, dass es dir so gefallen hat."

Es ist vorbei, dachte Libby, als sie wieder festen Boden unter den Füßen hatte. Doch jetzt besaß sie eine weitere Erinnerung, die sie aufbewahren konnte. „Und wie es mir gefallen hat! Ich werde dich auch nicht fragen, wie das Ding funktioniert. Ich würde es ja doch nicht verstehen." Sie warf einen Blick zum Schiff hinüber. Es hatte ihr Cal gebracht, und es würde ihn ihr auch wieder nehmen. „Ich werde dich jetzt deiner Arbeit überlassen."

Cal war innerlich ebenso zerrissen wie Libby. „Bei Einbruch der Nacht bin ich wieder zurück."

„Gut." Sie entzog ihm ihre Hand und steckte sie sich in die Hosentasche. „Wirst du auch zu meinem Haus finden?"

„Ich bin ein guter Navigator."

„Natürlich." Die Vögel, die vor dem fliegenden Gefährt geflohen waren, sangen jetzt wieder. Die Zeit verging. „Ja, ich werde dann jetzt gehen."

Er merkte, dass sie ihre Abfahrt hinauszögerte. Ihm ging es ja nicht anders, obwohl das natürlich töricht war. In einigen wenigen Stunden würden sie ja wieder zusammen sein. „Du könntest mit hereinkommen, aber ich glaube, dann werde ich nicht viel Arbeit schaffen."

Verlockend war das schon. Sie könnte mit ins Schiff gehen, Cal ablenken und ihn vom Computer und dessen

Antworten noch ein paar Stunden fern halten. Aber das wäre nicht recht.

Sie schaute zu ihm hoch, und all ihre Liebe, ihre Sehnsucht lag in ihrem Blick. „Ich bin in den letzten Tagen ja auch nicht viel zum Arbeiten gekommen."

Er neigte sich zu ihr und küsste sie. „Dann also bis heute Abend." Bei der offenen Luke blieb er stehen, bis Libby mit ihrem Geländewagen den Scheitelpunkt der Anhöhe erreicht hatte. Sie schaute nicht zurück.

Den größten Teil des Tages verbrachte Libby damit, für die geplante Zeitkapsel alles aufzuzeichnen, was in der vergangenen Woche geschehen war. Sie verwendete Cals Worte und seine Theorien, um seine Anwesenheit hier zu erklären, und ihre eigenen Eindrücke fügte sie zur Veranschaulichung hinzu.

Nachdem sie fertig war, las sie alles noch einmal durch, raffte einige Passagen und führte andere ein wenig detaillierter aus. Es war eine fantastische Geschichte, fantastisch im Sinn des Wortes. Vielleicht wirkte sie in Cals Zeitalter gar nicht so fantastisch. Wie würden seine Mitmenschen reagieren, wenn er ihnen bei seiner Rückkehr seine Erlebnisse berichtete? Der zufällige Entdecker, dachte Libby lächelnd. Wie Kolumbus, der nach Indien hatte segeln wollen und die Neue Welt entdeckt hatte.

Vielleicht würde man Cal auch als einen solchen

Helden feiern. Vielleicht würde sein Name dann auch in den Geschichtsbüchern zu finden sein. Wie ein Held sieht er ja jetzt schon aus, dachte Libby verträumt. Groß und stark. Der Verband auf seiner Stirn ließ ihn verwegen wirken, was durch die Bartstoppeln noch unterstrichen wurde – jedenfalls bis gestern Abend, denn da hatte er sich ja rasiert. Für mich, dachte sie glücklich.

Möglicherweise war er ja in seiner Zeit ein ganz gewöhnlicher Mann, der wie jeder andere auch seinem Beruf nachging, der morgens nur widerwillig aufstand, der manchmal ein bisschen zu viel trank und vergaß, seine Rechnungen zu bezahlen. Er war weder reich noch genial oder umwerfend erfolgreich. Er war einfach Caleb Hornblower, ein Mann, der vom Kurs abgekommen und zu etwas Besonderem geworden war.

Für Libby war er nicht nur irgendein beliebiger Mann. Für sie war er der Mann überhaupt. Sie wusste schon jetzt mit absoluter Sicherheit, dass sie nie wieder würde lieben können. Und das war auch gut so.

Zufrieden schob sie ihre Brille auf dem Nasenrücken höher und wandte sich wieder ihrem Computer und den Kolbari-Insulanern zu.

So fand Cal sie Stunden später vor. Sie war tief in eine Kultur versunken, die sich von ihrer genauso unterschied wie ihre von seiner.

Das Licht der Schreibtischlampe fiel über ihre Hände.

213

Starke, fähige Hände, dachte Cal, wahrscheinlich ein Erbteil ihrer Mutter, der Künstlerin. Die Finger waren lang, die Nägel kurz und nicht lackiert. Am rechten Daumenansatz befand sich eine kleine Narbe, die Cal schon einmal aufgefallen war und nach deren Ursache er hatte fragen wollen.

Als er jetzt zum Haus zurückgekommen war, hatte er sich todmüde gefühlt, nicht körperlich, aber geistig, denn die Zahlen und Berechnungen belasteten ihn sehr. Nachdem er nun aber Libby wieder sah, war alle Müdigkeit verflogen.

Während er gearbeitet hatte, war es ihm gelungen, nicht an sie zu denken, und deshalb hatte er auch gute Fortschritte gemacht. Er wusste jetzt mit einiger Sicherheit, was er tun musste, um wieder in seine Zeit zu gelangen. Er kannte die Unwägbarkeiten und Risiken. Und jetzt, bei Libbys Anblick, wusste er, welches Opfer er bringen musste.

Die Bekanntschaft mit ihr war nur sehr kurz gewesen. Es war überaus wichtig, dass er sich daran immer wieder gemahnte. Sein Leben fand nicht hier bei ihr statt. Er hatte ein eigenes Daheim, eine Identität. Er hatte eine Familie, die er mehr liebte, als ihm das bisher bewusst gewesen war.

Aber hier stand er nun, die Minuten verstrichen, und er betrachtete Libby. Er verfolgte jeden ihrer Atemzüge, jede ihrer Handbewegungen. Er sah, wie ihr Haar über den Nacken fiel und wie sie ungeduldig mit dem Fuß auf den Boden tippte, wenn ihre Finger einen Moment pausierten. Hin und wieder fuhr sie sich mit der Hand durchs Haar oder stützte das Kinn in die Hände und starrte den Bildschirm finster an. Cal fand alles, was sie tat, unbeschreiblich liebenswert.

„Libby." Seine Stimme klang angespannt.

Libby schreckte zusammen und fuhr auf ihrem Stuhl herum. Cal lehnte am Türrahmen. „Oh, ich habe dich nicht kommen hören." So glücklich war sie über seine Rückkehr, dass sie kaum richtig sprechen konnte.

„Du warst in deine Arbeit vertieft."

„Ja, scheint so." Als Cal in das Zimmer trat und sie seine Augen sah, beschlich sie ein ungutes Gefühl. „Und was macht deine eigene Arbeit? Bist du vorange-kommen?"

„Ja."

„Du siehst irgendwie ärgerlich aus. Ist etwas schief gegangen?"

„Nein." Er neigte sich zu ihr hinunter und streichelte ihre Wange. Sein Gesichtsausdruck wurde sanfter. „Nein."

„Und deine Berechnungen?"

„Die nehmen Formen an." Libbys Haut fühlte sich so weich an und wurde unter seiner Hand wärmer. „Ich bin sogar weiter vorangekommen, als ich gedacht hatte."

„Oh." Ein Schatten flog über ihr Gesicht, doch ihre

Stimme klang fest und aufmunternd. „Das ist ja gut. Bist du mit dem Rad zurückgekommen?" Was für eine dumme Frage!

„Ja. Ich habe es in den Schuppen gestellt."

Am liebsten hätte sie ihn gebeten, sie noch einmal mitzunehmen, hoch hinauf im Licht des aufgehenden Mondes. Es würde wunderbar sein. Aber Cal sah so müde aus, so bekümmert.

„Ja, nun wirst du wohl hungrig sein." Libby schaute sich um, als merke sie erst jetzt, wie dunkel es schon war. „Mir ist überhaupt nicht aufgefallen, wie spät es schon ist. Ich werde jetzt gleich hinuntergehen und dir etwas zu essen zubereiten."

„Das hat Zeit." Er fasste sie bei der Hand und zog sie vom Stuhl hoch. „Wir können nachher zusammen hinuntergehen und etwas zu essen zubereiten. Ich mag es, wie du mit deiner Brille aussiehst."

Sie lachte leise und wollte nach der Brille greifen, aber Cal fing die Hand ein und hielt sie zusammen mit der anderen fest. „Nimm sie nicht ab." Er neigte den Kopf und küsste Libby auf den Mund. Ihr Geschmack hatte sich nicht verändert. Wie schön. Cals Anspannung löste sich ein wenig. „Mit Gläsern siehst du so klug und ernsthaft aus."

Zwar hämmerte ihr Herz jetzt schon, aber sie lächelte scheinbar gelassen. „Ich bin klug und ernsthaft."

„Zweifellos." Mit dem Daumen strich er über die

216

Innenseiten ihrer Handgelenke und fühlte ihren Puls schlagen. „Wie du jetzt aussiehst, weckst du in mir den Wunsch, einmal auszuprobieren, wie unklug ich dich machen kann." Ohne ihre Hände loszulassen, neigte er sich wieder zu ihr hinab. Er küsste sie nicht, sondern biss zärtlich in ihre Unterlippe und strich dann mit der Zunge sanft darüber hinweg, bis sie vor Erregung kaum noch richtig atmen konnte.

„Libby?"

„Ja?"

„Was kannst du mir über die Ureinwohner von Neu-Guinea sagen?"

„Nichts." Sie schmiegte sich an ihn und stöhnte leise, als seine Lippen federleicht über ihre strichen. „Gar nichts. Küss mich, Caleb."

„Das tue ich doch." Mit den Lippen liebkoste er ihr ganzes Gesicht. Sie ist ein Vulkan, dachte er, ein Vulkan, der nach jahrhundertelangem Schlaf erwacht ist und jetzt ausbrechen will, heiß und feurig.

Es ist jedes Mal anders, dachte sie benommen. „Berühre mich, Caleb."

„Ja."

Mit einem Streicheln, einer einzigen Liebkosung brachte er sie an den Rand des Rauschs, und als sie langsam wieder zu sich kam, entkleidete er sie. Er zog ihr die Flanellbluse aus und streifte ihr die Jeans herunter. Libby trug ein schlichtes Trägerhemd aus weißer

217

Baumwolle, das Cal irgendwie faszinierte. Er spielte an den Trägern und tastete über den Rückenausschnitt, ehe er es ihr schließlich ebenfalls auszog. Er hörte nicht auf, sie mit Lippen und Händen zu erregen.

Ungeduldig zog sie ihm den Pullover über den Kopf. Nie hätte sie gedacht, dass ihr Verlangen so stark, weit stärker noch als beim ersten Mal sein könnte, aber jetzt wusste sie ja auch, auf welchen Weg er sie mit dem Geschick eines guten Navigators führen würde.

Seine Haut war weich und glatt. Es bereitete Libby Freude, mit den Händen über seinen Rücken zu streichen und die harten Muskeln zu fühlen. Dieser seltsam männliche Kontrast machte sie ganz schwach. Sie hörte, dass Cal schneller atmete, als sie ihre Hände von seinen Schultern zu seiner Taille hinuntergleiten ließ.

So sehr begehrt zu werden ... Sie spürte es an der Art, wie er sie berührte, an der Art, wie er sie immer tiefer, immer heißer küsste. Seine Zunge berührte ihre, tastete, kostete. Libby merkte, wie er den Atem anhielt, als sie mit den Fingerknöcheln über seinen Bauch strich.

Sie hat gelernt, dachte Cal trunken. Sie hat schnell gelernt. Wie sie ihre Hände bewegte, wie sie sich an ihn presste, das raubte ihm fast den Verstand. Er wollte sie bitten, ihm einen Moment Zeit zu lassen, damit er seine Selbstbeherrschung zurückgewann, doch dazu war es bereits zu spät, viel zu spät.

Er trug sie zum Bett. Sie wollte ihn umarmen, aber

dazu kam sie nicht mehr, denn er trieb sie schon der Ekstase entgegen. Sie hätte gedacht, sie wüsste nun, was ein Liebesspiel war, doch die erste Nacht hatte sie nicht auf das vorbereitet, was sie jetzt erlebte. Es war, als befände sich Cal in einem wilden, wahnsinnigen Rausch, und es dauerte nicht lange, bis sie ebenso berauscht war wie er.

Keine sanften Berührungen diesmal, keine zärtliche Verführung, nur brennende Begierde und das unbezähmbare Verlangen nach Befriedigung. Keine geflüsterten Liebesworte, sondern nur lustvolles Stöhnen. Heiß und feucht glitt Haut über Haut. Bei jedem Kuss konnte Libby den Geschmack des Begehrens kosten.

Diesmal schwebte sie nicht auf samtweichen Wolken. Diesmal brach ein Sturm los, ein elektrisch geladener Gewittersturm. Blitze durchzuckten sie, und ihr Herz schlug einen immer hektischer werdenden Trommelwirbel. Keuchend rollte sie sich auf Cal, presste ihren geöffneten Mund an seinen Hals, an seine Brust und ließ sich von dem Moschusgeschmack seiner Haut immer mehr erregen.

Cal konnte nicht genug von ihr bekommen. Wie viel sie auch gab, er wollte mehr und noch mehr. Ihm war nicht bewusst, dass er seine Finger in ihr weiches Fleisch presste. Er konnte ihr Gesicht sehen, ihre schweißglänzende Haut. Er konnte sehen, wie ihr Kopf nach hinten sank, wenn die Wollust sie übermannte, und wie

219

danach ihre Augen schimmerten wie die einer Göttin. Ja, sie war eine Göttin, die sich jetzt über ihm aufrichtete und ihren Körper zurückbog. Das schwache Lampenlicht umgab ihr Haar mit einem goldenen Schein.

Für sie will ich sterben, dachte Cal, und ohne sie werde ich sterben. In diesem Moment nahm sie ihn tief in sich auf. Beide griffen blind nach den Händen des anderen, und dann gab es keine Gedanken mehr.

Noch lange danach hielt Cal Libby umfangen. Er versuchte sich daran zu erinnern, was er, was sie getan hatte, aber alles erschien ihm wie ein wildes Kaleidoskop aus Gefühlen und Empfindungen. Er befürchtete, dass das Liebesspiel an Gewalt gegrenzt und dass er Libby wehgetan hatte. Wenn sie jetzt wieder zu sich kam, würde sie sich dann zurückziehen vor ihm und vor dem, was in ihm verborgen war?

„Libby?"

Sie bewegte nur ganz leicht den Kopf an seiner Brust. Es bereitete ihr unbeschreibliche Freude, Cals Herz unter ihrer Wange hämmern zu hören.

„Es tut mir Leid." Er streichelte ihr Haar. War es für Zärtlichkeiten schon zu spät?

Sie öffnete die Augen, obwohl es ihr sehr schwer fiel. „Es tut dir Leid?"

„Ja. Ich weiß nicht, was geschehen ist. Noch nie habe ich eine Frau so behandelt."

„Nein?" Dass sie lächelte, konnte er nicht sehen.

„Nein." Darauf vorbereitet, sie sofort loszulassen, falls sie zurückzucken sollte, hob er ihren Kopf vorsichtig an. „Ich möchte das wieder gutmachen", sagte er, doch dann sah er, dass in ihren Augen keine Tränen, sondern das Lachen funkelte. „Du lächelst ja."

Sie drückte einen Kuss auf seinen Stirnverband. „Auf welche Weise möchtest du es denn wieder gutmachen?"

„Ich dachte, ich hätte dir wehgetan." Er drehte sich auf den Rücken und schaute sie genau an. Sie lächelte noch immer, und in ihren Augen entdeckte er die Geheimnisse, die nur Frauen wirklich verstanden. „Aber es war wohl nicht so."

„Du hast meine Frage noch nicht beantwortet." Sie rekelte sich, nicht etwa, um verführerisch zu wirken, sondern weil sie so zufrieden war wie ein Kätzchen in einem warmen Sonnenstrahl. „Also, wie willst du es wieder gutmachen?"

„Nun …" Er blickte sich in dem zerwühlten Bett um, hängte sich dann halb über die Kante und schaute auf den Boden. Er hob Libbys heruntergefallene Brille auf, wirbelte sie an einem Bügel herum und grinste mutwillig. „Setze sie auf, und ich werde es dir zeigen."

9. KAPITEL

*L*ibby trödelte bei ihrer zweiten Tasse Kaffee herum und fragte sich, ob die Liebe etwas damit zu tun hatte, dass es ihr so ungeheuer schwer fiel sich vorzustellen, dass sie den Tag vor ihrem Computer mit antropologischen Fragestellungen würde verbringen müssen.

Cal schien sich auch nicht gerade besonders zu beeilen. Er saß ihr gegenüber und stocherte in dem herum, was sie von ihrem Frühstück übrig gelassen hatte. Seine eigene Portion hatte er schon aufgegessen.

Er trödelt nicht nur, dachte sie, er sieht wieder so niedergeschlagen aus wie gestern Abend bei seiner Rückkehr vom Schiff. Sie fürchtete, dass er ihr etwas sagen wollte, das ihr nicht gefallen würde.

Sie wollte ihn aufmuntern, es ihm erleichtern, sie zu verlassen. Sie seufzte. Die Liebe hatte sie anscheinend verrückt gemacht.

In der Nacht hatte der Regen eingesetzt und fast bis zum Morgen gedauert. Jetzt erschien das Sonnenlicht weich, beinahe überirdisch, und Nebeltücher schwebten hier und da über den Boden.

Es war ein guter Tag für ziellose Waldspaziergänge, für Liebesspiele unter der Bettdecke und für Ausreden. Aber solche Gedanken würden Cal nicht dabei helfen, den Weg zurück zu seinem Daheim zu finden.

„Du solltest langsam in Gang kommen", bemerkte sie ohne viel Begeisterung.

„Ja." Viel lieber wäre er sitzen geblieben und hätte die Augen vor der Wirklichkeit verschlossen. Stattdessen stand er auf, küsste Libby flüchtig und ging zur Hintertür. Als er sie öffnete, erfüllte fröhliches Vogelzwitschern die kleine Küche.

„Ich dachte mir, ich könnte nachher eine Mittagspause einlegen. Vielleicht kann ich hier dann etwas essen. Irgendwie vertrage ich die Speisevorräte an Bord nicht mehr." Eher vertrug er es nicht mehr, so lange von Libby getrennt zu sein.

Sie nahm seine Erklärung wörtlich. „Okay." Der Tag erschien ihr schon erheblich freundlicher. „Falls ich nachher nicht am Küchenherd schufte, dann findest du mich oben bei der Arbeit vor meinem Computer."

Die Tür schloss sich hinter ihm. Libby kam es so normal vor, sich am Morgen mit einem kleinen Kuss voneinander zu verabschieden und sich zum Mittagessen wieder zu sehen. Aber das war vermutlich auch das einzig Normale an ihrer seltsamen Beziehung.

Libby arbeitete bis zum frühen Nachmittag. Dass sie so nervös war, lag sicherlich an dem vielen Kaffee, den sie getrunken hatte. Sie wollte nicht daran denken, dass Cal ihr am Morgen zu still, zu nachdenklich vorgekommen war. Nun, er würde ja bald wieder hier sein.

Sie beschloss hinunterzugehen und ihm etwas besonders Gutes zum Essen zuzubereiten, lange würde sie ja nicht mehr die Gelegenheit dazu haben.

Als sie die Treppe hinuntergestiegen war, hörte sie das Motorengeräusch eines Autos. Besucher waren hier nicht nur selten, sondern es gab überhaupt keine. Gleichermaßen überrascht wie verärgert über die Störung, öffnete sie die Haustür.

„Ach du lieber Himmel." Die Überraschung mischte sich mit Bestürzung. „Mom! Dad!" Jetzt schlug alles in aufrichtige Liebe um, und Libby lief ihren Eltern entgegen, die gerade zu beiden Seiten eines kleinen, verbeulten Kombiwagens ausstiegen.

„Liberty." Caroline Stone lachte ihrer Tochter entgegen und breitete theatralisch die Arme aus. Mit ihren verwaschenen Jeans und dem weiten hüftlangen Pullover war sie fast genauso gekleidet wie Libby, nur dass ihr Pullover nicht aus einfacher roter Wolle gestrickt war, sondern aus einer ganzen Farbsinfonie zu bestehen schien und von ihr selbst gewebt war. Sie trug zwei tropfenförmige schwarze Ohrringe – in einem Ohr – und eine Turmalinkette, die im Sonnenlicht glitzerte.

Libby küsste die glatte, ungeschminkte Wange ihrer Mutter. „Mom! Was machst du denn hier?"

„Ich habe hier mal gewohnt", antwortete Caroline fröhlich und küsste ihre Tochter. William blieb unterdessen zurück und schmunzelte still vergnügt vor sich

224

hin. Die beiden dort waren zwei der drei wichtigsten Frauen in seinem Leben, und obwohl eine Generation sie trennte, sah seine Gattin kaum älter aus als seine Tochter, wie er stolz feststellte. Deshalb wurden sie auch so oft für Schwestern gehalten.

„Und wofür haltet ihr mich?" fragte er. „Für eine Hintergrunddekoration?" Er kam heran und wirbelte Libby im Kreis herum. „Mein Baby", sagte er und drückte ihr einen laut schmatzenden Kuss auf. „Die Wissenschaftlerin."

„Mein Daddy", sagte Libby in der gleichen Tonlage. „Der führende Geschäftsmann."

Er verzog das Gesicht. „Wenn sich das nur nicht herumspricht! So, und jetzt lass dich einmal ansehen."

Libby ließ sich inspizieren und inspizierte ihrerseits ihren Vater. Das Haar trug er noch immer ein wenig zu lang, aber jetzt zogen sich schon ein paar weiße Strähnen durch die dunkelblonden Wellen, und ein paar weitere schmückten seinen Bart. Haupthaar und Bart wurden jetzt von einem mit französischem Akzent sprechenden Friseur getrimmt, aber sonst hatte sich nur sehr wenig an William Stone geändert. Er war noch immer der Mann, der seine Tochter in einem indianischen Tragetuch durch den Wald transportiert hatte.

Er war groß und sehnig. Mit seinen langen Beinen und Armen wirkte er ein wenig schlaksig. Sein Gesicht war hager und seine Augen von einem dunklen Grau.

„Und?" Libby drehte sich wie ein Mannequin. „Wie findest du mich?"

„Nicht schlecht." William legte einen Arm um Carolines Schultern. Die beiden sahen wie das glückliche Paar aus, das sie immer gewesen waren. „Ich finde, unsere beiden ersten haben wir ganz gut hingekriegt."

„Die habt ihr ganz ausgezeichnet hingekriegt", berichtigte Libby, doch dann stockte sie. „Eure beiden ersten?"

„Ja, dich und Sunbeam, Liebes." Lächelnd griff Caroline in den Laderaum des Kombiwagens. „Wir sollten die Lebensmittel hineintragen."

„Aber ich ... Lebensmittel." Libby sah zu, wie ihre Eltern Tüten ausluden. Viele Tüten. Sie biss sich auf die Lippe. Irgendetwas musste sie ihnen sagen. „Ich freue mich ja so, euch wieder zu sehen." Sie stöhnte ein wenig, als ihr Vater ihr zwei schwere Einkaufstüten in die Arme drückte. „Und ich möchte euch ... das heißt, ich muss euch mitteilen, dass ich ... im Moment nicht allein im Haus bin."

„Wie schön." Nicht ganz bei der Sache, lud William eine weitere Einkaufstüte aus. Er fragte sich, ob seine Frau den großen Beutel Kartoffelchips entdeckt hatte, der darin versteckt war. Natürlich hat sie das, dachte er. Ihr entgeht ja nie etwas. „Wir freuen uns immer, deine Bekannten kennen zu lernen, Baby."

„Ja, ich weiß. Aber dieser ..."

„Caro, nimm bitte diese Tüte hier. Mehr als eine solltest du nicht tragen."

„Dad." Libby stellte sich ihrem Vater einfach in den Weg, bis sie hörte, dass sich die Haustür hinter ihrer Mutter geschlossen hatte. „Ich muss dir etwas erklären." Und was? Und wie? fragte sie sich.

„Ich höre dir gern zu, Libby, aber diese Tüten hier werden mit der Zeit ganz schön schwer." Er hob sie sich bequemer in die Arme. „Das muss an dem ganzen Tofu liegen."

„Es ist wegen Caleb."

Endlich hörte William wirklich zu. „Caleb – wer?"

„Hornblower. Caleb Hornblower. Er ist … hier. Bei mir."

William hob eine Augenbraue. „Ach ja?"

Caleb parkte sein Flugrad hinter dem Schuppen und ging zum Haus. Er sagte sich, dass er sich durchaus eine Mittagspause leisten durfte, denn der Computer arbeitete in seiner Abwesenheit weiter. Die wichtigsten Reparaturen am Schiff waren erledigt, und in einem, höchstens zwei Tagen würde er startbereit sein.

Wenn er unter diesen Umständen jetzt eine Stunde oder mehr in Gesellschaft einer schönen, aufregenden Frau verbringen wollte, so hatte er wohl alles Recht dazu. Er bummelte nicht etwa. Und er liebte sie nicht.

Ja, und die Sonne drehte sich um die Planeten, oder?

Leise vor sich hin schimpfend, trat er durch die offene Hintertür in die Küche. Libbys Anblick allein ließ ihn schon wieder lächeln, und das, obwohl er eigentlich nur ihren kleinen hübschen Po sah, während sie im untersten Fach des Kühlschranks wühlte.

Geräuschlos schlich Cal sich heran und packte sie fest und sehr intim bei den Hüften. „Schatz, ich kann mich einfach nicht entscheiden, ob ich deine Vorder- oder deine Rückseite am schönsten finde."

„Caleb!"

Der überraschte Ausruf kam nicht von der Frau, die sich jetzt in seinen Armen umdrehte, sondern von der Küchentür her. Erschrocken wandte Cal den Kopf und sah Libby, die in jedem Arm eine große Tüte trug und mit erstaunten Augen offenen Mundes in die Küche starrte. Neben ihr stand ein großer, dünner Mann, der ihn recht feindselig betrachtete.

Langsam drehte Caleb den Kopf zurück, um festzustellen, dass er eine ebenso attraktive, wenn auch etwas ältere Frau umarmte als die, die er eigentlich hier erwartet hatte.

„Hallo", sagte sie und lächelte sehr nett. „Sie müssen Libbys Freund sein."

„Ja." Er räusperte sich. „Muss ich wohl."

„Vielleicht möchten Sie jetzt meine Frau loslassen", sagte William, „damit sie den Kühlschrank schließen kann – wenn Sie das erlauben."

„Ich bitte um Entschuldigung." Cal machte einen hastigen und großen Schritt rückwärts. „Ich dachte, Sie wären Libby."

„Haben Sie die Angewohnheit, meiner Tochter immer an den …"

„Dad." Libby schnitt ihm einfach das Wort ab. Sie stellte die Einkaufstüten auf den Tisch. Für einen Anfang war die Szene nicht gerade sehr viel versprechend. „Das ist Caleb Hornblower. Er … er wohnt ein paar Tage bei mir. Cal, das sind meine Eltern, William und Caroline Stone."

Na großartig, dachte Cal. Aber da er sich nicht in Luft auflösen konnte, musste er sich der Situation wohl oder übel stellen.

„Es freut mich, Sie kennen zu lernen." Wohin mit den Händen? Am besten in die Hosentaschen. „Libby sieht Ihnen so ähnlich."

„Das hat man mir schon öfter gesagt." Caroline schenkte ihm ein strahlendes Lächeln. „Wenn auch nicht ganz auf diese Weise." Sie wollte ihm aus der Verlegenheit helfen und reichte ihm die Hand. „William, du solltest vielleicht diese Tüten abstellen und Libbys Freund guten Tag sagen, ja? Oder willst du noch länger sprachlos in der Gegend herumstehen?"

William ließ sich damit Zeit. Erst einmal wollte er diesen Mann mustern. Na ja, gut sah er ja aus. Klare Gesichtszüge, ruhige Augen, fester Blick. „Hornblower, nicht?" Und kühle, trockene Hände sowie einen festen Händedruck hatte er auch.

„Ja." Seit Cal zur ISF gekommen war, hatte ihn niemand mehr so gründlich gemustert. „Soll ich mich noch einmal in aller Form entschuldigen?"

„Ein Mal dürfte reichen." Über das Ergebnis seiner Inspektion äußerte sich William allerdings nicht.

„Ich wollte gerade den Lunch zubereiten." Libby fand, sie müsse irgendetwas tun, um alle zu beschäftigen, bis sie eine Lösung gefunden hatte.

„Gute Idee." Caroline holte einen Blumenkohl aus einer der Einkaufstüten. Die Kartoffelchips und ein Glas in scharfer Sauce eingelegte Würstchen, das William ebenfalls eingeschmuggelt hatte, waren ihr natürlich nicht entgangen. „Aber den Lunch werde ich machen. Willst du mir dabei nicht ein bisschen helfen, William?"

„Ich …"

„Du kannst den Tee aufgießen", schlug sie vor.

„Ja, ich würde gern Tee trinken", sagte Libby, die wusste, dass das der richtige Weg zum Herzen ihres Vaters war. Sie nahm Cal bei der Hand. „Wir sind gleich wieder da."

Sobald sie im Wohnzimmer waren, drehte sich Libby zu Cal um. „Und was machen wir jetzt?"

„Wieso?"

Ungehalten schüttelte sie den Kopf. „Ich muss ihnen

doch irgendetwas erzählen. Ich kann ihnen ja wohl kaum sagen, dass du soeben aus dem dreiundzwanzigsten Jahrhundert auf die Erde gefallen bist."

„Nein, das wäre wohl nicht empfehlenswert."

„Aber ich habe meine Eltern noch nie belogen." Libby trat vor den Kamin und stieß mit der Fußspitze gegen ein verkohltes Holzscheit. „Das kann ich auch nicht."

Cal ging zu ihr und legte seine Hand an ihr Kinn. „Ein paar kleine Einzelheiten wegzulassen heißt noch nicht lügen."

„Kleine Einzelheiten? Zum Beispiel die Tatsache, dass du mit einem Raumschiff zu Besuch gekommen bist?"

„Zum Beispiel, ja."

Sie schloss die Augen. Es hätte direkt komisch sein können. Möglicherweise war es in fünf oder zehn Jahren auch komisch. „Hornblower, die Situation ist heikel genug – auch ohne die Zugabe, dass du aus einer anderen Welt, nein, aus einer anderen Zeit gekommen bist."

„Welche Situation?"

Libby hätte beinahe mit den Zähnen geknirscht. „Die Herrschaften da drüben sind meine Eltern, das hier ist ihr Haus, und du und ich sind …"

„Ein Liebespaar", beendete Cal ihren Satz.

„Würdest du bitte etwas leiser sprechen?"

Nachsichtig legte er seine Hände auf Libbys Schultern.

231

„Libby, das haben sich die beiden wahrscheinlich längst gedacht, nachdem ich deine Mutter beinahe im Kühlschrank geküsst hätte."

„Was das angeht …"

„Ich dachte doch, sie wäre du."

„Weiß ich. Trotzdem …"

„Libby, mir ist klar, dass das nicht eben die traditionellste Art und Weise war, deine Eltern kennen zu lernen, aber ich glaube, von uns vieren war ich der Überraschteste."

Libby konnte das Kichern nicht recht unterdrücken. „Vielleicht."

„Nein, ganz bestimmt. Und ich glaube, wir gehen jetzt zum Nächstliegenden über."

„Und das wäre?"

„Lunch."

„Ach, Hornblower." Seufzend ließ sie die Stirn gegen seine Brust sinken. Dummerweise gehörte seine Fähigkeit, die einfachen Dinge zu schätzen, zu den Eigenheiten, die sie an ihm so liebte. „Ich wünschte, du würdest begreifen, dass dies hier eine heikle Situation ist. Was sollen wir denn nun daran tun?" Sie machte eine kleine Pause. „Und wenn du mich jetzt fragst, woran, dann haue ich dir eine runter", fügte sie hinzu.

„Eine starke Rede." Er hob Libbys Gesicht mit beiden Händen an. „Nun lasst uns Taten sehen."

Libby protestierte nicht einmal andeutungsweise,

als er sie küsste. Es ist ja ohnehin alles nur eine Art Traum, sagte sie sich. Und es müsste ihr doch möglich sein, ihren eigenen Traum einigermaßen in den Griff zu bekommen.

Hinter ihnen wurde laut und ärgerlich gehustet. Libby riss sich von Cal los und blickte ihren Vater an. „Äh …"

„Deine Mutter lässt dir sagen, der Lunch sei fertig." Mit einem letzten abschätzenden Blick auf Cal kehrte William wieder in die Küche zurück.

„Ich glaube, er schießt sich langsam auf mich ein", meinte Cal.

„Dieser Mensch hat seine Hände ständig an einer meiner Frauen." In der Küche blickte William Stone seine Gattin finster an.

„An einer deiner Frauen?" Caroline lachte lange und laut. „Also wirklich, William." Sie schüttelte den Kopf so heftig, dass die beiden Ohrringe an dem einen Ohr tanzten. „Übrigens hat er sehr nette Hände."

„Sag mal, suchst du Ärger?" Er hob sie mit einem Arm gegen seinen Körper.

„Aber immer!" Sie gab ihm noch rasch einen lieben und ziemlich aufreizenden Kuss und schaute dann zur Tür. „Kommt, setzt euch", sagte sie und bedachte Cal mit einem strahlenden Extra-Lächeln. „Ich habe nur ein bisschen Salat gemacht."

233

Vier Schalen standen auf handgewebten Platzmatten, und in der Mitte des Tischs befand sich eine große Schüssel mit einer Komposition aus verschiedenen Gemüsen und Kräutern, überraschenderweise ergänzt durch grüne Bananen und bestreut mit Vollkorn-Croutons. Nur noch das Jogurt-Dressing musste hinzugefügt werden.

Sehnsüchtig dachte Libby an den gebackenen Schinken, den sie hatte zubereiten wollen.

„Ja, also Cal …“ Caroline reichte ihm die große Salatschüssel. „Sind Sie ein Anthropologe?“

„Nein, ich bin Pilot“, antwortete er in demselben Moment, als Libby sagte: „Cal ist Spediteur.“

Ruhig tat er sich etwas von dem Salat auf. „Ich befasse mich hauptsächlich mit dem Gütertransport.“ Er freute sich, dass er Libbys Wunsch entsprechend so dicht an der Wahrheit bleiben konnte. „Und deshalb bin ich für Libby so eine Art fliegender Spediteur.“

„Sie fliegen?“ William trommelte mit den Fingern auf den Tisch.

„Ja. Etwas anderes habe ich nie tun wollen.“

„Das muss ja aufregend sein.“ Caroline, die sich stets gern für etwas begeistern ließ, beugte sich interessiert vor. „Sunbeam, unsere andere Tochter, nimmt Flugunterricht. Vielleicht können Sie ihr ein paar Tipps geben.“

„Sunny nimmt immer irgendwelchen Unterricht“, erklärte Libby erheitert, aber sehr liebevoll. „Sie kann einfach alles. Nachdem sie zuerst Fallschirmspringen ge lernt hatte, war es ihr nächster Schritt, nun auch selbst ein Flugzeug fliegen zu können."

„Das ist doch durchaus folgerichtig." Cal sah Caroline an. Caroline Stone, die geniale Künstlerin aus dem zwanzigsten Jahrhundert! Er würde es auch nicht unglaublicher gefunden haben, hätte er jetzt mit Vincent van Gogh oder Voltaire an einem Tisch gesessen. „Das ist ein großartiger Salat, Mrs. Stone. Die grünen Bananen schmecken wunderbar."

„Caroline", berichtigte sie. „Vielen Dank." Sie warf einen Blick zu ihrem Ehemann hinüber, der, wie sie wusste, seine Würstchen, die Kartoffelchips und ein kaltes Bier bevorzugt hätte. Nach mehr als zwanzig Jahren hatte sie ihn immer noch nicht bekehrt. Das hielt sie jedoch keineswegs davon ab, es weiterhin zu versuchen.

„Ich bin der festen Überzeugung, dass eine vernünftige Diät den Geist klar und aufnahmefähig erhält", erklärte sie. „Kürzlich habe ich einen Bericht gelesen, der vernünftige Ernährung und körperliche Betätigung in einen direkten Zusammenhang mit einer langen Lebenserwartung stellte. Wenn wir für uns selbst besser sorgen würden, könnten wir ein Lebensalter erreichen, das weit über hundert Jahren liegt."

Libby bemerkte Cals Miene und stieß ihm unter dem Tisch rasch ans Bein. Sie hatte das dumme Gefühl, als wollte er ihrer Mutter gleich mitteilen, dass die Menschen ohnehin länger als hundert Jahre lebten, und das nicht nur in Ausnahmefällen.

„Wo liegt denn der Nutzen des langen Lebens, wenn man nur Blätter und Stängel essen darf?" murrte William, aber dann sah er Carolines finsteren Blick. „Nicht, dass dies hier keine großartigen Blätter und Stängel wären."

„Du bekommst auch etwas Süßes zum Nachtisch." Sie beugte sich zu ihm und gab ihm einen Kuss auf die Wange. Sechs Ringe glitzerten an ihren Händen, als sie Cal wieder die Salatschüssel reichte. „Noch einen Nachschlag?"

„Ja, danke." Er tat sich zum zweiten Mal eine Portion auf. Sein Appetit erstaunte Libby immer wieder. „Ich bewundere Ihre Arbeiten, Mrs. Stone."

„Tatsächlich?" Caroline freute sich immer wieder darüber, wenn jemand ihre Webereien als „Arbeiten" bezeichnete. „Besitzen Sie eines meiner Stücke?"

„Nein, das kann ich mir … das liegt außerhalb meiner Reichweite." Er erinnerte sich an ein Ausstellungsstück, das er hinter Glas im Smithsonian-Museum gesehen hatte.

„Woher stammen Sie, Hornblower?"

Cal wandte seine Aufmerksamkeit nun Libbys Vater zu. „Aus Philadelphia."

„Ihr Beruf als Herr der Lüfte muss eine rege Reisetätigkeit mit sich bringen."

Cal grinste reichlich unbekümmert. „Mehr, als Sie sich vorstellen können."

„Haben Sie Familie?"

„Ja, meine Eltern und mein jüngerer Bruder sind noch … in Pennsylvania."

Wider Willen taute William ein wenig auf. Als Cal von seiner Familie gesprochen hatte, war so etwas … nun, so etwas Liebevolles in seinen Blick und seine Stimme getreten.

Nun reicht's, fand Libby. Sie schob ihre Salatschale fort, nahm ihre Teetasse mit beiden Händen auf, lehnte sich zurück und blickte ihren Vater an. „Falls du zufällig ein Bewerbungsformular zur Hand hast, wird Cal sicherlich gern bereit sein, es gewissenhaft auszufüllen, samt Geburtsdatum und Sozialversicherungsnummer."

„Du bist ein bisschen vorlaut, nicht wahr?" lautete Williams Kommentar.

„Wer? Ich? Vorlaut?"

„Entschuldige dich nur nicht." William tätschelte ihre Hand. „Wir sind alle so, wie wir sind. Was haben Sie für ein Parteibuch, Cal?"

„Dad!"

„Das war doch nur ein Scherz." William grinste schief und zog sich seine Tochter auf den Schoß. „Wissen Sie, sie ist hier geboren."

„Ja, das hat sie mir erzählt." Cal sah zu, wie Libby ihrem Vater einen Arm um den Hals legte.

„Während ich gärtnerte, hat sie immer nackt vor dieser Tür da herumgetollt."

Lachend drückte Libby ihrem Vater die Kehle zu. „Du bist einfach unmöglich!"

„Darf ich wenigstens fragen, was er von Dylan hält?"

„Nein!"

„Bob Dylan oder Dylan Thomas?" fragte Cal und verdiente sich damit einen skeptischen Blick von William und einen überraschten von dessen Tochter.

„Sowohl als auch", antwortete William.

„Dylan Thomas war ein brillanter, aber deprimierender Dichter. Bob Dylan lese ich lieber."

„Lesen?"

„Seine Texte, Dad. So, nachdem das nun abgehakt ist, könntest du mir doch mal erzählen, was du hier machst, statt deine Herren Direktoren zur Verzweiflung zu treiben."

„Ich wollte mein kleines Mädchen endlich einmal wieder sehen."

Dafür bekam er einen Kuss von Libby, denn sie wusste, dass er zumindest teilweise die Wahrheit gesagt hatte. „Wir haben uns gesehen, als ich vom Südpazifik zurückkam. Denke dir gefälligst eine bessere Erklärung aus."

„Und ich wollte, dass Caro an die frische Luft kommt." Er warf seiner Frau einen verschwörerischen Blick zu. „Wir waren der Meinung, dass die Luft hier

238

bei den ersten Malen gut war, und dass wir es deswegen ein drittes Mal versuchen sollten."

„Wovon redest du eigentlich?"

„Davon, dass die Gegend hier gut für den Zustand deiner Mutter ist."

„Zustand? Bist du krank?" Libby sprang auf und fasste die Hände ihrer Mutter. „Was hast du denn?"

„William, du konntest schon immer nicht zur Sache kommen. Was er dir sagen will, ist, dass ich schwanger bin."

„Schwanger?" Libby bekam weiche Knie. „Wie das denn?"

„Und du nennst dich eine Wissenschaftlerin", bemerkte Cal leise und wurde dafür mit Williams Lachen belohnt.

„Aber …" Libby war viel zu geschockt, um Cals Kommentar zur Kenntnis zu nehmen. Sie blickte nur immer zwischen ihren Eltern hin und her. Die beiden waren erst Mitte Vierzig und sehr vital, und heutzutage stellte das Kinderkriegen in diesem Alter kein Risiko mehr dar. Aber trotzdem … „Ich weiß nicht, was ich sagen soll."

„Versuch's doch einmal mit einer Gratulation", schlug William vor.

„Nein. Das heißt, ja. Also, ich muss mich erst einmal setzen." Sie setzte sich zwischen ihren Eltern auf den Boden. Außerdem atmete sie dreimal tief durch.

„Wie geht's dir jetzt?" erkundigte sich Caroline.

„Keine Ahnung." Libby blickte zu ihrer Mutter hoch. „Wie geht's dir denn?"

„Ich komme mir vor wie eine Achtzehnjährige. Aber ich habe es William ausgeredet, auch dieses Kind wieder selbst hier in dieser Hütte auf die Welt zu bringen."

„Die Frau hat eben ihre Ideale der Sechzigerjahre verloren", murrte William, obwohl es ihn ungeheuer erleichtert hatte, dass Caroline diesmal auf einer Hebamme und einem Krankenhaus bestanden hatte. „Na, und wie findest du das nun, Libby?"

„Ich finde, das muss gefeiert werden." Sie richtete sich auf den Knien auf, so dass sie die beiden umarmen konnte.

„Das habe ich vorausgesehen." William stand auf, ging an den Kühlschrank und hielt dann eine Flasche hoch. „Apfelsekt!"

Der Korken knallte genauso festlich wie bei einer Champagnerflasche. Libby und ihre Eltern stießen auf sich selbst, auf das Baby, auf die abwesende Sunny und auf Vergangenheit und Zukunft an.

Cal ließ sich von ihrer Freude anstecken. Hier ist wieder etwas, das sich nicht geändert hat, dachte er: Die übermütige Freude, die ein noch ungeborenes Baby denen brachte, die es sich wirklich wünschten. Er ertappte sich dabei, dass er sich vorstellte, wie es wäre, wenn Libby und er auf ihr erwartetes Kind anstießen.

240

Ein gefährlicher Gedanke. Ein unmöglicher Gedanke. Ihnen blieben nur noch Tage, nein Stunden, aber Familien verlangten ein ganzes Leben. Seine eigenen Eltern fielen ihm ein. Sorgten sie sich um ihn? Wenn er ihnen nur eine Nachricht zukommen lassen könnte!

„Cal?"

„Hm? Was?" Er schüttelte seine Gedanken ab und blickte Libby an. „Entschuldige."

„Ich sagte eben, wir könnten Feuer im Kamin machen."

„Natürlich."

„Einer meiner Lieblingsplätze hier ist der vor dem Feuer." Caroline legte einen Arm um ihren Mann. „Ich freue mich, dass wir für die Nacht hier bleiben."

„Für die Nacht?" fragte Libby.

„Wir sind auf dem Weg nach Carmel", entschied Caroline sozusagen aus dem Ärmel und drückte ihren Mann kurz, bevor er etwas sagen konnte. „Ich habe mir so sehr eine Fahrt entlang der kalifornischen Küste gewünscht."

„Was sie sich wirklich gewünscht hat, das war ein Cheeseburger unter ihren Sojasprossen", sagte William. „Und da wusste ich, dass sie schwanger war."

„Und genau dieser Umstand berechtigt mich jetzt zu einem Mittagsschläfchen." Caroline lächelte ihren Mann viel sagend an. „Möchtest du mich nicht vielleicht fürsorglich zu Bett bringen?"

„Ein Mittagsschläfchen wäre auch etwas für mich."
Arm in Arm verließen die beiden die Küche.

„Carmel?" fragte William auf der Treppe plötzlich.
„Seit wann sind wir denn nach Carmel unterwegs?"

„Seit vier zwei zu viel sind, Dummchen."

„Das mag stimmen, aber ich weiß nicht, ob ich es gut
finde, dass Libby mit diesem Typ hier allein ist."

„Sie findet es gut."

Als sie ins Schlafzimmer traten, lächelte Caroline bei
der Erinnerung an alles, was sich vor vielen Jahren in
diesem Raum abgespielt hatte. William hingegen trat ans
Fenster und steckte die Hände in die Hosentaschen.

„Ein Frachtpilot", brummte er mürrisch. „Und was
für ein komischer Name – Hornblower! Caro, der Mann
hat etwas an sich, ich weiß nicht genau, was, aber irgendetwas ist nicht ganz echt an ihm."

„Vertraust du Libby nicht?"

„Doch, natürlich." Das klang richtig beleidigt. „Aber
ihm traue ich nicht."

„Es wiederholt sich eben doch alles." Caroline lächelte. „Genau das hat mein Vater damals auch gesagt,
als er von dir sprach."

„Er war eben kein Menschenkenner", erklärte William und starrte wieder aus dem Fenster.

„Das sind die wenigsten Männer, wenn es sich um
die Auserwählten ihrer Töchter handelt. Ich erinnere
mich, dass du meinem Vater gesagt hast, ich wüsste

schon, was ich wollte. Warte mal, war das bei deinem ersten oder dem zweiten Rausschmiss?"

„Bei beiden." Er musste grinsen. „Dein Vater sagte, in einem halben Jahr wärst du wieder zu Hause, und ich würde inzwischen längst an einer Straßenecke stehen und Blumensträuße verkaufen. Den haben wir aber ganz schön angeschmiert, was?"

„Das ist schon fünfundzwanzig Jahre her."

„Du musst das gar nicht so betonen." Er strich sich über den Bart. „Stört es dich nicht, dass die beiden hier … zusammen sind?"

„Du meinst, dass sie hier miteinander schlafen."

„Ja. Libby ist schließlich unser Kind."

„Ich erinnere mich, dass du mir einmal gesagt hast, Liebe zu machen sei die natürlichste Art und Weise, einander Vertrauen und echte Zuneigung zu zeigen. Die ganzen Vorbehalte gegen Sex müssten ausgerottet werden, wenn auf der Erde jemals Frieden und gegenseitiges Einvernehmen herrschen sollen."

„Das habe ich nicht gesagt."

„Und wie du das gesagt hast! Damals hatten wir uns auf die Rücksitze unseres VW-Käfers gezwängt und sorgten dafür, dass die Scheiben von innen beschlugen."

Jetzt musste William doch schmunzeln. „Da muss ich wohl etwas Richtiges gesagt haben, denn es hat ja geklappt."

„Nur, weil ich entschieden hatte, dass du derjenige

warst, den ich wollte. Du warst der erste Mann, den ich je geliebt hatte, William, und deshalb wusste ich, dass es richtig war." Sie reichte ihrem Mann die Hand und wartete, bis er sie ergriff. „Dieser Mann da unten ist der erste, den Libby je geliebt hat. Sie weiß auch, was richtig ist." William wollte widersprechen, aber Caroline ließ ihn nicht zu Wort kommen. „Wir haben unsere Kinder dazu erzogen, ihrem Herzen zu folgen. Haben wir damit einen Fehler gemacht?"

„Nein." Er legte ihr die Hand auf die sanfte Rundung ihres Bauchs. „Und mit diesem hier werden wir es ebenso halten."

„Er hat freundliche Augen", meinte Caroline versonnen. „Wenn er sie anschaut, liegt sein ganzes Herz in seinem Blick."

„Du warst schon immer übertrieben romantisch. Damit habe ich dich ja auch eingefangen."

„Und festgehalten", flüsterte sie an seinen Lippen.

„Stimmt." Er zupfte an dem unteren Rand ihres Pullovers. „Du wolltest doch nicht etwa wirklich einen Mittagsschlaf machen, oder?"

Lachend beugte sie sich so weit zurück, dass sie beide das Gleichgewicht verloren und in die großen, weichen Kissen fielen.

„Ich kann es gar nicht richtig fassen, dass meine Eltern noch ein Kind bekommen werden." Libby ließ sich ins

Gras neben dem Bach fallen. „Sie sehen glücklich aus, nicht wahr?"

„Sehr glücklich." Cal ließ sich neben ihr nieder. „Mit Ausnahme der Momente, in denen mich dein Vater finster angesehen hat."

Leise lachend legte Libby den Kopf an seine Schulter. „Tut mir Leid. Er ist ein netter Mensch. Meistens."

„Wenn du meinst." Cal zupfte am Gras. Es spielte kaum eine Rolle, ob Libbys Vater ihn mochte oder nicht. Er, Cal, würde ja bald für ihn nicht mehr existieren. Und für Libby ebenfalls nicht.

Libby saß gern hier am Wasser, das frisch und kühl über die Steine plätscherte. Das Gras war lang und weich. Kleine blaue Blumen leuchteten hier und da an der Böschung. Im Sommer würde hier wieder mannshoher Fingerhut stehen und sich mit seinen violetten und weißen Blütenglocken über das Wasser neigen. Lilien und Akelei würden hier wachsen. In der Dämmerung würden Hirsche zum Trinken herkommen, und manchmal würde ein umherstreifender Bär hier Fische fangen.

Libby wollte nicht an den Sommer denken, sondern an das Hier und Heute. Jetzt war die Luft ebenso frisch wie das Wasser, das klar und sauber schmeckte. Streifenhörnchen flitzten durch den Wald. Die zutraulicheren unter ihnen hatten sich früher von ihr und Sunny füttern lassen.

Wohin Libby auch reiste, ob zu den abgelegensten Inseln oder in irgendwelche Wüstenorte, immer würde sie diese frühen Jahre ihres Lebens in Erinnerung behalten und sehr dankbar dafür sein.

„Das wird ein sehr glückliches Baby werden", sagte sie leise, und dann lächelte sie. „Wenn ich mir vorstelle, dass ich vielleicht jetzt noch einen Bruder bekomme!"

Cal musste an seinen eigenen Bruder denken. „Ich habe mir immer eine Schwester gewünscht."

„Dagegen hätte ich auch nichts, nur sind Schwestern immer hübscher als man selbst."

Er gab Libby einen Stoß, so dass sie umfiel. „Ich würde gern deine Sunny kennen lernen. Au!" Er rieb sich die Stelle an seiner Taille, wo sie ihn kräftig gekniffen hatte.

„Konzentriere dich gefälligst auf mich!"

„Ich tue ja nichts anderes." Er stützte einen Arm neben ihrem Kopf auf und betrachtete ihr Gesicht. „Ich muss jetzt trotzdem für eine Weile zu meinem Schiff zurückkehren."

Libby versuchte tapfer, sich den Kummer nicht anmerken zu lassen. Es war so einfach gewesen, so zu tun, als gäbe es kein Schiff und kein Morgen. „Ich habe dich noch gar nicht gefragt, wie du mit deiner Recherche vorangekommen bist."

Viel zu gut, dachte er. „Wenn ich nachher den Computer befrage, weiß ich mehr. Würdest du mich bei

246

deinen Eltern entschuldigen, falls ich noch nicht zurück bin, wenn sie aufwachen?"

„Ich werde ihnen erzählen, du hättest dich zum Meditieren zurückgezogen. Das wird meinem Vater gefallen."

„In Ordnung. Und heute Nacht ..." Er küsste sie sanft. „Heute Nacht werde ich mich ganz und gar auf dich konzentrieren."

„Das ist aber auch das Einzige, was du tun wirst." Sie legte ihm die Arme um den Nacken. „Du wirst nämlich auf der Couch schlafen."

„So?"

„Ja."

„Ja, in diesem Fall ..." Er glitt neben sie.

Das Kaminfeuer war fast heruntergebrannt, und im Haus war alles still.

Mitten in der Nacht saß Cal allein und noch ange-zogen auf der Couch. Er wusste jetzt, wie er nach Hause zurückkehren konnte. Nur noch einige mehr oder we-niger wichtige Reparaturen, und er war startbereit. Tech-nisch jedenfalls, aber gefühlsmäßig ... Noch nie hatte er sich innerlich so zerrissen gefühlt wie jetzt.

Falls Libby ihn zu bleiben bat ... Aber das würde sie nicht tun, und er konnte sie auch nicht bitten, mit-zukommen. Vielleicht konnte er den Wissenschaftlern seiner Zeit neue Daten liefern, mit denen sich ein weniger gefahrvoller Weg durch die Jahrhunderte finden ließ. Möglicherweise konnte er dann eines Tages wieder hierher zurückkehren.

Er schüttelte den Kopf. Das waren Fantasien. Libby sah der Wirklichkeit ins Auge. Das musste er auch tun.

Er hörte ein Geräusch auf der Treppe, und als er sich umdrehte, stand Libbys Vater an der Tür.

„Können Sie auch nicht einschlafen, Hornblower?" fragte William.

„Nein. Sie auch nicht?"

„Nachts hat es mir hier früher immer besonders gut gefallen. Die Ruhe, die Dunkelheit …" Er legte noch ein Scheit aufs Feuer. Funken stoben auf. „Ich habe mir nie vorstellen können, jemals woanders zu leben."

„Und ich habe mir nie vorgestellt, dass ich an einem Ort wie diesem hier einmal leben könnte, und jetzt merke ich, wie schwer es ist, von hier fortzugehen."

„Philadelphia ist weit weg."

„Sehr weit."

Das klang so aufrichtig traurig, dass William es nicht überhören konnte. Er holte den Brandy und zwei Gläser aus dem Schrank. „Auch einen Drink?"

„Ja, danke."

William setzte sich in den Ohrensessel und streckte die langen Beine aus. „Hier habe ich nachts früher oft gesessen und über den Sinn des Lebens nachgedacht."

„Haben Sie ihn entdeckt?"

„Manchmal ja, manchmal nein." Er schwenkte seinen Brandy im Glas. „Lieben Sie Libby?"

„Diese Frage hatte ich mir gerade selbst gestellt", beantwortete er die Frage.

William trank einen Schluck. Dass dieser Hornblower offenkundig Zweifel und Bedenken hatte, war ihm lieber, als wenn er gleich eine glatte Erwiderung auf der Zunge gehabt hätte. „Und? Haben Sie eine Antwort gefunden?"

„Ja, aber keine erfreuliche."

William nickte und hob sein Glas. „Ehe ich meine Frau kennen lernte, wollte ich ins Friedenskorps oder in ein tibetanisches Kloster eintreten. Caroline war gerade frisch aus der High School gekommen. Ihr Vater wollte mich erschießen."

Cal lächelte. Langsam fand er Geschmack an dem Brandy. „Heute Nachmittag war ich zeitweise ganz froh, dass Sie keine Waffe zur Hand hatten."

„Da ich eingefleischter Pazifist bin, habe ich einen solchen Gedanken zwar gehabt, aber gleich wieder verworfen", versicherte William. „Carolines Vater hingegen hat ihn ernsthaft gehegt. Ich kann es kaum erwarten, dem alten Herrn zu erzählen, dass sie wieder schwanger ist."

„Libby hofft, sie bekommt einen Bruder."

„Hat sie das gesagt?" William lächelte bei dem Gedanken an einen Sohn. „Libby war mein erstes Kind.

Natürlich ist jedes Kind ein Wunder für sich, aber das erste … Ich glaube, darüber kommt man nie hinweg."

„Libby ist auch wirklich ein Wunder. Sie hat mein Leben verändert."

William horchte auf. Diesem jungen Mann war möglicherweise nicht bewusst, dass er sie liebte, aber er, William, zweifelte nicht daran.

„Caroline mag Sie", erklärte er. „Sie kann den Menschen ins Herz schauen. Ich will Ihnen noch eines sagen: Libby ist nicht so robust, wie es scheint. Gehen Sie behutsam mit ihr um." William stand auf, weil er fürchtete, er würde sich sonst noch zu einem längeren Vortrag hinreißen lassen. „Legen Sie sich schlafen", riet er. „Caro hat die Angewohnheit, bei Tagesanbruch aufzustehen und dann Pfannkuchen aus Vollkornmehl zu backen oder Jogurt-Kiwi-Müslis anzurühren." Er verzog das Gesicht. Seine Liebe zu Eiern und Speck würde nie vergehen. „Übrigens haben Sie bei ihr Punkte gemacht, so, wie Sie dieser Tofu-Kasserolle zugesprochen haben."

„Sie hat ja auch großartig geschmeckt."

„Kein Wunder, dass Caro Sie mag." Am Fuß der Treppe blieb William stehen. „Wissen Sie, was komisch ist? Ich besitze genau so einen Pullover wie Sie."

„Tatsächlich?" Cal konnte sich das Grinsen nicht verbeißen. „Die Welt ist doch klein."

10. KAPITEL

„Ich wusste, dass du so früh aufstehen würdest." Libby trat zur Hintertür hinaus und ging zu ihrer Mutter.

„So früh ist es gar nicht." Caroline seufzte, weil sie sich darüber ärgerte, dass sie den Sonnenaufgang verpasst hatte. „In den letzten Monaten bin ich morgens nicht so recht in Gang gekommen", erklärte sie.

„Morgendliche Übelkeit?"

„Nein." Lächelnd schlang Caroline den Arm um Libbys Taille. „Anscheinend haben alle meine Kinder beschlossen, mir so etwas zu ersparen. Habe ich dir schon einmal gesagt, wie sehr ich das zu schätzen weiß?"

„Nein."

„Nun, so ist es aber." Sie küsste Libby auf die Wange, und dabei fielen ihr die leichten Schatten unter den Augen ihrer Tochter auf. Sie kommentierte das aber nicht, sondern nickte zu den Bäumen hinüber. „Ein kleiner Spaziergang?"

„Ja, gern."

Sie schlenderten nebeneinander her, und die Glöckchen, die Caroline am Handgelenk und an den Ohren trug, klingelten fröhlich. Alles ist noch so wie früher, dachte Libby, die Bäume, der Himmel, die Hütte. Und dennoch hat sich viel verändert. Für einen Augenblick legte sie den Kopf an die Schulter ihrer Mutter.

„Erinnerst du dich noch daran, wie du, Sunny und ich früher immer auch so spazieren gegangen sind?"

„Ich erinnere mich daran, dass ich mit dir spazieren gegangen bin." Caroline lachte. „Sunny ist nie spazieren gegangen. Sobald sie stehen konnte, raste sie auch schon wie der Blitz los. Du und ich, wir waren die beiden, die damals so bummelten wie jetzt."

„Wir sollten wenigstens ein paar Blumen pflücken oder Beeren sammeln, damit Dad denkt, wir hätten irgendetwas Produktives getan."

„Ich habe den Eindruck, unsere beiden Männer haben heute verschlafen." Da Libby darauf nichts erwiderte, wartete Caroline noch eine Weile. „Ich mag deinen Bekannten, Liberty", sagte sie dann.

„Das freut mich. Ich hatte es auch gehofft." Libby hob einen Zweig auf und brach während des Gehens winzige Stückchen davon ab. Das war eine nervöse Geste, die Caroline nur zu gut kannte. Sunny ließ ihre Empfindungen immer frei herausbrechen, aber Libby, die stille, sensible Libby, hielt immer alles in sich zurück.

„Wichtig ist, dass du ihn magst", sagte Caroline.

„Ich mag ihn. Sehr sogar." Libby wurde bewusst, was sie tat, und warf den Rest des Zweigs rasch fort. „Cal ist lieb und lustig und stark. Die Zeit hier mit ihm zusammen war wunderbar. Ich hätte nie gedacht, dass ein Mann in mir solche Gefühle wecken könnte."

„Aber du lächelst nicht, während du das sagst." Caroline streichelte Libbys Wange. „Warum nicht?"

„Diese gemeinsame Zeit … das ist wohl leider nur vorübergehend."

„Ich verstehe nicht ganz. Wenn du ihn liebst …"

„Ich liebe ihn", gestand Libby leise. „Ich liebe ihn sehr."

„Ja, dann …?"

„Er muss zurückkehren, zu seiner Familie." Das kann ich ihr ja doch nie erklären, dachte Libby.

„Nach Philadelphia?" fragte Caroline verständnislos.

„Ja, nach Philadelphia."

„Ich verstehe nicht, weshalb das so …" Caroline unterbrach sich und blickte ihre Tochter besorgt an. „Oh Baby, ist er etwa verheiratet?"

„Nein." Libby hätte beinahe aufgelacht. „Nein, so etwas ist es nicht. Caleb würde nie unaufrichtig sein. Es ist schwer zu erklären. Ich kann dir nur so viel sagen: Vom ersten Moment an wussten wir beide, dass Cal wieder dorthin zurückkehren muss, wo er hingehört. Und ich … muss hier bleiben."

„Was sind schon ein paar tausend Kilometer, wenn zwei Menschen beieinander sein wollen?"

„Manchmal sind Entfernungen größer, als es scheint. Aber mach dir keine Sorgen." Sie küsste Caroline auf die Wange. „Ganz ehrlich, die Zeit mit Cal würde ich gegen nichts eintauschen wollen." Sie lächelte. „Als ich klein war, hing immer ein Poster in unserer Hütte. Da stand etwas drauf wie … ‚Wenn du etwas hast, dann lass es gehen. Wenn es nicht zu dir zurückkommt, dann hat es dir nie gehört‘.“

„Dieses Poster habe ich nie leiden können“, sagte Caroline leise.

Diesmal lachte Libby wirklich. „Komm, lass uns endlich Blumen pflücken.“

Ein paar Stunden später schaute Libby dem davonrumpelnden Kombi ihrer Eltern nach. Ihr Vater saß am Steuer, und ihre Mutter beugte sich aus dem Fenster und winkte, bis sie außer Sicht waren.

„Ich mag deine Eltern.“

Libby legte Cal die Arme um den Nacken. „Sie mochten dich ebenfalls.“

Er gab ihr einen kleinen, sanften Kuss. „Deine Mutter vielleicht.“

„Mein Vater auch.“

„Wenn ich ein, zwei Jahre hätte, um ihn für mich einzunehmen, würde er mich vielleicht mögen.“

„Heute hat er dich schon überhaupt nicht mehr so finster angesehen.“

„Das stimmt.“ Cal rieb seine Wange an Libbys. „Finster nicht. Nur noch spöttisch. Was willst du ihnen nun erzählen?“

„Worüber?“

„Darüber, dass ich nicht mehr bei dir bin."

„Ich werde ihnen sagen, dass du heimgekehrt bist."
Sie schaffte es, dass ihre Antwort beinahe gleichgültig
klang. Viel zu gleichgültig.

„Einfach so?"

„Meine Eltern bohren nicht nach, wenn ich es nicht
will. Es ist einfacher für alle Beteiligten, wenn ich ihnen
die Wahrheit sage." Ihre Stimme klang jetzt spröde und
gereizt.

„Und was ist die Wahrheit?"

Legte er es darauf an, alles noch schwerer zu
machen? Ungehalten bewegte sie die Schultern. „Dass
die Dinge nicht so gut gelaufen sind und dass du dein
eigenes Leben wieder aufgenommen hast. Und ich
meines."

„Ja, das ist wohl am besten. Keine Schwierigkeiten,
kein Bedauern."

Unwirsch schob sie die Hände in die Hosentaschen.
„Oder hast du eine bessere Idee?"

„Nein. Deine ist schon ganz in Ordnung." Ärgerlich
auf sich und ärgerlich auf Libby, trat Cal einen Schritt
zurück. „Ich muss jetzt zum Schiff."

„Ich weiß. Und ich werde in die Stadt fahren und die
Kamera und noch ein paar Dinge kaufen. Wenn ich früh
genug zurückkehre, werde ich einmal nachschauen, wie
weit du vorangekommen bist."

„Gut." Cal wurde wütend. Libby tat das alles mit

links ab, und ihn zerriss es fast. So einfach sollte sie nicht davonkommen. Ehe er es sich noch anders überlegen konnte, riss er sie an sich und presste seine Lippen hart auf ihre.

Es war ein heißer Kuss, und er schmeckte nach Zorn und Frustration. Libby versuchte dabei weder das körperliche noch das seelische Gleichgewicht zu verlieren. Sie konnte, sie wollte Cal nicht das geben, was er anscheinend brauchte: ihre vollkommene Kapitulation. Doch sie war gefangen, sie konnte Cal nicht dämpfen, sie konnte selbst nichts verlangen, während er nahm, was er begehrte.

Nicht zärtlich, sondern Besitz ergreifend bewegte er seine Hände über ihren Körper. In dieser Berührung lag etwas, das Libby erschreckte, das ihr die Kraft zum Protest nahm.

„Caleb …" Sie rang um Atem, als er sie endlich freigab.

„Das sollte dir etwas zum Nachdenken geben", sagte er schroff. Dann drehte er sich um und ging davon.

Benommen blickte Libby ihm hinterher. Sie hob die Hand an die noch schmerzenden Lippen. Als sie wieder normal atmen konnte, wurde sie zornig. Jawohl, sie würde darüber nachdenken! Sie stürmte ins Haus, schlug die Tür hinter sich zu, und ein paar Augenblicke später stürmte sie wieder hinaus und stieg in ihren Geländewagen.

Es lief alles perfekt. Und Cal war so wütend wie nie. Technisch gesehen konnte er innerhalb der nächsten vierundzwanzig Stunden starten. Die Reparaturen waren erledigt, die Berechnungen so sorgfältig durchgeführt, wie er und der Computer es in der zur Verfügung stehenden Zeit nur bewerkstelligen konnten. Das Schiff war bereit. Nur er selbst war es nicht. Und darauf lief alles hinaus.

Libby dagegen war ganz offenkundig bereit, ihn freundlich zu verabschieden. Anscheinend hatte sie es damit sogar recht eilig. Und jetzt kaufte sie sich schnell noch eine Kamera, damit sie noch ein paar Erinnerungsfotos machen konnte, bevor sie ihm nachwinkte.

Cal schaltete den Laserbrenner aus, mit dem er einen letzten Riss in der inneren Schiffshaut verschweißt hatte, und setzte die Schutzbrille ab. Warum musste Libby so fürchterlich sachlich sein? Weil sie nun einmal so war, und weil das eines der Dinge war, die er an ihr so schätzte, wie er sich eingestehen musste. Sie war sachlich, praktisch, herzlich, intelligent und gehemmt. Er erinnerte sich noch genau daran, wie ihre Augen ausgesehen hatten, als er ihr zum ersten Mal gesagt hatte, dass er sie begehrte – groß, dunkel und verwirrt.

Und als er sie berührt hatte, da hatte sie gebebt. Sie war weich, unbeschreiblich weich …

Wütend auf sich selbst, verstaute Cal den Brenner im Werkzeugverschlag und warf die Schutzbrille hinterher.

257

Er konnte sich nicht vorstellen, dass es irgendeinen Mann im ganzen Universum gab, der diesen Augen, dieser Haut und diesem sinnlichen Mund widerstehen konnte.

Niemand konnte das, nur war das Libby bisher anscheinend noch nicht aufgefallen. Vermutlich war sie so mit ihren Büchern und ihrer Arbeit beschäftigt gewesen, dass sie nichts anderes zur Kenntnis genommen hatte. Aber eines Tages würde sie ihre Brille absetzen und sich richtig umschauen, und dann würde sie feststellen, dass sie von Männern aus Fleisch und Blut umgeben war, die sie bewunderten, von Männern, die ihr Versprechungen machen würden, ohne die Absicht zu haben, diese Versprechungen zu halten.

Wahrscheinlich hatte Libby nichts von ihrer eigenen Leidenschaftlichkeit geahnt. Er hatte ihr die Türen zu diesen Empfindungen geöffnet. Geöffnet? Niedergerissen hatte er diese Türen. Und wenn er fort war, würden andere Männer hindurchspazieren und das Feuer schüren, das er gelegt hatte.

Dieser Gedanke machte ihn wahnsinnig. Ich gehöre wirklich in eine dieser Gummizellen, von denen Libby gesprochen hat, dachte er. Die Vorstellung, dass jemand anders diese Frau berühren, sie küssen, sie entkleiden könnte – diese Vorstellung ertrug er einfach nicht.

Vor sich hin fluchend ging Cal in seine Kajüte und begann damit, etwas Ordnung hineinzubringen – oder vielmehr, die Dinge von der einen Ecke in die andere zu werfen.

Er war egoistisch und unfair. Selbstverständlich musste er sich damit abfinden, dass Libby ihr Leben weiterleben würde und dass dieses Leben auch einen Liebhaber – oder mehrere – einschließen würde, einen Ehemann vielleicht und auch Kinder. Ja, das musste er zähneknirschend akzeptieren, aber es musste ihm ja keineswegs auch gefallen.

Cal schleuderte einen Schuh in eine Ecke, schob die Hände in die Hosentaschen und schaute das Familienfoto an. Nach einer Weile sank er seufzend aufs Bett. „Ihr würdet sie mögen", sagte er leise zu den Personen auf dem Bild. Es wäre eine Premiere, dachte er. Noch nie hatte er den Wunsch verspürt, seinen Eltern eine seiner Gefährtinnen vorzustellen.

Er rieb sich mit den Händen übers Gesicht und gestand sich ein, dass er die Zeit mit unwichtigen Arbeiten und mit nutzlosen Überlegungen vertrödelte. Eigentlich sollte er schon längst fort sein, aber er hatte sich noch einen weiteren Tag Aufenthalt zugestanden. Da war ja schließlich auch noch Libbys Zeitkapsel, die zusammengestellt werden sollte … das hieß, falls Libby überhaupt noch mit ihm sprach.

Wahrscheinlich war sie böse wegen dieser Nummer, die er heute Morgen abgezogen hatte. Auch gut, dachte er und streckte sich auf dem Bett aus. Ihm war es lieber, wenn sie ihn ärgerlich verabschiedete, statt ihm unbeeindruckt hinterherzulächeln.

Er schaute auf die Uhr. In ungefähr zwei Stunden müsste Libby aus der Stadt zurück sein. Jetzt wollte er erst einmal einen ordentlichen Mittagsschlaf halten. Die lange, frustrierende Nacht auf der Couch war nicht besonders erholsam gewesen.

Er schaltete das Schlafband ein und schloss die Augen.

Idiot, schimpfte Libby und hielt das Lenkrad noch fester, während sie ihren Geländewagen über die Serpentinenstraße manövrierte. Dieser eingebildete Idiot! Hoffentlich hatte er eine vernünftige Erklärung zur Hand, wenn sie ihn nachher wieder sah. So sehr sie sich den Kopf zerbrach, ihr fiel beim besten Willen kein plausibler Grund dafür ein, weshalb Cal sie so wütend, so bösartig geküsst hatte.

Das sollte dir etwas zum Nachdenken geben, hatte er gesagt. Nun, nachgedacht hatte sie, und das hatte sie noch wütender gemacht, aber einen Sinn hatte es nicht ergeben. Andererseits hatte sie in Portland eine zum zweiten Mal verheiratete Nachbarin, die behauptete, was Männer täten, das ergäbe nie einen Sinn.

Aber das Rätsel namens Caleb Hornblower müsste doch zu lösen sein. Liberty Stone hatte schließlich schon ganz andere Rätsel gelöst, nur waren das wissenschaftliche gewesen. Hier hatte sie es mit einem Mann aus

Fleisch und Blut zu tun, und der hatte irgendwelche unerklärliche Frustrationen an ihr ausgelassen. Das war ungerecht, denn tat sie nicht alles, was in ihrer Macht stand, um ihm dabei zu helfen, dahin zurückzukehren, wo er sein sollte?

Schließlich hatte sie auch ihr eigenes Leben. Eigentlich sollte sie in diesem Moment an ihrer Dissertation arbeiten oder vorbereitende Pläne für die nächsten Feldstudien entwerfen. Stattdessen fuhr sie in der Weltgeschichte umher und kaufte Fotoapparate und Vollkornkekse. Aber zum letzten Mal, schwor sie sich wütend, und dann wurde ihr bewusst, dass sie es ja tatsächlich zum letzten Mal tat.

Sie hielt den Geländewagen an, als sich der Fahrweg zu einem schmalen Fußpfad verengte. Eigentlich hatte sie ja nicht zu Caleb herauskommen wollen. Während der ganzen Fahrt hatte sie sich vorgenommen, zur Hütte zurückzukehren und sich vor ihren Computer zu setzen. Und jetzt war sie hier. Nun, zumindest konnte sie etwas für sich selbst tun.

Sie nahm die neue Sofortbildkamera aus der Verpackung, überflog rasch die Gebrauchsanweisung und legte den ersten der gekauften Filme ein. Dann griff sie sich noch die Tüte mit den Vollkornkeksen.

Von dem Abhang herab betrachtete sie das Schiff. Riesig und still lag es auf dem felsigen Boden zwischen den umgebrochenen Bäumen wie ein fremdartiges schlafendes Tier. Der Achtachser der Zukunft, dachte sie. Der Expressmöbelwagen, der Reisebus. Nach Mars, Merkur und Venus ... alles einsteigen. Tickets für Kurztrips nach Pluto und Orion am Schalter gegenüber.

Libby lachte leise, aber es hörte sich mehr nach einem Seufzen an. Sie machte zwei Aufnahmen, setzte sich auf einen Stein an der Abhangkante und schaute zu, wie sich die Fotos selbst entwickelten. Noch vor fünfzig Jahren hätte eine Sofortbildkamera in den Bereich der Science-Fiction gehört. Der Mensch arbeitete schnell. Sie warf einen Blick zum Schiff hinunter. Zu schnell.

Sie riss die Kekstüte auf und begann zu knabbern. Die Bilder, die schon deutlich zu erkennen waren, würde sie natürlich niemandem zeigen können. Eines davon war für die Zeitkapsel, das andere für Libbys eigene Aufzeichnungen bestimmt. Sie hatte es schließlich in ihrer Eigenschaft als Wissenschaftlerin aufgenommen und wollte es zusammen mit dem Bericht ablegen, den sie über dieses Sonderexperiment schrieb.

Nur hatte leider weder das Foto noch der Bericht etwas mit der Wissenschaft zu tun, dafür umso mehr mit dem Herzen. Libby wollte sich nicht auf ihr Erinnerungsvermögen verlassen.

Sie steckte sich die fertigen Bilder in die Tasche, hängte sich die Kamera über die Schulter und stieg den Abhang hinunter. Als sie vor der Einstiegsluke des Schiffs stand, hob sie die Faust, und dann musste sie lachen. Klopfte man eigentlich bei einem Raumschiff an die Tür, wenn man hineinwollte?

Sie kam sich recht närrisch vor, als sie schließlich doch anklopfte. Ein Streifenhörnchen sauste über den Boden und auf einen der umgestürzten Baumstämme, stoppte dort und starrte Libby an.

„Ich weiß ja, dass es ziemlich albern ist", erklärte sie dem Tierchen. „Aber sag's nicht weiter." Sie warf ihm einen halben Keks zu und drehte sich um, um noch einmal zu klopfen. „Los, Hornblower, mach auf. Ich komme mir hier draußen langsam ganz schön idiotisch vor."

Libby klopfte, hämmerte und rief. Einmal vergaß sie sich sogar und trat kräftig gegen den Schiffsrumpf, was aber nur dazu führte, dass ihr danach die Zehen wehtaten. Wütend auf Cal und auf sich selbst, wollte sie sich umdrehen und fortgehen, als ihr einfiel, dass er sie ja möglicherweise überhaupt nicht hören konnte. Und war da nicht außerdem irgendeine Vorrichtung gewesen, mit welcher er die Einstiegsluke von außen hatte öffnen können?

Nach zehn Minuten hatte sie den Knopf gefunden. Als sich die Luke öffnete, stürmte Libby kampflustig hinein.

„Hör mal, Hornblower, ich ..."

Cal befand sich nicht im Kommandostand. Entnervt fuhr sie sich mit den Händen durchs Haar. Konnte der

263

Kerl nicht wenigstens zur Verfügung stehen, wenn sie ihn anschreien wollte?

Der Schutzschild war offen. Libby betrachtete das herrliche Panorama. Sie trat näher an die Schaltkonsole und setzte sich dann in Cals Sessel.

Wie fühlte man sich wohl als Pilot eines so riesigen, so mächtigen Fluggeräts? War es ein Wunder, dass Cal es liebte? Selbst eine fest auf dem Boden stehende Frau konnte sich die wilde, grenzenlose Freiheit der Reise durch den Weltraum vorstellen. Da waren Planeten, Kugeln aus Farbe und Licht. Da war das Leuchten weit entfernter Sterne, das Schimmern der Monde im Orbit, und Cal suchte sich seinen Weg durch den Raum, wie er für sie mit seinem Flugrad einen Weg durch die Baumwipfel gesucht hatte.

Sie warf noch einen Blick auf die Kontrollen und betrachtete dann den Computer. Etwas unsicher schaute sie sich im leeren Kommandostand um, und dann beugte sie sich vor.

„Computer?"

Arbeitsbereit.

Libby fuhr zusammen und hätte beinahe hysterisch aufgelacht. Zwei Fragen wollte sie stellen, aber nur eine von ihnen wollte sie auch wirklich beantwortet haben. Sie gab sich einen Stoß.

„Computer, wie ist der Stand der Kalkulationen für die Rückkehr in das dreiundzwanzigste Jahrhundert?"

264

*Kalkulationen abgeschlossen. Wahrscheinlichkeits-
index formuliert. Risikofaktoren, Flugbahn, Schub,
Umlaufwinkel, Geschwindigkeit und Erfolgsfaktoren
gespeichert. Wird Report verlangt?*

„Nein."

Also war Cal mit seiner Arbeit fertig. Er hatte es ihr
nicht gesagt, und sie glaubte zu wissen, weshalb nicht.
Er wollte ihr nicht wehtun, denn er wusste, was sie
empfand. So sehr sie auch versuchte, ihre gegenseitige
Beziehung als eine Art Momentaufnahme zu betrachten,
er hatte sie durchschaut. Und jetzt wollte er freundlich
sein und sie schonen. Und sie wollte sich über seinen
Erfolg freuen.

Einen Augenblick dachte sie nach, und dann stellte
sie die Frage, die sie schon einmal gestellt hatte: „Computer, wer ist Caleb Hornblower?"

*Hornblower, Caleb, Captain der ISF, außer Dienst.
Geboren 2. Februar 2222 in Philadelphia. Mutter:
Katrina Hardsty Hornblower. Vater: Byram Edward
Hornblower. Wilson-Freemont-Memorial-Akademie,
Abschluss 2237. Studium an Princeton Universität.
Studium nach sechzehn Monaten ohne Abschluss abge-
brochen. In ISF eingetreten. Dienstzeit von 2239 bis
2245. Militärische Personalakte wie folgt ...*

Libby hörte sich den Bericht über Cals militärische
Laufbahn an. Er enthielt jede Menge ehrenvolle Er-
wähnungen und verzeichnete ebenso viele Verweise.

Die Vermerke über ihn in seiner Eigenschaft als Pilot waren makellos – im Gegensatz zu der Benotung seiner Disziplin.

Libby musste lächeln. Ihr Vater misstraute dem militärischen System auch. Wahrscheinlich hätte er sich nach einiger Zeit mit Cal sehr angefreundet.

Kreditindex 5,8.

„Stopp." Libby wollte nichts über Cals Kreditwürdigkeit hören. Sie hatte genug in seinem Privatleben herumgeschnüffelt. Alle anderen Antworten, die sie haben wollte, musste er ihr selbst geben, und zwar schnell.

Sie stand auf und wanderte auf der Suche nach ihm durch das Schiff. Es war die Musik, die sie auf die richtige Fährte brachte. Libby folgte den schönen klassischen Klängen, die aus Cals Kajüte kamen, und dort fand sie ihn schlafend vor.

Obwohl die Musik leise, beruhigend, verlockend war, erfüllte sie den ganzen Raum. Libby fühlte das beinahe unwiderstehliche Bedürfnis, zu Cal ins Bett zu schlüpfen und sich an ihn zu schmiegen, bis er aufwachte und sie sehr sanft und zärtlich liebte.

Sie schüttelte diesen Gedanken ab, den die beruhigende und gleichzeitig erotische Musik hervorgerufen haben musste. Libby wollte sich aber von so etwas nicht beeinflussen lassen und womöglich vergessen, dass sie böse auf Cal war. Trotzdem machte sie rasch ein Foto von ihm und steckte das Bild sofort schuldbewusst in die Tasche.

Sie lehnte sich in die Türöffnung, hob den Kopf und reckte das Kinn vor. Das war eine ganz bewusst herausfordernde Pose. „Das verstehst du also unter arbeiten!"

Obwohl sie die Stimme über die Musik erhoben hatte, schlief Cal seelenruhig weiter. Zuerst wollte sie zu ihm treten und ihn an der Schulter rütteln, aber dann hatte sie eine bessere Idee. Sie steckte sich zwei Finger zwischen die Lippen, holte tief Luft und erzeugte einen scharfen, schrillen Pfiff, so wie Sunny es ihr beigebracht hatte.

Wie eine Rakete schoss Cal in seinem Bett hoch. „Höchste Alarmstufe!" brüllte er, bevor er Libby schadenfroh grinsend an der Tür stehen sah. Wie von einem Schlag gefällt, sank er aufs Kopfkissen und strich sich mit der Hand über die Augen.

Er hatte geträumt. Er war durch die Galaxis gerast, und Libby hatte an seiner Seite gesessen. Sie hatte einen Arm um ihn gelegt, und die Faszination, die Begeisterung hatte aus ihren Augen geleuchtet. Dann war etwas schief gegangen. Warnlampen hatten geblinkt, Alarmsirenen geschrillt. Das Schiff war zum Sturzflug übergegangen. Libby hatte geschrien, und er hatte nicht gewusst, was er tun sollte. Dann hatte sein Verstand ausgesetzt. Er hatte sie nicht retten können.

Und während sein Herz jetzt immer noch vor Angst raste, stand sie da in der Türöffnung und blickte ihn frech und kampflustig an.

„Was, zum Teufel, sollte das?"

Cal sah aus, als hätte er einen Todesschrecken bekommen. Na, hoffentlich, dachte Libby. „Das schien mir die wirksamste Methode zu sein, dich aufzuwecken", antwortete sie. „Wenn du weiter so schwer arbeitest, Hornblower, wirst du dich noch überanstrengen."

„Ich habe eine Pause gemacht." Er wünschte, er hätte einen kräftigen Schluck Antellisschnaps zur Hand. „Letzte Nacht habe ich nicht gut geschlafen."

„Ach, das tut mir aber Leid." Besonders mitfühlend klang das nicht. Libby holte sich einen Keks aus ihrer Tüte.

„Deine Couch ist durchgesessen."

„Ich werde es mir merken. Vielleicht bist du heute Morgen deshalb auch mit dem falschen Fuß aufgestanden." Sehr langsam, sehr genüsslich knabberte sie an ihrem Keks. Sie wollte damit Cals Hunger wecken, und das gelang ihr auch, allerdings nicht so, wie sie sich das gedacht hatte.

Cal merkte, wie sich seine sämtlichen Muskeln verspannten. „Falscher Fuß? Ich weiß nicht, was du meinst."

„Es ist so eine Redensart."

„Die kenne ich", sagte er schroff. Jetzt tastete Libby

268

auch noch mit der Zungenspitze nach einem Kekskrümel in ihrem Mundwinkel. Cal hätte fast aufgestöhnt. „Ich bin mit keinerlei falschem Fuß aufgestanden."

„Dann bist du also von Natur aus launisch und hast es zuvor nur noch nicht gezeigt."

„Ich bin nicht launisch", knurrte er.

„Nein? Dann vielleicht arrogant? Ist das das richtigere Wort?" Ihr träges Lächeln sollte ihn ärgern, aber es erzeugte eine ganz andere Wirkung.

Cal wollte weder Libby noch das zur Kenntnis nehmen, was sich in seinem rebellischen Körper abspielte. Er schaute auf die Uhr. „Du warst ziemlich lange in der Stadt."

„Meine Zeit gehört mir, Hornblower."

Er hob die Augenbrauen, und wenn Libby nicht so sehr mit ihrer eigenen Beherrschung beschäftigt gewesen wäre, hätte sie gesehen, dass seine Augen verdächtig dunkel geworden waren. „Suchst du Streit?"

„Wer – ich?" Sie war die Unschuld in Person. „Aber Caleb, nachdem du meine Eltern kennen gelernt hast, müsstest du doch wissen, dass ich die geborene Pazifistin bin. Ich bin mit Folk-Songs in den Schlaf gewiegt worden."

Caleb äußerte ein Schimpfwort, von dem Libby eigentlich gedacht hatte, es gehöre in den Sprachschatz des zwanzigsten Jahrhunderts.

Interessiert neigte sie den Kopf zur Seite. „Ach, das

sagt man also auch in deiner Zeit noch, wenn einem nichts Intelligentes einfällt? Es ist ja tröstlich zu wissen, dass einige Traditionen überleben."

Cal schwenkte die Beine über die Bettkante und erhob sich sehr langsam, ohne Libby aus den Augen zu lassen. Allerdings ging er nicht auf sie zu. Das konnte er sich nicht erlauben, bevor er nicht ganz sicher war, dass er ihrem trotzig gereckten Kinn keine gerade Rechte verpasste.

Komisch, dieses trotzige Kinn hatte er bisher noch gar nicht so bemerkt und den ebenso trotzigen Blick auch nicht. Das Schlimmste war nur, dass Libbys herausfordernde Arroganz ebenso erregend war wie ihre Leidenschaft.

„Treib's nicht zu weit, Libby. Ich sollte dir fairerweise mitteilen, dass ich nicht aus einer besonders friedliebenden Familie stamme."

„Ja ..." Sehr bedächtig wählte sie einen weiteren Keks aus. „Ja, das verängstigt mich natürlich ungemein." Sie faltete die Kekstüte wieder zu und warf sie unvermittelt nach Cal, der sie unwillkürlich fest auffing und dabei den restlichen Inhalt zerkrümelte.

„Ich weiß nicht, welche Laus dir über die Leber gelaufen ist, Hornblower, aber ich habe Besseres zu tun, als mir darüber den Kopf zu zerbrechen. Du kannst von mir aus hier bleiben und schmollen, aber ich kehre jetzt zu meiner Arbeit zurück."

Noch ehe sie sich ganz umdrehen konnte, hatte er sie schon bei den Armen gepackt und gegen die Wand gedrückt. „Du willst wissen, was mit mir nicht stimmt, ja?" Seine Augen sprühten Blitze. „Deshalb deine Sticheleien, ja?"

„Mich kümmert nicht, was mit dir nicht stimmt." Sie hielt ihr Kinn weiterhin hoch, obwohl ihr Mund trocken geworden war. Einen Rückzieher zu machen und sich zu entschuldigen war für sie stets leichter gewesen, als weiterzustreiten. Das lag nicht immer an ihrem Pazifismus, manchmal war es auch schlichte Feigheit. Aber diesmal hielt sie am Streit fest. „Und jetzt lass mich gefälligst los."

„Es sollte dich aber kümmern." Er wickelte sich ihr Haar um die Hand und zog daran ihren Kopf in den Nacken. „Glaubst du, dass alle Empfindungen eines Mannes einer Frau gegenüber sanft, freundlich und liebevoll sind?"

„Ich bin nicht naiv." Libby setzte sich zur Wehr und war eher ärgerlich als ängstlich, weil Cal sie nicht losließ.

„Nein, das bist du nicht." Wütend starrte er sie an. Irgendetwas zerbrach in ihm. Vielleicht war es der Riegel vor dem Käfig des in ihm gefangenen wilden Tiers. „Ich sollte dir jetzt auch noch den Rest beibringen."

„Du brauchst mir überhaupt nichts beizubringen."

„Stimmt, das werden andere Männer tun, nicht

wahr?" Die Eifersucht hatte ihn fest im Griff. „Zur Hölle mit ihnen. Und zur Hölle mit dir. Denk an meine Worte. Immer wenn dich jemand anders berührt, ob morgen oder in zehn Jahren, dann wirst du dir wünschen, ich wäre es. Dafür werde ich sorgen."

Bevor er diese Worte ganz ausgesprochen hatte, zerrte er Libby zum Bett.

11. KAPITEL

Libby wehrte sich. Sie wollte nicht im Zorn genommen werden, gleichgültig, wie groß ihre Liebe war. Die Matratze gab unter dem Gewicht der beiden Körper nach und umgab sie wie ein halber Kokon. Die Musik klang ruhig und angenehm durch den Raum. Cal riss wütend an Libbys Blusenknöpfen.

Sie sprach nicht. Sie dachte nicht daran, ihn zu bitten, seine Attacke einzustellen, und sie wollte auch nicht ihren Tränen freien Lauf lassen, obwohl ihn das bestimmt wieder zur Vernunft gebracht hätte. Stattdessen wehrte sie sich und versuchte sich seinen unbarmherzigen Händen zu entziehen. Sie kämpfte wild, schlug und stieß nach Cal und führte gleichzeitig Krieg gegen ihren eigenen Körper, der mit seiner Reaktion ihr Herz verraten wollte.

Hierfür würde sie Cal hassen. Dieser Gedanke war schrecklich. Falls es ihm gelang, das zu tun, was er sich offenbar vorgenommen hatte, würde das alles andere auslöschen und nur noch die Erinnerung an diese böse, gewalttätige Szene zurücklassen. Und deshalb kämpfte sie jetzt für sie beide.

Er kannte sie viel zu gut, jede Kurve, jeden Zentimeter ihrer weichen Haut. Aufs Neue von seiner Wut getrieben, packte er Libbys Handgelenke mit einer Faust und hielt sie über ihrem Kopf fest. Hart presste er seine Lippen an ihren Hals, während er seine freie Hand unbeirrt zu den geheimsten, empfindsamsten Winkeln ihres Körpers führte.

Er hörte Libby aufstöhnen, als die ungewollte Lust sie durchfuhr. Ihr Körper spannte sich an, bäumte sich auf, bog sich bebend hoch und sank dann in sich zusammen. Cal hörte ihren erstickten Aufschrei, und er sah ihre Lippen zittern, bevor sie sie mit aller Macht zusammenpresste.

Reue erfüllte ihn. Er hatte kein Recht, niemand hatte das Recht, etwas so Schönes als Waffe zu benutzen. Er hatte Libby für etwas bestrafen wollen, das doch außerhalb ihrer Kontrolle gelegen hatte. Er hatte es getan, und er hatte sich damit selbst bestraft.

„Libby."

Sie hielt die Augen geschlossen und schüttelte nur den Kopf. Cal rollte zur Seite und starrte an die Decke. „Ich habe dafür keine Entschuldigung. Es gibt keine Entschuldigung dafür, dass ich dich so behandelt habe."

Libby hielt ihre Tränen zurück. Sie schaffte es, wieder gleichmäßiger zu atmen und schließlich die Augen zu öffnen. „Eine Entschuldigung sicherlich nicht, aber einen Grund. Diesen Grund möchte ich gern erfahren."

Cal antwortete nicht gleich, obwohl er ihr eine ganze Reihe von Gründen hätte nennen können – Mangel an Schlaf, Überarbeitung, Angst vor dem möglichen Scheitern seines Flugs. Das wären alles zutreffende Gründe gewesen, aber die Wahrheit gaben sie nicht wieder.

„Du bist mir nicht gleichgültig", sagte er langsam. „Es fällt mir nicht leicht zu wissen, dass ich dich nie wieder sehen werde. Mir ist bewusst, dass jeder von uns sein eigenes Leben hat. Vielleicht tun wir beide, was wir tun müssen, aber mir gefällt die Vorstellung nicht, dass es dir leicht fällt."

„Es fällt mir nicht leicht."

Es erleichterte ihn sehr, das zu hören. Er tastete nach ihrer Hand und hielt sie fest. „Ich bin eifersüchtig."

„Worauf?"

„Auf die Männer, die du kennen lernen wirst, auf die, die du lieben wirst. Auf die, die dich lieben werden."

„Ich …"

„Nein, sage jetzt nichts. Lass mich ausreden. Lass es mich loswerden. Es nützt mir gar nichts, vom Verstand her zu wissen, dass es falsch ist, aber jedes Mal, wenn ich mir vorstelle, dass ein anderer Mann dich so berührt, wie ich dich berührt habe, werde ich verrückt."

„Und deshalb bist du so wütend auf mich?" Libby wandte den Kopf und betrachtete Cals Profil. „Wegen deiner detaillierten Vorstellung von meinen zukünftigen Liebesaffären?"

„Du hast alles Recht, mich als einen Idioten hinzustellen, der gerade den Verstand verliert."

„Das will ich gar nicht."

„Ich sehe den Kerl direkt vor mir. Er ist einsfünfund-
neunzig groß und wie ein griechischer Gott gebaut."

„Vielleicht Adonis?" Libby lächelte. „Ich würde für
ihn stimmen."

„Sei still", befahl er, aber er lächelte auch ein wenig.
„Er hat blondes, etwas windverwehtes Haar, und in
seinem harten, kantigen Kinn hat er so ein verdammtes
Grübchen."

„Wie Kirk Douglas, ja?"

Misstrauisch blickte er sie an. „Du kennst so einen
Kerl?"

„Nur vom Hörensagen." Weil Libby spürte, dass
der Sturm vorüber war, küsste sie Cals Schulter.

„Wie dem auch sei. Jedenfalls hat er Verstand, und
das ist ein weiterer Grund, weswegen ich ihn hasse. Er
ist Doktor der Philosophie. Er kann mit dir stundenlang
die traditionellen Paarungsriten irgendwelcher ausge-
storbenen Völkerstämme diskutieren. Und Klavier
spielt er auch."

„Wow! Ich bin beeindruckt."

„Er ist reich", fuhr Cal unbeirrt fort. „Einen Kreditindex von 9.2. Er bringt dich nach Paris und liebt dich
in einem Zimmer mit Ausblick auf die Seine. Und dann
schenkt er dir einen faustgroßen Brillanten."

„Hm, hm." Libby tat, als dächte sie nach. „Kann er
auch Gedichte aufsagen?"

276

„Er schreibt sie selbst."

„Auch das noch." Libby drückte sich die Hand aufs Herz. „Du könntest mir nicht vielleicht sagen, wann und wo ich ihn treffen werde? Ich möchte schließlich vorbereitet sein."

Cal stützte sich nur so weit auf, um Libby ins Gesicht sehen zu können. In ihren Augen sah er Erheiterung, keine Tränen. „Dir macht das alles wohl richtig Spaß, was?"

„Ja." Sie streichelte seine Wange. „Würdest du dich wohler fühlen, wenn ich dir verspreche, in ein Kloster einzutreten?"

„Ja." Er fing ihre Hand ein und drückte seine Lippen hinein. „Kannst du mir das bei Gelegenheit schriftlich geben?"

„Ich werde es mir überlegen." Libby sah, dass seine Augen nun wieder klar waren. Er war jetzt wieder Cal, der Mann, den sie lieben und verstehen konnte. „Wäre damit nun unser Streit beendet?"

„Sieht fast so aus. Es tut mir ehrlich Leid, Libby. Ich habe mich wie ein Lupz aufgeführt."

„Ich weiß zwar nicht, wer oder was ein Lupz ist, aber wahrscheinlich hast du Recht."

„Sind wir wieder Freunde?" Er neigte den Kopf und berührte ihre Lippen sanft mit seinen.

„Freunde."

Ehe Cal sich zurückziehen konnte, hielt Libby

seinen Kopf fest und gab ihm einen langen, tiefen und nicht unbedingt rein freundschaftlichen Kuss. „Cal?"

„Hm?" Mit der Zungenspitze zeichnete er Libbys Lippen nach.

„Weißt du zufällig, wie dieser Bursche heißt? Au!" Sie zuckte zurück. „Du hast mich gebissen!"

„Stimmt."

„Der Bursche ist doch deiner Fantasie entsprungen und nicht meiner."

„Gut, dass du es weißt." Lächelnd streichelte er ihre weiche Haut. „Meine Fantasie hat dir noch mehr zu bieten, wenn du artig bist."

„Oh ja, bitte."

Aufreizend legte er seine Hand um Libbys Brust. „Wenn ich dich nach Paris brächte, würden wir die ersten drei Tage in unserer Hotelsuite verbringen und nicht aus dem Bett herauskommen."

Er streichelte hier, küsste da und stellte seine aufreizenden Liebkosungen immer kurz vor Vollendung wieder ein. „Wir trinken eine Flasche Champagner nach der anderen und essen lauter kleine Gerichte mit exotischen Namen. Dann steigen wir wieder ins Bett und reisen zu Orten, an denen vor uns noch kein Mensch gewesen ist."

„Cal …" Sie erbebte, als er ihre Brüste mit kleinen zärtlichen Bissen reizte.

„Dann stehen wir auf und ziehen uns an. Du hast

etwas Weißes, Durchsichtiges an, das deine Schultern und den Rücken frei lässt. Alle Männer, die dich so sehen, wollen mich umbringen."

„Und ich sehe sie nicht einmal." Seufzend streichelte sie über seinen Rücken. „Ich sehe nur dich."

„Millionen Sterne stehen am Himmel. Ganz Paris duftet nach Blumen. Wir spazieren durch die Stadt, und du siehst diese unglaublichen Lichter und die herrlichen alten Bauwerke aus vergangenen Zeiten. In einem Bistro setzen wir uns draußen an einen Tisch mit einem Sonnenschirm und trinken Wein. Dann kehren wir in unser Hotel zurück und lieben uns wieder, Stunde um Stunde." Er küsste sie zärtlich. „Aber dazu brauchen wir Paris gar nicht."

Libbys Augen waren halb geschlossen, und ein verträumtes Lächeln spielte um ihre Lippen. „Nein."

Cal stützte sich wieder über ihr auf. Er wollte sich diesen Anblick einprägen, diesen Moment, in dem es für ihn nichts und niemanden gab außer ihr. „Oh Libby, ich brauche dich so sehr."

Mehr brauchte sie nicht zu wissen. Mehr würde sie auch nie hören wollen. Sie streckte die Arme zu ihm hoch und zog ihn zu sich heran.

Tief und verlangend drang er mit der Zunge in ihren Mund ein, und seine Hände glitten ungeduldig über ihren Körper. Libbys Begehren war ebenso stark wie seines. Das Blut rauschte durch ihre Adern, und das

Feuer in ihr war fast unerträglich – und herrlich. Es brannte noch heißer, als er sie zu entkleiden begann. Sie stöhnte leise auf, und dann riss sie ihm ungeduldig die Kleidung vom Leib.

Diese unerwartete Heftigkeit erschütterte Cal geradezu. Im nächsten Moment wandte sich Libby unter ihm hervor, glitt über ihn und bewegte sich auf eine Weise, die ihm den Atem raubte. Cal bebte unter ihrem Körper, er stöhnte und flüsterte ihren Namen. Sie hätte nie gedacht, dass sie die Macht besaß, ihn vollkommen wehrlos zu machen.

Und er war schön. Sie fühlte seine Schönheit, seine Stärke unter ihren tastenden Händen, und sein Geschmack lag noch auf ihren Lippen.

Cal hatte gewollt, dass sie ihn nie vergaß. Jetzt stöhnte er unter den Empfindungen, die sie in ihm auslöste. Er wusste, dass er derjenige war, der niemals würde vergessen können. Ihr Körper rieb sich an seinem, als sie sich zu einem langsamen, unbeschreiblich sinnlichen Kuss zu ihm hinunterneigte. Gleich darauf richtete sie sich lachend wieder auf, wich seinen suchenden Händen aus und trieb ihn wieder an den Rand der absoluten Verzückung.

Cal konnte es nicht länger ertragen. Sein Herz hämmerte, und das Echo erschütterte seinen ganzen Körper. „Libby …", keuchte er. „Oh Libby!"

Sie nahm ihn in sich auf. Der leise Aufschrei, der sich

ihr entrang, war nicht viel mehr als ein Stöhnen, doch Triumph schwang in ihm mit. Von ihrer Lust vorangetrieben, bewegte sie sich in einem immer wilderen Rhythmus unaufhaltsam dem Höhepunkt entgegen und riss Cal mit sich mit.

Freier Fall durch den Weltraum, ein Schleuderflug durch die Zeit, das hatte Cal schon erlebt, aber es war nicht mit dem zu vergleichen, was jetzt über ihn kam. Blind tastete er nach Libby, und in dem Augenblick, als sich seine und ihre Hände trafen, erreichten die Liebenden den höchsten Gipfel allen Empfindens.

Träge und glücklich kuschelte sich Libby dichter an Cal, schmiegte ihre Wange an seine Brust und lauschte auf sein Herz, während er ihr übers Haar streichelte.

Wie eine zufriedene Katze hätte sie schnurren mögen. Sie war vollkommen entspannt. Wie lange konnten zwei Menschen wohl so ohne Essen und Trinken im Bett liegen bleiben? Ewig? Libby lächelte über den Gedankengang. Ja, ewig. Daran glaubte sie fest.

„Meine Eltern besitzen einen Kater. Er ist fett und gelb und heißt Ringelblume. Der hat überhaupt keinen Ehrgeiz."

„Eine männliche Katze namens Ringelblume?"

Sie streichelte ihn. „Du hast meine Eltern doch kennen gelernt."

„Stimmt."

„Ringelblume liegt nachmittags bis zum Dunkel-
werden auf der Fensterbank. Und jetzt, genau in dieser
Minute, weiß ich, wie er sich fühlt." Sie rekelte sich,
aber nur ein bisschen, und schon das kostete sie zu viel
Kraft. „Hornblower, dein Bett gefällt mir."

„Ich habe es auch lieben gelernt."

Eine Weile schwiegen sie und träumten nur so vor
sich hin. „Diese Musik …" Libby hatte das Gefühl, als
erfüllten die Klänge ihren Kopf, ihren Körper, ihr Herz.
„Mir ist immer, als würde ich sie irgendwie kennen."

„Salvadore Simeon."

„Ist das ein neuer Komponist?"

„Das kommt auf den Standpunkt an. Er stammt aus
dem späten einundzwanzigsten Jahrhundert."

Bei dieser Bemerkung zerplatzte ihre Seifenblase.
Manchmal war „ewig" eine sehr kurze Zeitspanne.
Weil Libby sich noch einen letzten Moment von dieser
Ewigkeit erhalten wollte, drückte sie die Lippen an Cals
Brust. Hier schlug sein Herz, kräftig und ruhig. „Po-
esie, klassische Musik und Flugräder. Eine interessante
Mischung."

„Findest du?"

„Durchaus. Außerdem weiß ich, dass du für Seifenopern und Spielshows schwärmst." Sie stützte sich neben
ihm auf.

„Das fällt unter Forschung und Bildung", erklärte
er. „Ich möchte schließlich intelligent über alle popu-

lären Unterhaltungsarten des zwanzigsten Jahrhunderts reden können."

Libby zog die Knie hoch und grinste Cal frech an. „Quatsch. Sag mal, habt ihr etwa keine TV-Serien mehr?"

„Doch, aber ich habe mir nie die Zeit genommen, sie mir anzuschauen."

Libby stützte das Kinn auf die Knie. „Ich habe dir immer noch nicht genug Fragen gestellt. Wenn wir wieder im Haus sind, werden wir erst einmal alles aufschreiben, was dir widerfahren ist."

Er strich mit einem Finger an ihrem Arm hinunter. „Wirklich alles?"

„Alles von allgemeinem Interesse. Und während wir dann die Zeitkapsel zusammenstellen, kannst du mich über die Zukunft auf dem Laufenden halten."

„In Ordnung." Cal stand auf. Wahrscheinlich war es das Beste, wenn sie während der nächsten Stunden fleißig waren. Er griff nach seiner Hose, und dabei entdeckte er die Sofortbildkamera, die auf den Boden gefallen war. „Was ist das?"

„Ein Fotoapparat. Einer, der die Bilder selbst entwickelt. Innerhalb von zehn Sekunden sind sie fertig."

„Tatsächlich?" Amüsiert drehte Cal die Kamera in den Händen. Zu seinem zehnten Geburtstag hatte er einen Apparat geschenkt bekommen, der dieselben Fähigkeiten besaß und in eine Kinderhand passte.

Außerdem gab er die genaue Zeit sowie die Temperatur an und spielte seine Lieblingsmelodie.

„Hornblower, du hast schon wieder dieses überhebliche Grinsen auf deinem Gesicht."

„Tut mir Leid. Wie macht man das – drückt man hier auf diesen Knopf?"

„Ja. Nein!" Es war bereits zu spät. Er hatte schon visiert und ausgelöst. „Cal, es sind schon Menschen für weniger ermordet worden."

„Ich dachte, du wolltest Fotos haben", sagte er ganz sachlich und sah zu, wie sich das Bild in seiner Hand selbsttätig entwickelte.

„Ich bin doch nicht angezogen."

„Eben." Er lächelte. „Gar nicht mal so schlecht. Zweidimensional, aber man sieht, worauf es ankommt. Eine ganze Menge sogar."

Libby griff nach der Bettdecke, krabbelte damit zum Fußende des Betts und versuchte das Bild an sich zu bringen.

„Möchtest du es gern sehen?" Cal hielt es zwar außer Reichweite, aber so, dass Libby sich darauf betrachten konnte, wie sie mit hochgezogenen Knien dasaß, die Arme um die Beine geschlungen hatte und einen ziemlich schlaftrunkenen Eindruck machte. „Du ahnst ja nicht, wie süß ich es finde, wenn du rot wirst, Libby."

„Ich werde nicht rot." Und lachen musste sie

auch nicht. Sie angelte sich ihre Kleidungsstücke. Cal legte die Kamera aus der Hand und nahm Libby die Kleidungsstücke wieder fort.

Als Libby und Cal das Schiff verließen, warfen die Bäume schon lange Schatten. Nach kurzer Diskussion wurde beschlossen, das Flugrad auf den Geländewagen zu laden und mit diesem zurück zum Haus zu fahren.

„Wenn wir ein Stück Seil hätten, wäre es einfacher", bemerkte Libby.

„Seil? Wofür?" Cal drehte an einem Knopf unter dem Sattel und zog zwei Schlingen hervor.

„Na, damit ließe es sich leichter anheben. Aber wie du willst." Sie beugte sich über das Hinterrad und holte tief Luft.

„Was machst du denn da?"

„Ich will dir beim Hinaufheben helfen." Sie packte fest zu und pustete sich das Haar aus der Stirn. „Na, los doch."

Cal blieb ganz ernst. „Okay, aber überanstrenge dich nicht."

„Hast du eine Ahnung, wie viel Ausrüstung wir bei unseren Ausgrabungen mit uns herumschleppen?"

Er lächelte. „Nein."

„Eine ganze Menge. Also, auf drei geht's los. Eins, zwei, drei!" Zu ihrer maßlosen Verblüffung hoben sie das Gerät mit einem Ruck schulterhoch, es konnte nicht mehr als fünfzehn Kilo wiegen. „Du bist ein Witzbold, Hornblower."

„Besten Dank." Er zurrte das Flugrad fest. „Lässt du mich diesmal deinen Wagen fahren? Ach, nun komm schon. Es ist doch niemand in der Nähe, den ich in Gefahr bringen kann."

„Schon richtig, aber du hast mir deinen Führerschein noch nicht gezeigt."

„Libby, wenn ich das Ding da fliegen kann …", er deutete mit dem Daumen über die Schulter hinweg auf sein Schiff, „dann kann ich ja wohl auch diesen Wagen hier fahren."

Libby zog die Schlüssel aus der Tasche und warf sie ihm zu. „Vergiss aber nicht, dass dies ein Bodenfahrzeug ist."

„Verstanden." Glücklich wie ein kleiner Junge mit einem neuen Spielzeug, setzte er sich hinters Steuer. „Es funktioniert mit Gangschaltung, nicht wahr?"

„Ich glaube ja."

„Faszinierend. Und dieses Pedal hier?"

„Das ist die Kupplung. Damit kann man die Kraftübertragung des Getriebes trennen und einen anderen Gang einlegen." Libby rechnete sich im Stillen ihre Überlebenschancen aus.

„Aha. Und das andere Pedal da?"

„Das ist das Gaspedal."

„Und das dritte?"

„Das ist die Bremse. Merke dir gut, wo die Bremse ist, Hornblower!"

„Keine Sorge." Er nickte ihr unbekümmert zu und drehte dann den Zündschlüssel im Schloss. „Na bitte." Der Wagen machte einen Satz rückwärts und blieb dann stehen. „Einen Moment. Ich glaube, jetzt habe ich's."

„Schön langsam", sagte Libby beruhigend, obwohl sie längst feuchte Hände hatte. „Und fahre bitte vorwärts, wenn's möglich ist, ja?"

„Kein Problem." Der Geländewagen bockte die ersten zehn Meter. Libby hielt sich mit beiden Händen am Armaturenbrett fest und betete heimlich. Cal dagegen amüsierte sich prächtig und war richtig enttäuscht, als das Auto schließlich ruhig fuhr. „Ist ja furchtbar einfach." Er grinste vergnügt.

„Pass auf, wohin du fährst!" Libby schlug die Hände vors Gesicht. Sie wollte den Baum gar nicht sehen, den sie gleich rammen würden.

„Bist du immer so eine nervöse Beifahrerin?" fragte Cal im Gesprächston und umkurvte unterdessen den Baum.

„Ich glaube, ich könnte dich abgrundtief hassen. Ganz bestimmt."

„Immer mit der Ruhe, Kleines. Lass uns einen winzigen Umweg fahren."

„Cal, wir sollten …"

„Ein bisschen Spaß an der Freude haben", be-

287

endete er ihren Satz und steuerte fröhlich den nächsten Abhang hinunter. „Nur Fliegen ist schöner!" Er warf Libby einen Blick zu. „Na ja, nicht nur Fliegen, aber immerhin."

„Ich glaube, einige meiner inneren Organe haben sich schon losgerissen. Cal, du wirst doch nicht durch diesen …" Aber schon spritzte das Wasser rechts und links hoch und bildete zu beiden Seiten des Wagens einen glitzernden Vorhang. Libby war durchnässt, als Cal auf dem anderen Bachufer aufwärts brauste. „… Bach fahren", sagte sie verspätet und strich sich das tropfende Haar aus dem Gesicht.

Cal stieß einen begeisterten Jauchzer aus, wendete und fuhr noch einmal durch den Bach. Libby hörte sich selbst lachen, als das Wasser zum zweiten Mal über sie schwappte.

„Weißt du", sagte er, „mit ein paar Änderungen würde der Wagen daheim ganz groß rauskommen. Ich weiß gar nicht, warum so etwas nicht mehr gebaut wird. Wenn ich den Prototyp auf den Markt bringen könnte, würde mein Kreditindex bis zur Ozonschicht hochschießen."

„Du wirst den Wagen gefälligst hier lassen. Ich habe noch vierzehn Raten darauf abzuzahlen."

„War ja nur so eine Idee." Cal hätte noch stundenlang so fahren können, aber die Luft wurde kühl und Libby fröstelte ein wenig.

„Weißt du eigentlich, wo wir sind?" fragte sie.

„Sicher. Ungefähr fünfundzwanzig Grad nordöstlich des Schiffs. Ich sagte dir doch, ich kann gut navigieren." Er zupfte an ihrem nassen Haar. „Weißt du was? Wenn wir zu Hause sind, nehmen wir ein heißes Duschbad, werfen den Kamin an, trinken einen Schluck Brandy, und dann …"

Er stieß einen leisen Fluch aus und trat hart auf die Bremse. Wenige Meter voraus standen vier Menschen in Wanderausrüstung.

„Verdammt", murmelte Libby. „Zu dieser Jahreszeit ist hier sonst niemand." Mit einem Blick sah sie, dass die Preisschilder von den Rucksäcken und den Stiefeln wohl gerade eben erst entfernt worden waren.

„Wenn sie noch lange in diese Richtung gehen, stolpern sie über mein Schiff", stellte Cal besorgt fest.

Libby fasste sich wieder. Sie lächelte der Gruppe entgegen. „Hallo."

„Oh, hallo." Der Mann, groß, stämmig, in den Vierzigern, kam heran und lehnte sich gegen den Wagen. „Sie sind die ersten Leute, die wir seit heute Morgen sehen."

„Hier oben gibt es nicht so viele Wanderer."

„Deshalb haben wir uns diese Strecke ja auch ausgesucht, nicht wahr, Susie?" Er tätschelte seiner hübschen und ganz offensichtlich erschöpften Frau die Schultern. „Wenn ich mich vorstellen darf: Rankin. Jim Rankin." Er schüttelte Cal anhaltend die Hand. „Meine Frau Susie und unsere Jungs, Scott und Joe."

„Nett, Sie kennen zu lernen. Cal Hornblower, Libby Stone."

„Ein bisschen auf Geländetour, ja?"

„Ja", antwortete Libby. „Wir wollten gerade wieder heimfahren."

„Fahren!" Jim grinste breit. „Wir sind mehr fürs Laufen."

Man brauchte nicht zweimal hinzuschauen, um zu sehen, dass die Freude über eine Bergwanderung ausschließlich auf Jims Seite war. Libby witterte eine Chance.

„Von woher kommen Sie denn schon?"

„Von Big Vista. Hübscher kleiner Campingplatz, aber leider zu überfüllt. Ich wollte meiner Frau und den Jungen die unverfälschte Natur zeigen."

Libby schätzte die Jungen auf dreizehn und fünfzehn, und sie sahen beide so aus, als würden sie gleich los-heulen. Wenn man die Entfernung von Big Vista be-dachte, hatten sie auch allen Grund dazu. „Das ist ja wirklich eine ziemlich lange Wanderung."

„Wir sind harte Burschen, was, Jungs?"

Auf diese Frage antworteten Scott und Joe nur mit einem elenden Blick.

„Sie wollten doch nicht etwa dort hinaufgehen?" Libby zeigte auf den Pfad.

„Eigentlich doch. Wir dachten, wir versuchen vor Ein-bruch der Dunkelheit den Bergkamm zu erreichen."

290

Susie stöhnte und massierte sich die schmerzenden Wadenmuskeln. „Auf diesem Weg werden Sie nicht hinkommen", erklärte Libby. „Da oben befindet sich ein Holzabbau- und Aufforstungsgebiet. Haben Sie die Schneise in den Bäumen gesehen?"

„Ja, die habe ich gesehen. Ich habe mich schon gefragt, was das ist." Jim Rankin fummelte an dem Schrittmesser an seinem Gürtel herum.

„Kahlschlag", sagte Libby, ohne mit der Wimper zu zucken. „Wandern und Zelten streng verboten. Fünfhundert Dollar Strafe", fügte sie sicherheitshalber hinzu.

„Sehr freundlich von Ihnen, dass Sie uns warnen."

„Dad, könnten wir nicht in ein Hotel gehen?" fragte einer der Jungen.

„In eins, das einen Swimmingpool hat", fiel der andere ein. „Und eine Videospielhalle."

„Und ein Bett", murmelte Susie. „Ein richtiges Bett."

Jim blinzelte Cal und Libby zu. „Zu dieser Tageszeit wird die Familie immer ein bisschen wunderlich. Leute, wartet, bis ihr morgen früh den Sonnenaufgang zu sehen bekommt. Das ist alle Mühe wert."

„Es gibt eine einfache Strecke nach Westen." Libby erhob sich von ihrem Sitz und hockte sich auf die Wagentür. „Da drüben. Sehen Sie?"

„Ja." Jim stieß offensichtlich höchst ungern seine Planung um, aber die fünfhundert Dollar Strafe gaben schließlich den Ausschlag.

291

Libby konnte der Familie noch einen guten Vor-
schlag machen. „Nach vier, fünf Kilometern auf diesem
sogar leicht abschüssigen Pfad dort kommt eine zum
Lagern bestens geeignete Lichtung. Von da aus haben
Sie eine herrliche Aussicht. Sie schaffen es spielend bis
Sonnenuntergang."

„Wir könnten Sie auch hinfahren." Cal taten die
müden, trübsinnigen Jungen Leid. Sobald er aber sein
Angebot ausgesprochen hatte, strahlten ihre Gesichter.

„Oh nein, nein. Aber trotzdem vielen Dank", lehnte
Jim freundlich ab. „Das wäre ja so etwas wie mogeln,
nicht?" Er lachte.

„Wär's wohl." Susie hob sich den Rucksack auf ihrem
schmerzenden Rücken etwas anders zurecht. „Aber es
könnte dein Leben retten." Sie schob ihren Ehemann
zur Seite und beugte sich zu Cal. „Mr. Hornblower,
wenn Sie uns zu diesem Lagerplatz fahren, können Sie
Ihren Preis dafür bestimmen."

„Also Susie ..."

„Halt den Mund, Jim." Sie packte Cal bei dessen
durchnässtem Hemd. „Bitte! Der Packsack da auf
meinem Rücken ist achtundfünfzig Dollar wert. Er
gehört Ihnen."

Jim lachte laut und herzlich und legte seiner Frau eine
Hand auf den Arm. „Nun ist's gut, Susie. Wir haben
doch abgemacht, dass ..."

„Die Wette gilt nicht mehr." Ihre Stimme klang verdächtig schrill, und um nicht noch hysterisch zu werden, atmete Susie einmal ganz tief durch. „Ich werde hier gleich auf der Stelle tot umfallen, Jim. Die Jungen werden einen seelischen Schaden fürs Leben davontragen. Dafür wirst du doch nicht verantwortlich sein wollen, oder?"

Ohne die Antwort ihres Gatten abzuwarten, klemmte sie sich einen ihrer Söhne unter den rechten und den anderen unter den linken Arm. „Du kannst ja wandern", erklärte sie. „Aber ich habe Blasen, und ich glaube, in meinem linken Bein werde ich nie wieder etwas fühlen."

„Susie, wenn ich gewusst hätte, dass du so darüber denkst …"

„Schon gut." Sie war nicht bereit, ihn ausreden zu lassen. „Also geh jetzt. Kommt, Jungs."

Susie und die beiden Jungen drängten sich auf der Rückbank des Wagens zusammen. Nach einem Moment stieg Jim enttäuscht zu und nahm seinen Jüngsten auf den Schoß.

„Die Gegend hier ist wunderschön", sagte Libby, nachdem sie Cal unauffällig den rechten Weg gewiesen hatte. „Sie wird Ihnen wahrscheinlich noch wesentlich besser gefallen, wenn Sie geruht und gegessen haben." Und erst recht, wenn Susie merken würde, dass der Bogen, den sie fuhren, ein paar Kilometer näher an Big Vista heranführte.

„Jedenfalls gibt es hier Bäume genug." Susie genoss seufzend den Luxus der mühelosen Fortbewegung, und weil Jim schmollte, klopfte sie ihm nebenbei freundlich aufs Knie. „Sind Sie von hier?" erkundigte sie sich.

„Ich ja", antwortete Libby. „Cal kommt aber aus Philadelphia."

„Na so was." Susie überlegte, ob sie ihren einen Fuß probehalber einmal strecken sollte. Sie ließ es jedoch lieber. „Da kommen wir auch her. Sind Sie zum ersten Mal hier oben, Mr. Hornblower?"

„Ja, das kann man wohl sagen."

„Für uns ist es auch das erste Mal. Wir wollten unseren Söhnen einen Teil unserer Heimat zeigen, der noch nicht verdorben ist. Und das haben wir getan." Noch einmal streichelte sie ihrem Mann übers Knie.

Besänftigt schwenkte Jim den Arm über die Rückenlehne. „Und sie werden diese Tour nicht vergessen."

Die Jungen verdrehten die Augen, hielten aber klugerweise den Mund.

„Und Sie sind auch aus Philadelphia? Wie schätzen Sie denn dieses Jahr die Chancen der Phillies ein?" fragte er dann.

Cal rettete sich in Unverbindlichkeit. „Ich gebe die Hoffnung nie auf."

„Genau die richtige Einstellung." Jim schlug ihm auf die Schulter. „Wenn sie am Innenfeld noch etwas tun und die Werfermannschaft ordentlich aufmöbeln, dann können sie sich etwas ausrechnen."

Baseball! dachte Cal lächelnd. Da konnte er wenigstens mitreden. „Über die laufende Saison kann man ja noch nicht viel sagen, aber ich schätze, in den nächsten Jahrhunderten werden wir noch jede Menge Siegeswimpel sammeln."

Jim lachte laut und ausdauernd. „Das nenne ich lange Sicht!"

Als sie die Lichtung erreichten, waren Cals und Libbys Passagiere deutlich besserer Stimmung. Die Jungen sprangen aus dem Wagen und jagten einem Kaninchen nach. Susie stieg langsamer aus, ihr täten die Beine noch zu sehr weh.

„Es ist schön hier." Sie blickte über die gestaffelten Bergrücken zur tief stehenden Sonne hinauf. „Ich kann Ihnen beiden gar nicht genug danken." Sie warf einen Blick zu ihrem Gatten, der den Jungen nachrief, sie sollten sich nützlich machen und Feuerholz sammeln. „Sie haben meinem Mann das Leben gerettet", schloss sie.

„Ich finde, er sah vorhin doch noch ganz frisch und munter aus", meinte Cal.

„Aber ich hätte ihn im Schlaf umgebracht. Das brauche ich jetzt nicht mehr zu tun. Jedenfalls fürs Erste nicht."

Jim kam heran und nahm seine Frau jovial in den Arm. Susie stöhnte, als er ihre schmerzenden Muskeln drückte. „Ich sage dir, Susie, hier kann der Mensch frei atmen."

„Solange er kann", murmelte seine Gattin.

„Warum bleiben Sie beide nicht zum Abendessen? Nichts geht über ein Mahl unter freiem Himmel."

„Ja, Sie sind herzlich eingeladen", fügte Susie hinzu. „Auf der Speisekarte stehen heute die allseits beliebten Bohnen, dazu Würstchen, falls die Kühltasche durchgehalten hat, und zum Nachtisch getrocknete Aprikosen."

„Das klingt ja lecker." Cal war tatsächlich versucht zu bleiben. Die Familie Rankin war zumindest so unterhaltsam wie ein Drama im Nachmittagsprogramm des Fernsehens. „Aber wir müssen leider heimkehren."

Libby reichte Susie die Hand. „Wenn Sie dem Pfad in dieser Richtung folgen, kommen Sie genau nach Big Vista zurück. Es ist ein langer Weg, aber ein sehr schöner." Und außerdem einer, der in die dem Schiffsliegeplatz entgegengesetzte Richtung führte.

„Ich kann Ihnen ja gar nicht genug danken." Jim wühlte in seinem Rucksack herum und förderte eine Geschäftskarte zutage. „Rufen Sie mich an, wenn Sie wieder daheim sind, Hornblower. Ich bin Verkaufsmanager bei Bison Motors. Ich kann Ihnen und der kleinen Frau einen guten Rabatt verschaffen. Auf neu oder gebraucht."

„Ich werde möglicherweise darauf zurückkommen."

Sie stiegen wieder in den Geländewagen, winkten noch einmal und fuhren davon.

„Neu oder gebraucht – was?" fragte Cal Libby.

296

12. KAPITEL

Cal dachte viel über die Rankins nach. Er hatte Libby gefragt, ob das die durchschnittliche amerikanische Familie sei, worauf sie gelacht hatte. Wenn es so etwas überhaupt gäbe, hatte sie geantwortet, dann passten die Rankins wohl einigermaßen ins Bild.

Die Leute interessierten ihn, weil er einige Parallelen zwischen ihnen und seiner eigenen Familie sah. Sein Vater, der zwar ein vollkommen anderer Typ war als der massige, ewig strahlende Jim, hatte immer eine große Vorliebe für unverdorbene Natur und für Familienausflüge an den Tag gelegt. Wie die Rankin-Jungen hatten auch Cal und sein Bruder Jacob auf solchen Unternehmungen sehr oft geschmollt, gejammert und die Augen verdreht. Und wenn die Grenze des Erträglichen erreicht war, dann war es immer Cals Mutter gewesen, die schließlich die Richtung bestimmt hatte.

Das Familienleben, dachte Cal, ist eben zeitbeständig. Ein tröstlicher Gedanke.

Nach ihrer Heimkehr zur Hütte hatten Cal und Libby ihr Kaminfeuer und ihren Brandy wie vorgesehen gehabt und waren dann, weil Libby darauf bestanden hatte, hinauf zu ihrem Computer gegangen und hatten den Bericht für die Zeitkapsel fertig gestellt, und zwar mit drei Kopien: eine für die Kapsel, eine für das Schiff beziehungsweise für Cal und die dritte für Libbys Unterlagen.

An dem Text hatte sie lange herumgefeilt und sich mit dem Ergebnis Cals Hochachtung verdient. Die technischen Einzelheiten hatte sie von ihm übernommen.

Im Anschluss an diese Arbeit hatte sie darauf bestanden, dass er sie wie versprochen über das Leben in der Zukunft aufklärte, und je mehr Fragen Cal ihr beantwortete, desto mehr neue fielen ihr ein. Mitten in einer seiner Antworten schliefen sie aneinander gekuschelt auf dem Bett ein.

Am nächsten Morgen stellten sie den Inhalt der Zeitkapsel endgültig zusammen und legten ihn in eine luftdicht verschließbare Kassette, die Libby in der Stadt gekauft hatte.

Unter den Gegenständen befanden sich natürlich die Kopie des Berichts, dann eine von Caroline Stone hergestellte Webmatte, eine Tonschale, die William vor vielen Jahren geformt hatte, eine Tageszeitung, eine Wochenzeitschrift und auf Cals ausdrücklichen Wunsch auch ein hölzerner Rührlöffel aus der Küche. Dazu legte Libby eines der beiden Fotos, die sie vom Schiff gemacht hatte.

„Wir brauchen aber noch mehr", meinte sie.

„Ja, dies hier." Cal hielt eine Tube Zahnpasta hoch. „Und ich hoffte, du würdest auch ein Stück Unterwäsche von dir opfern."

298

„Die Zahncreme – okay. Die Unterwäsche – nein.“

„Es ist doch für die Wissenschaft“, beharrte Cal.

„Kommt überhaupt nicht in Frage. Wichtig wäre ein Werkzeug. Bei unseren Ausgrabungen sind wir immer sehr glücklich, wenn wir auf Werkzeuge stoßen.“ Libby suchte in diversen Schubladen herum und präsentierte schließlich einen Schraubenzieher und einen Hammer.

Cal wählte die Zange. „Und wie wäre es mit einem Buch?“

„Ja, natürlich.“ Libby lief sofort ins Wohnzimmer und durchsuchte die Regale nach passender Literatur. Die ausgewählten Bücher trug sie in die Küche und legte sie in die Kassette. „Wenn die Wissenschaftler deiner Zeit die entsprechenden Untersuchungen durchführen, können sie das Alter aller dieser Gegenstände bestimmen, und das wird dann deine Geschichte bestätigen. So, und nun komm mit nach draußen. Wir wollen noch ein paar Fotos machen.“

Weil Cal sich die Kamera als Erster schnappte, bestand er darauf, auch die ersten Bilder zu schießen. Er fotografierte die Hütte, Libby vor der Hütte, Libby neben ihrem Geländewagen, Libby in dem Geländewagen, Libby, die ihn, Cal, auslachte, und Libby, wie sie mit ihm schimpfte.

„Weißt du eigentlich, wie viel Filmmaterial du verschwendet hast?“ Sie riss eine neue Packung auf. „Die Bilder kosten fast einen Dollar pro Stück! Anthropologie ist eine faszinierende Sache, die aber lausig bezahlt wird."

„Entschuldige bitte." Cal trat auf Libby zu, aber sie winkte ihn zurück. „Ich habe nie danach gefragt", sagte er. „Wie hoch ist dein Kreditindex?"

„Keine Ahnung." Sie machte eine Aufnahme von ihm, wie er dastand und die Daumen in die Gürtelschlaufen seiner geliehenen Jeans hängte. „So etwas kennen wir heute nicht. Oder wir verstehen unter dem Begriff etwas anderes. Kreditindex oder Kreditwürdigkeit fasst solche Dinge zusammen wie Jahreseinkommen, Vermögen, Besitz und dergleichen. Und jetzt setz dich mal auf dein Flugrad, ja?"

Das tat Cal. „Libby, ich habe keinerlei Möglichkeit, für alles, was du für mich getan hast, in der hier gültigen Währung zu bezahlen."

„Nun sei aber nicht albern!"

„Und es gibt noch eine Menge mehr, das ich in überhaupt keiner Währung bezahlen könnte."

„Du hast nichts zu bezahlen." Sie brachte die Kamera in Anschlag. „Und schau mich gefälligst nicht so an. Ich habe keine Lust, ernst zu werden."

„Uns bleibt nicht mehr viel Zeit."

„Das weiß ich auch." Libby hatte zwar nicht alle technischen Daten verstanden, die Cal ihr gestern Abend diktiert hatte, doch sie hatte begriffen, dass er morgen vor Sonnenaufgang fort sein würde. „Also dürften wir uns nicht die Zeit verderben lassen, die wir noch gemeinsam haben." Libby machte eine kleine Pause, um ihr inneres Gleichgewicht wiederzufinden. „Zu schade, dass dieser Apparat keinen Selbstauslöser hat. Es wäre doch nett, wenn wir ein paar Fotos von uns beiden zusammen hätten."

„Warte mal." Cal ging um das Haus herum und kam einen Augenblick später mit einer Gartenhacke zurück. „Setz dich auf die Verandastufen." Er befestigte die Kamera auf dem Sattel seines Flugrads und richtete sie so ein, dass er Libby im Sucher hatte.

Zufrieden mit sich selbst, lief er zu ihr zurück und setzte sich neben sie. Er legte ihr den Arm um die Schultern. „Jetzt musst du lächeln."

Das tat Libby bereits seit langem.

Mit dem Stiel der Gartenhacke drückte Cal auf den Auslöser und grinste vergnügt, als er das Klicken des Verschlusses hörte. Der Abzug glitt aus dem Apparat.

„Sehr erfindungsreich, Hornblower."

„Nicht bewegen!" Er holte sich das erste Bild, setzte sich wieder neben Libby und vollführte denselben Trick noch einmal. „Eins für dich, eins für die Kapsel." Er legte beide Bilder aus der Hand. „Und eins für mich." Er hob Libbys Kopf mit einem Finger an und küsste sie.

„Du hast das Fotografieren vergessen", flüsterte sie einen Moment später.

„Ach ja, stimmt." Er küsste sie noch einmal und brachte es fertig, gleichzeitig mit dem langen Hackenstiel den Auslöser zu betätigen.

Libby betrachtete die erste Aufnahme. Wir sehen glücklich aus, dachte sie, wie ganz normale, glückliche Menschen. Sie wusste, dass das später einmal für sie sehr wichtig werden würde. „Und jetzt sollten wir die Zeitkapsel vergraben."

Sie befestigten die Kassette auf dem Flugrad. Am Bach angekommen, betrachtete Cal ohne viel Begeisterung die Schaufel, die Libby ihm reichte. Ihm war anzusehen, dass er keine Lust hatte zu graben.

„Ein ziemlich primitives Werkzeug. Gibt es nichts Bequemeres?"

„Nicht in diesem Jahrhundert, Hornblower." Libby deutete auf den Boden. „Los, grabe."

„Ich lasse dir den Vortritt."

„Danke, sehr freundlich, aber nicht nötig." Sie setzte sich auf den Boden. „Ich will dich doch nicht deines Vergnügens berauben."

Sie schaute zu, wie Cal sich anstrengte. Womit würde er die Kassette später wieder ausgraben? Was würde er empfinden, wenn er sie öffnete? Libby hoffte, er würde hier an dieser Stelle sitzen und den Brief lesen, den sie in die Kassette geschmuggelt hatte. Ein einziger Bogen Papier nur, aber sie hatte ihr ganzes Herz in diesen Brief gelegt, und sie erinnerte sich an jedes einzelne Wort.

Cal, wenn du dies liest, bist du wieder daheim. du sollst wissen, wie sehr ich mich für dich freue, dass du wieder da bist, wo du hingehörst und wo du sein willst.

Ich glaube, ich kann dir nicht erklären, was unsere gemeinsame Zeit mir bedeutet. Ich liebe dich so sehr, Caleb. Kein Tag wird vergehen, an dem ich nicht an dich denke. Aber ich werde nicht unglücklich sein. Was du mir in diesen wenigen Tagen geschenkt hast, ist mehr, als ich mir hätte vorstellen können, und alles, was ich je gebraucht habe. Immer wenn ich zum Himmel hinaufschaue, werde ich dein Bild sehen.

Ich werde weiterhin die Vergangenheit studieren und zu verstehen versuchen, warum der Mensch so ist, wie er ist. Nachdem ich dich kennen gelernt habe, weiß ich, wie er in der Zukunft sein kann.

Sei glücklich. Ich wünsche mir, ich wüsste sicher, dass du es bist. Und vergiss mich nicht. Ich wollte dir ein Vergissmeinnicht mit in die Kapsel legen, aber vermutlich würdest du dann nur Staub vorfinden. Such dir selbst eines und denke an mich. Bitte vergiss mich nicht. Libby.

„Libby?" Cal stützte sich auf den Spaten und beobachtete sie.

„Ja?"

„Wo warst du?"

„Ach, gar nicht so weit weg." Sie betrachtete den Boden. „Nun, ich wusste ja, dass ein kräftiger Mann wie du ein Loch graben kann."

„Ich glaube, ich habe eine Blase."

„Du Armer." Libby stand auf und küsste die gerötete Haut zwischen seinem Daumen und dem Zeigefinger. „Jetzt stellen wir die Kassette hinein, und dann darfst du zuschauen, wie ich das Loch wieder zuschaufle."

„Sehr gut." Sofort übergab Cal die Schaufel. Libby betrachtete sie und den Haufen Sand, der zu bewegen war.

„Cal?" Sie begann zu schaufeln. „Ich habe dir ja schon viele Fragen zur Zukunft gestellt, und da handelte es sich um die großen, allgemein wichtigen Dinge. Dürfte ich dich auch etwas Persönliches fragen?"

„Bitte."

„Würdest du mir etwas über deine Familie erzählen?"

„Was möchtest du denn gern wissen?"

„Was es für Menschen sind, zum Beispiel." Sie schaufelte in gleich bleibendem Rhythmus weiter. „Ich würde sie mir gern etwas besser vorstellen können."

„Mein Vater ist Forschungs- und Entwicklungstechniker. Er arbeitet im Labor, ist sehr gewissenhaft und zuverlässig. Daheim liebt er das Gärtnern. Er züchtet Blumen und macht alles in Handarbeit." Cal nahm den

Geruch der Erde wahr, die Libby so fleißig ins Loch schaufelte, und konnte beinahe seinen Vater bei der Gartenarbeit vor sich sehen. „Er malt auch. Miserable, wirklich entsetzliche Landschaftsbilder und Stillleben. Er weiß selbst, dass seine Gemälde schlecht sind, aber er behauptet, Kunst muss nicht unbedingt schön sein, um Kunst zu sein. Er droht immer damit, seine Werke im Haus aufzuhängen. Er ist ein sehr ausgeglichener Mensch. Ich glaube, in meinem ganzen Leben habe ich ihn nicht mehr als zehnmal die Stimme erheben hören. Trotzdem hört man ihm zu. Er ist der Klebstoff, der die Familie zusammenhält."

Cal streckte sich im Gras aus und blickte zum Himmel hinauf. „Mutter ist ständig – wie hast du das einmal genannt? – aufgedreht. Sie besitzt so viel Energie und Geist, dass es schon beinahe beängstigend ist. Sie schüchtert viele Menschen ein. Darüber amüsiert sie sich immer. Zwar schreit sie eine ganze Menge herum, aber hinterher tut es ihr immer Leid. Ich glaube, innerlich ist sie so weich wie Butter. Jacob und ich haben ihr das Leben ziemlich schwer gemacht." Er lächelte bei der Erinnerung. „In ihrer freien Zeit liest sie entweder spannende Romane oder wahnsinnig technische Bücher. Sie ist Chefberaterin des Vereinten Sekretariats der Nationen, und deshalb brütet sie die meiste Zeit über dicken Aktenstapeln."

„Vereintes Sekretariat der Nationen?"

„Ich glaube, man kann es eine Fortentwicklung der Vereinten Nationen nennen. Es entstand, nachdem die ersten Kolonien und Siedlungen gegründet wurden."

„Dann bekleidet deine Mutter ja einen hoch renommierten Posten." Libby war schon jetzt ganz eingeschüchtert.

„Ja, sie geht völlig darin auf. Und lachen kann sie! Ihr Lachen füllt ganze Räume. Sie und mein Vater haben sich in Dublin kennen gelernt. Sie war dort als Anwältin tätig, und er machte gerade Ferien. Sie fügten sich zusammen und endeten in Philadelphia."

Libby trat den Boden fest. Es war unmöglich, nicht die Zuneigung aus Cals Stimme herauszuhören, und ebenso unmöglich, sie nicht zu verstehen. „Und dein Bruder?"

„Jacob ist ein starker Typ. Er hat den Verstand meiner Mutter geerbt und das aufbrausende Temperament von ihrem Großvater, wie sie behauptet. Bei Jacob weiß man nie so genau, ob er einen angrinst oder einem gleich eins ans Kinn gibt. Er studierte Jura, und als er davon genug hatte, stürzte er sich in die Astrophysik. Er sammelt Probleme, damit er sie dann auseinander sortieren kann. Er ist ein elender Schuft", sagte Cal liebevoll, „aber er hat denselben unerschütterlichen und unschätzbaren Sinn für Loyalität wie mein Vater."

„Magst du deine Familie?" fragte Libby. Als Cal aufschaute, erläuterte sie ihre Frage etwas genauer. „Was

306

ich meine – die meisten Menschen lieben ihre Familie als Ganzes, aber sie müssen die einzelnen Mitglieder deshalb nicht unbedingt mögen."

„Doch, ich mag sie." Cal schaute zu, wie Libby den Spaten wieder auf dem Flugrad befestigte. „Und sie würden dich auch mögen."

„Wenn du mich mitnähmst, könnte ich sie kennen lernen." Libby biss sich auf die Lippe und schaute Cal lieber nicht an. Sie hätte diesen Gedanken nicht aussprechen sollen.

„Libby ..." Cal stand auf, trat hinter sie und hielt die Hände über ihre Schultern, ohne sie zu berühren.

„Ich habe die Vergangenheit studiert", sagte sie schnell. Sie drehte sich um und fasste seine Unterarme. „Wenn du mich mitkommen ließest, hätte ich die Möglichkeit, auch die Zukunft zu studieren."

Er nahm ihr Gesicht zwischen seine Hände. Tränen schimmerten in Libbys Augen. „Und deine Familie?"

„Sie würde verstehen. Ich würde einen Brief hinterlassen und alles erklären."

„Deine Eltern würden dir nicht glauben", wandte Cal ein. „Sie würden jahrelang nach dir suchen und sich fragen, ob du überhaupt noch am Leben bist. Libby, merkst du denn nicht, dass dies das Problem ist, das mich zerreißt? Meine Leute wissen nicht, wo ich bin und was passiert ist. Ich weiß genau, dass sie inzwischen darauf warten zu hören, ob ich noch lebe oder nicht."

„Ich würde es schaffen, meine Eltern zu überzeugen." Libby merkte selbst, wie verzweifelt ihre Stimme klang. „Wenn sie wissen, dass ich glücklich bin und das tue, was ich tun will, dann werden sie es verstehen."

„Vielleicht. Ja, wenn sie Gewissheit haben. Aber ich kann dich nicht mitnehmen, Libby."

Libby ließ die Hände sinken und trat einen Schritt zurück. „Nein, natürlich nicht. Ich weiß auch nicht, was ich mir dabei gedacht habe. Ich glaube, ich habe mich da wohl in etwas hineingesteigert, das …"

„Nicht doch, Libby." Er fasste ihre Arme und zog sie zu sich heran. „Glaube nicht, ich wollte dich nicht mitnehmen. Das Gegenteil ist der Fall. Es ist keine Entscheidung zwischen richtig und falsch, Libby. Wenn ich sicher sein könnte, und wenn keine Risiken zu befürchten wären, dann würde ich dich sogar gegen deinen Willen an Bord schleppen."

„Risiken?" Libby erschrak. „Was für Risiken?"

„Nichts ist narrensicher."

„Rede mit mir nicht wie mit einer Närrin! Welche Risiken?"

Es gab ein Berechnungsergebnis, das er Libby gestern Abend nicht genannt hatte. „Der Wahrscheinlichkeitsfaktor für den reibungslosen Ablauf der Zeitreise beträgt 76.4."

„76.4", wiederholte Libby. „Man braucht kein Rechengenie zu sein, um herauszubekommen, dass der Wahrscheinlichkeitsfaktor für das Misslingen 23.6 beträgt. Was geschieht, wenn das Experiment fehlschlägt?"

„Das weiß ich nicht." Aber vorstellen konnte er es sich. Ins Schwerefeld der Sonne gezogen zu werden und dort zu verglühen wäre noch das Schmerzloseste. „Jedenfalls werde ich es nicht darauf ankommen lassen, so gern ich dich auch mitnehmen würde."

Libby wollte nicht hysterisch werden, denn das würde ja auch nichts nützen. Also holte sie dreimal tief Luft, und dann hatte sie sich wieder einigermaßen im Griff. „Caleb, würdest du die Erfolgsaussichten verbessern können, wenn du dir noch ein wenig mehr Zeit ließest?"

„Möglicherweise. Wahrscheinlich", gab er zu. „Aber, Libby, für mich wird die Zeit knapp. Das Schiff liegt hier schon seit fast zwei Wochen offen herum. Dass wir die Rankins gestern abblocken konnten, war reiner Zufall. Was wäre deiner Meinung nach geschehen, wenn sie es entdeckt hätten? Wenn ich entdeckt worden wäre?"

„Bevor die eigentliche Ausflugssaison anfängt, vergehen noch Wochen. Außerdem kommen nie mehr als zehn, zwölf Wanderer im Jahr hierher."

„Einer könnte schon zu viel sein."

Cal hatte natürlich Recht. Von Anbeginn an hatten sie beide von geliehener Zeit gelebt. „Ich werde es nie erfahren, nicht wahr?" Mit einer Fingerspitze zeichnete sie die verblassende Narbe an seiner Stirn nach. „Ob du es geschafft hast, meine ich."

„Ich bin ein guter Pilot. Du kannst mir vertrauen." Er küsste ihre Finger. „Und mir wird die Konzentration leichter fallen, wenn ich mich nicht um dich sorgen muss."

„Gegen solche vernünftigen Argumente kann man schlecht etwas einwenden." Libby brachte ein Lächeln zu Stande. „Du sagtest, du hättest im Schiff noch ein paar Kleinigkeiten zu erledigen. Ich werde jetzt zur Hütte zurückkehren."

„Ich bleibe nicht lange."

„Lass dir Zeit." Libby brauchte auch ein wenig Zeit für sich. „Ich bereite uns ein schönes Abschiedsessen zu." Sie drehte sich um und machte sich mit federnden Schritten auf den Weg.

„Ach Hornblower", rief sie noch über die Schulter zurück. „Pflück mir ein paar Blumen."

Cal pflückte einen ganzen Arm voll Blumen. Damit saß es sich allerdings nicht besonders gut auf dem Flugrad, und außerdem verstreuten sich die rosa, weißen und hellblauen Blüten auf dem Pfad unter ihm.

Während der Stunden an Bord war ihm ein Gedanke immer wieder durch den Kopf gegangen: Libby hatte mit ihm gehen wollen. Sie war bereit gewesen, ihr Daheim aufzugeben. Nein, nicht nur ihr Daheim, sondern ihr bisheriges Leben.

Vielleicht war das nur ein unüberlegter Augenblicks-

310

einfall von ihr gewesen. Trotzdem wollte sich Cal an dem Gedanken festhalten. Libby hatte mit ihm gehen wollen.

Als er sich jetzt der Hütte näherte, sah er nur sehr schwaches Licht hinter dem Küchenfenster schimmern. Vielleicht hatte sich Libby ein wenig hingelegt oder erwartete ihn im zur anderen Hausseite hinausgehenden Wohnzimmer beim Kaminfeuer.

Er sah ihr Bild vor sich: Libby lag zusammengerollt unter einer der wunderbaren Webdecken ihrer Mutter auf der Couch und las ein Buch. Ihre Augen hinter der Brille waren ein wenig verschlafen …

Cal stellte sein Flugrad ab und sortierte die noch verbliebenen Blumen. Dann trat er ins Haus und fand dort ein ganz anderes Bild als das erwartete vor.

Libby wartete auf ihn, und zwar bei Kerzenlicht. Sie war noch immer damit beschäftigt, Kerzen anzuzünden, Dutzende weißer Kerzen. Der Tisch war für zwei gedeckt, und in einem Kühleimer stand eine Flasche Champagner. Der Raum duftete nach Kerzenwachs, nach Kochgewürzen und nach Libby.

Sie wandte sich zu ihm um und lächelte. Cals Knie wurden weich.

Libby hatte das Haar aufgesteckt, so dass er ihren schlanken, zarten Nacken sehen konnte. Sie trug ein Gewand von der Farbe des Mondlichts. Es ließ die Schultern frei, schmiegte sich beinahe zärtlich um ihre

311

Hüften und Schenkel, und auf dem Oberteil schienen Sterne zu funkeln.

„Du hast daran gedacht." Sie trat auf ihn zu und streckte die Arme nach den Blumen aus. „Sind die für mich?"

Cal bewegte nicht einen einzigen Muskel. „Was? Ja." Wie in Trance reichte er ihr den Strauß. „Als ich losfuhr, waren es noch mehr."

„Es sind noch mehr als genug." Eine Vase stand schon bereit, und Libby ordnete die Blumen darin an. „Das Abendessen ist fast fertig. Ich hoffe, es schmeckt dir."

„Du blendest mich, Libby."

Sie wandte sich zu ihm zurück. Was sie in seinen Augen sah, ließ ihr Herz schneller schlagen. „Das wollte ich auch. Ein Mal nur."

Weil Cal sie nur stumm anstarrte, wurde sie verlegen und spielte mit ihren eigenen Fingern. „Den Champagner und das Kleid habe ich gestern in der Stadt gekauft. Ich wollte für heute Abend etwas Besonderes."

„Ich habe Angst, wenn ich mich bewege, verschwindest du."

„Nein." Sie reichte ihm die Hand und fasste fest zu, als er sie ergriff. „Ich bleibe hier. Vielleicht könntest du die Flasche öffnen."

„Erst möchte ich dich küssen."

Sie schlang ihm die Arme um den Nacken. Ihr ganzes Herz lag in ihrem Lächeln. „Gut. Aber nur ein Mal."

Sie speisten, aber die Mühe, die sich Libby mit dem Mahl gegeben hatte, war eigentlich überflüssig gewesen. Sie wussten nicht einmal, was sie aßen. Der Champagner war ebenfalls überflüssig. Cal und Libby waren schon berauscht voneinander.

Sie trugen einige der schon weit heruntergebrannten Kerzen hinauf ins Schlafzimmer. Das sanfte Licht erfüllte den Raum, so dass die Liebenden einander betrachten konnten.

Sie beschenkten sich mit Zärtlichkeiten und erotischen Liebkosungen, sie steigerten sich zu heißer, drängender Leidenschaft, und sie zeigten einander alle Facetten und Nuancen ihrer Liebe.

Stunden vergingen, Kerzen verlöschten, aber Cal und Libby lösten die Umarmung keinen Augenblick. Und dann, obwohl kein Wort gefallen war, wussten sie, dass dieses nun das letzte Mal sein würde. Noch zärtlicher waren seine Hände, noch sanfter seine Lippen.

Als es vorüber war, fühlte sich Libby so kraftlos, dass sie hätte weinen mögen. Sie schmiegte sich an Cal und betete darum, einschlafen zu können. Ihn fortgehen zu sehen, das würde sie nicht ertragen.

Bis zum Morgengrauen lag Cal wach. Er war dankbar dafür, dass Libby schlief, er wäre niemals in der Lage gewesen, sich von ihr zu verabschieden. Nun stand er auf, stieg in seinen Overall, der schon bereitlag, und ver-

313

suchte, an möglichst nichts zu denken. Um Libby nicht zu wecken, berührte er nur ganz leicht ihr Haar und verließ dann rasch das dunkle Schlafzimmer.

Erst als das Klicken der Haustür zu hören war, öffnete Libby die Augen. Sie barg das Gesicht im Kopfkissen und ließ den Tränen freien Lauf.

Das Schiff war startbereit, alle Berechnungen erstellt und eingegeben. Cal saß im Cockpit und sah den Tag anbrechen. Es war wichtig, dass der Take-off noch vor Sonnenaufgang stattfand. Die exakte Startzeit stand auf die Millisekunde genau fest. Für Irrtümer war kein Spielraum. Sein Leben hing davon ab.

Cals Gedanken kehrten immer wieder zu Libby zurück. Warum hatte er nicht vorausgesehen, wie weh es tat, sie zu verlassen? Aber es musste sein. Sein Leben, seine Zeit waren nicht hier bei ihr. Trotzdem saß er einfach da, während die kostbaren Sekunden vergingen.

Fertig machen zum Flug in Standard-Umlaufbahn.

„Ja", bestätigte Cal dem Computer geistesabwesend. Instrumente summten. Ganz automatisch bereitete er den Take-off wie geplant vor.

Alle Systeme bereit. Zündung kann eingeleitet werden.

„In Ordnung. Countdown einleiten."

Countdown eingeleitet. Zehn, neun, acht, sieben …

Libby stand in der Küche an der Hintertür und hörte das dumpfe Grollen. Ungehalten wischte sie sich die Tränen aus den Augen, damit sie etwas sehen konnte. Ein Aufblitzen, ein metallisches Leuchten, das über den langsam heller werdenden Himmel raste. Dann war alles vorüber. In den Wäldern war es wieder ganz still.

Libby fröstelte. Das lag selbstverständlich nur an der Tatsache, dass die Luft kühl und der kurze, blaue Hausmantel so dünn war.

„Sichere Reise", murmelte sie, und dann gestattete sie sich den Luxus einiger weiterer Tränen.

Das Leben ging weiter. Die Vögel begannen zu singen. Die Sonne musste gleich aufgehen. Und Libby wollte sterben.

Unsinn. Sie schüttelte sich einmal kurz und setzte dann den Wasserkessel auf. Sie würde jetzt eine Tasse Tee trinken, dann das Geschirr von gestern Abend abwaschen und sich anschließend wieder ihrer Arbeit widmen.

Sie wollte so lange arbeiten, bis ihr die Augen zufielen, und dann würde sie zu Bett gehen. Morgen würde sie wieder aufstehen und weiterarbeiten, bis ihre Dissertation fertig war. Es sollte die beste Doktorarbeit werden, die ihre Kollegen jemals zu Gesicht bekommen hatten. Man würde ihr, Liberty Stone, den Doktortitel verleihen, und sie würde wieder weite Forschungsreisen machen können.

Und sie würde Cal bis an ihr Lebensende vermissen.

Als das Wasser kochte, goss sie ihren Tee auf und setzte sich mit der Tasse an den Küchentisch. Nach einem Moment schob sie den Tee zur Seite, legte den Kopf auf die gefalteten Hände und weinte wieder.

„Libby."

Beim Aufspringen stieß sie den Stuhl um. Cal stand im Türrahmen. Müdigkeit und Erschöpfung zeichneten sein Gesicht, aber in seinem Blick lag ein seltsames Leuchten.

„Caleb?"

„Warum weinst du?"

Sie hörte ihn sprechen, aber sie verstand nicht, was er sagte, weil sie viel zu benommen war. „Caleb", wiederholte sie. „Wie … ich habe doch gehört … ich habe doch gesehen … Du bist doch fort."

„Weinst du schon, seit ich gegangen bin?" Er trat zu ihr, strich aber nur mit der Fingerspitze über ihre tränenfeuchte Wange.

Diese Berührung war keine Illusion. Aber das war doch nicht möglich! „Ich verstehe nicht … wie kannst du hier sein?"

„Ich muss dich erst etwas fragen." Er ließ die Hände sinken. „Nur eine einzige Frage: Liebst du mich?"

„Ich … ich muss mich setzen."

„Nein." Er hielt sie am Arm fest. „Ich will eine Antwort haben. Liebst du mich?"

„Ja. Nur ein Dummkopf muss eine solche Frage stellen."

Er lächelte, ließ sie aber nicht los. „Weshalb hast du mir das nie gesagt?"

„Weil ich nicht wollte, dass … Ich wusste, du musstest mich verlassen." Ihr schwindelte. „Ich muss mich wirklich setzen."

Als er sie endlich freigab, sank sie schwankend auf einen Stuhl. „Ich habe nicht geschlafen", murmelte sie, als spräche sie mit sich selbst. „Möglicherweise habe ich jetzt Halluzinationen."

Er zog ihren Kopf zurück und drückte einen festen, fast schmerzhaften Kuss auf ihre Lippen. „Reicht dir das als Beweis, dass du nicht halluzinierst?"

„Ja", flüsterte sie schwach. „Ja. Aber ich verstehe es trotzdem nicht. Wie kannst du hier sein?"

„Ich bin mit dem Flugrad gekommen."

„Nein, ich meine …" Ja, was meinte sie denn? „Ich stand an der Tür da. Ich habe dich starten sehen. Ich habe sogar das Schiff am Himmel gesehen."

„Ich habe es heimgeschickt. Der Computer steuert es."

„Heimgeschickt", wiederholte sie leise. „Oh Caleb, warum?"

„Nur ein Dummkopf muss eine solche Frage stellen."

Libby brach wieder in Tränen aus. „Nein! Nicht

meinetwegen! Ich könnte das nicht ertragen. Deine Familie …"

„Ich habe ihnen eine Diskette mit einer Nachricht hinterlassen. Ich habe ihnen alles erzählt, mehr als in dem Report steht, den ich an Bord hinterlegt habe. Falls das Schiff den Rückweg schafft – und ohne mich stehen die Chancen dafür nicht schlechter als mit mir – dann werden sie es verstehen."

„Das kann ich doch nicht von dir verlangen."

„Du hast es ja auch nicht verlangt." Er hielt sie fest, damit sie sich nicht abwenden konnte. „Du wärst mit mir gekommen, nicht wahr, Libby?"

„Ja."

„Ich hätte dich beim Wort genommen, wenn ich sicher gewesen wäre, dass wir das Experiment überleben. Hör mir zu." Er zog sie vom Stuhl in die Höhe. „Ich hatte den Countdown eingeleitet. Ich hatte mir klar gemacht, dass mein Leben dort stattfindet, wo ich herkomme. Es gab ein Dutzend logischer Gründe, weshalb ich dorthin zurückkehren musste. Und es gab einen, nur einen einzigen Grund, weshalb ich hier bleiben musste. Ich liebe dich. Mein Leben ist hier."

Er zog Libby zu sich heran. „Ich bin durch die Zeit zu dir gekommen. Du darfst niemals, niemals denken, ich hätte damit einen Fehler gemacht."

Sie schüttelte den Kopf. „Ich fürchte nur, du wirst es eines Tages denken."

„Zeit ist … Zeit war … Zeit ist Vergangenheit", flüsterte er. „Meine Zeit ist in der Vergangenheit, Libby. Bei dir."

Tränen rollten über ihre Wangen. „Ich liebe dich so sehr, Caleb. Ich werde dich glücklich machen."

„Damit rechne ich fest." Er hob sie hoch und gab ihr einen langen, langen Kuss. „Du brauchst Schlaf. Richtigen Schlaf."

„Nein, brauche ich nicht."

Er lachte, und alle Anspannung fiel von ihm ab. Er war genau dort, wo er hingehörte. „Das werden wir ja sehen." Er trug sie die Treppe zum Schlafzimmer hinauf. „Später unterhalten wir uns dann darüber, wie wir mit dem Rest der Angelegenheit verfahren wollen."

„Mit dem Rest?"

„Mit dem Heiraten und der Familienfrage komme ich schon zurecht."

„Du hast mir überhaupt noch keinen Antrag gemacht."

„Eins nach dem anderen. Jetzt brauche ich erst einmal eine neue Identität. Dann muss ich mir einen Job suchen. Irgendetwas mit einem – wie heißt das noch? – Jahreseinkommen."

„Irgendetwas, das dir Freude macht", berichtigte Libby. „Das ist nämlich entschieden wichtiger als Gehalt und Sozialversicherung."

„Was für eine Versicherung?"

319

„Schon gut." Sie schmiegte ihren Kopf an seine Schulter. „Wahrscheinlich wird Dad dir irgendeine Stellung in seiner Firma verschaffen können, bis du dir alles Weitere ausgedacht hast."

„Ich glaube, ich habe keine Lust, Tee herzustellen." Vor dem Bett blieb er stehen. Er hatte eine Idee. „Sag mal, was muss man machen, um bei euch eine Pilotenlizenz zu erhalten?"

– ENDE –